LEANDER

LES DIEUX DU CAMPUS

#1

Image de couverture : Shutterstock © Lebedev Roman Olegovich
Couverture : Ariane Galateau
Illustration en fin d'ouvrage : Trifia

Collection créée par Hugues de Saint Vincent et dirigée par Arthur de Saint Vincent
Ouvrage dirigé par Marine Flour

34-36, rue La Pérouse
75116 Paris
www.hugopublishing.fr

ISBN : 9782755697742
Dépôt légal : octobre 2022
Imprimé en France par Corlet
N° d'impression : 22090407

PHOENIX B. ASHER
& F.V. ESTYER

NEW ROMANCE®

LEANDER

LES DIEUX DU CAMPUS

#1

Hugo Roman

ST. CHARLES

UNIVERSITY

EST. 1891

1

Leander

Les murs de ma chambre tremblent au rythme de la musique qui retentit dans la maison. La mâchoire serrée, je tente de me concentrer sur mes cours, en vain. J'aurais dû me tirer ailleurs pour réviser, ou mieux, mettre mon veto sur cette soirée. Mais mes potes mouraient d'envie d'organiser la première fête de l'année scolaire. Et la plupart des étudiants s'attendaient à ce que nous le fassions. Depuis des lustres, la tradition veut que l'équipe de foot s'en charge. Tout le monde savait que l'ambiance serait au rendez-vous. Il n'y a que moi pour préférer bosser un samedi soir. Hors de question que je foire mon année, hors de question que je finisse autre chose que premier de ma promo.

Des cris aigus résonnent à mes oreilles et me hérissent le poil. Je n'ose même pas aller jeter un coup d'œil au rez-de-chaussée, où ce doit être un sacré bordel. Je me frotte les paupières et décide d'abandonner pour ce soir. J'attrape mon portable et découvre un message de Knox.

Les gars m'ont inondé de textos ces dernières heures. Apparemment, beaucoup de monde s'attend à ce que je débarque, estimant que je me suis fait suffisamment désirer. Honnêtement, c'est loin de me déplaire. Je sais ce que je vaux. La plupart des filles sont ici dans l'espoir de m'apercevoir, et j'adore ça, même si je n'en profite plus autant qu'auparavant. Les voir se pavaner en espérant obtenir des miettes de mon attention me fait bander. Celui qui dirait le contraire serait un putain de menteur.

KNOX : MEC. DEUX FILLES SE BATTENT À COUPS DE GRIFFES À CAUSE DE DANTE. IL FAUT QUE TU VIENNES VOIR ÇA !

Pourquoi ça ne m'étonne pas ? Ce qui m'étonne, en revanche, c'est d'imaginer Knox se fendre la poire en assistant à cette scène. Les bains de foule, ce n'est pas son truc. Ce gars-là aime avoir la paix, et dans cette coloc, ce n'est pas facile tous les jours.

LEANDER : NON MERCI. JE CROIS QUE JE VAIS ALLER ME COUCHER.

KNOX : TU MANQUES UN GRAND MOMENT. MAIS TU POURRAS TE RATTRAPER DEMAIN. J'AI TOUT FILMÉ.

Je secoue la tête tout en me marrant et quitte ma chambre pour me diriger vers la salle de bains. À peine ai-je ouvert la porte que la musique me fait grimacer. *Comment peut-on écouter des merdes pareilles ?*

Après m'être rapidement brossé les dents, je suis sur le point de retourner dans le couloir lorsqu'un truc me percute avec une telle violence que j'en ai le souffle coupé.

— Putain ! Fais gaffe où tu...

Je m'arrête en découvrant une fille devant moi. Une fille que je ne connais pas. Une fille qui n'a rien à foutre ici. En effet, en dehors de mes colocs et de quelques privilégiés, personne n'a le droit de mettre un pied à cet étage. Ses joues sont rouges et ses cheveux humides de sueur. Lorsqu'elle lève la tête et que ses yeux croisent les miens, je constate qu'ils sont écarquillés. *Ouais, je fais souvent cet effet au commun des mortels !* Elle ne bouge plus, apparemment sous le choc de m'avoir heurté. Alors qu'elle ouvre la bouche, semblant remise de ses émotions et enfin capable d'aligner deux mots, elle laisse échapper un bruit de gorge un peu crade et me vomit dessus.

Je recule brusquement, mais il est trop tard. Elle tousse et me pousse sans ménagement pour entrer dans la salle de bains et continuer à gerber dans mes chiottes. Moi, je reste immobile comme un con, la dévisageant, dégoûté, du vomi plein le tee-shirt, tandis que l'odeur nauséabonde m'assaille les narines.

Elle finit par se relever et titube jusqu'au lavabo pour se rincer la bouche. Lorsqu'elle tourne la tête vers moi, ses yeux sont emplis de larmes, et elle n'ose pas croiser mon regard.

— Je suis… Euh…

— Désolée ? tenté-je, puisque c'est la moindre des choses de s'excuser alors qu'elle vient de déverser tout l'alcool qu'elle a ingurgité sur un tee-shirt hors de prix.

— Bourrée ! Mais oui, désolée aussi, je crois.

— Tu *crois* ? répété-je, ahuri.

Elle se fout de ma gueule ou quoi ? Mon sang ne fait qu'un tour, comme si toute ma frustration et ma colère dues à cette soirée atteignaient un point de non-retour.

— T'as rien à faire ici, tu me gerbes dessus et tu *crois* que tu es désolée ?

Elle ne me répond pas, mais sa respiration se fait plus haletante. Peut-être qu'elle est vexée de se faire engueuler, mais franchement, elle le mérite. Décidant de ne plus m'occuper d'elle, j'ôte mon tee-shirt avec une grimace de dégoût et le jette dans la poubelle. *Hors de question que ce truc touche de nouveau ma peau, même lavé, merci bien !*

— Tu es… commence-t-elle.

Je me tourne vers elle et constate qu'elle a le regard rivé sur mon torse nu, qu'elle mate sans se cacher. *Ouais, vas-y, profite de la vue, parce que ça ne va pas durer.* Apparemment subjuguée par mon physique, elle oublie de finir sa phrase. Je décide de l'aider, n'ayant pas l'intention de passer des heures dans cette salle de bains à l'odeur infecte, avec une fille bourrée et habillée comme si c'était Halloween.

— Je suis... ?

— Un sacré connard, rétorque-t-elle.

Puis, sans me laisser le temps de répliquer, elle me repousse violemment, ouvre la porte et disparaît. *Encore une fêlée !*

2

Nyx

Le bruit d'un marteau-piqueur résonne douloureusement dans mon crâne. Qui a le culot de venir faire des travaux sous mes fenêtres un dimanche matin ? Je grogne, me retourne et enfouis ma tête sous mon oreiller, sans que ça produise un quelconque changement sur le volume des décibels. *Les mecs essaient de creuser un tunnel jusqu'à l'autre bout de la planète ou quoi ?* J'ouvre lentement les yeux. La luminosité dans ma petite chambre universitaire semble accentuer le phénomène. À deux doigts de me lever pour enguirlander les responsables de ce raffut, je prends soudain conscience de deux choses : ma coloc est assise sur son lit d'où elle me regarde en se marrant ; et personne ne creuse de tranchée dans la rue. J'ai dû légèrement abuser à la soirée d'hier, même si je n'en garde que de très vagues souvenirs.

— À vingt centimètres sur ta gauche, je t'ai préparé un kit de premiers secours anti-gueule de bois.

Delilah a prononcé ça d'une voix douce. Pourtant, ses paroles se répercutent dans ma boîte crânienne comme une balle sur un court de squash. *Aoutch !* Je tourne doucement la tête en direction de ma table de chevet. Une petite bouteille d'eau et deux comprimés d'ibuprofène attendent sagement que je daigne tendre le bras vers eux. Même ça, ça me paraît insurmontable.

L'effort me tire de nouveaux grognements, qui entraînent davantage de ricanements chez ma colocataire.

Je ne vais pas lui en vouloir alors qu'elle a si gentiment anticipé de quoi atténuer mon mal de crâne.

— Merci, maman.

— Nyx, si j'étais ta mère, je pense pas que ma première réaction en sachant comment tu t'es mise dans cet état serait de te fournir des antidouleurs. Et puis, si tu veux vraiment te remettre, essaie plutôt un petit-déj bien gras et riche en protéines. Genre omelette au fromage.

Ses derniers mots font faire un salto arrière à mon estomac. *Je ne vais pas vomir. Je ne vais pas vomir !* De toute façon, je n'ai pas la sensation d'avoir quoi que ce soit dans l'estomac. Ce qui n'améliore pas la situation pour autant.

— Promets-moi de plus parler de fromage, OK ? supplié-je. Qu'est-ce que j'ai foutu hier ? Et comment je suis rentrée ?

— Tu te souviens vraiment de rien ?

Je secoue la tête avant de grimacer de douleur. *C'est en intraveineuse que j'aurais dû prendre l'ibuprofène !*

— C'est Chase qui nous a ramenées.

— Pitié, dis-moi que j'ai pas vomi dans la voiture de ton homme ?

— Pas dans sa voiture, non.

Voilà qui expliquerait que je n'ai rien dans l'estomac... Mais est-ce que je veux vraiment savoir où a fini le contenu de celui-ci ?

— Accouche, Delilah ! Je suis déjà mourante, pas sûre que la honte puisse faire pire que ma migraine.

— Disons que comme tu es arrivée plus tard que tout le monde, tu as rattrapé ton retard en enchaînant les shots de vodka...

Maintenant qu'elle en parle, ça me revient vaguement. J'ai travaillé hier, au *Bottom Lounge,* une petite salle de concert dans laquelle j'ai réussi à décrocher un job plutôt polyvalent depuis mon arrivée sur le campus pendant l'été. Je m'occupais des entrées. Je n'ai pas fini si tard, mais quand je suis arrivée à la première fête de l'année où j'avais promis de rejoindre Delilah, les hostilités étaient déjà bien entamées.

— Et ensuite ? la pressé-je de poursuivre.

Autant arracher le sparadrap d'un coup sec !

— Tu as dansé sur quelques tables, rien de méchant. Et il se pourrait aussi que tu aies encouragé deux nanas à s'étriper pour les beaux yeux de Dante.

— Encouragé comment ?

— En comptant les points. En leur balançant des glaçons. Et des cacahuètes.

Je le sais, pourtant : quand je bois trop, je fais n'importe quoi. Je tire sur ma couette pour disparaître en dessous.

— Te planque pas encore, je ne suis pas arrivée au pire.

— Tu déconnes, gémis-je.

— J'aimerais bien, mais non. La suite, c'est Chase qui me l'a racontée, parce que j'étais pas là pour y assister.

— Tu étais où ?

— Au rez-de-chaussée, avec les autres.

— Et moi, j'étais où ?

Elle s'approche et s'assied au bout de mon lit pour tirer sur mes draps. Elle se retient tellement de se marrer qu'elle en a les larmes aux yeux.

— Tu as voulu aller aux toilettes, et je ne sais pas pourquoi, tu es montée à l'étage.

— Celles du bas devaient être occupées, pas de quoi en faire un drame.

— Sauf que les mecs mettent un point d'honneur à ce que personne n'aille dans la partie chambre de la maison.

— Ils vont s'en remettre !

— Chase, Dante, Sander et Knox, sans doute. Je pense pas qu'on puisse en dire autant de Leander. Il était furax, apparemment.

— Parce que je lui ai emprunté sa salle de bains ?

— Parce que tu lui as vomi dessus ! Tu as rendu tripes et boyaux sur Leander McNeil.

Oups ! Ce n'est jamais très agréable de se faire vomir dessus. En bossant au *Bottom Lounge*, j'en sais quelque chose. Quelques semaines m'ont suffi pour réussir à développer une compétence surnaturelle : savoir qui tient l'alcool ou non. Et fuir comme la peste les seconds.

— Je m'excuserai la prochaine fois que je le verrai.

— Nyx, c'est de Leander qu'on parle, là.

— Et alors ? C'est le capitaine des Thunder, pas Dieu tout-puissant.

Delilah me regarde comme si j'avais blasphémé. J'ai croisé cette expression un nombre incalculable de fois sur le visage de mon pasteur de père.

— Justement, si. Leander est un dieu ici. C'est le descendant du fondateur de Saint-Charles ! Il excelle dans tout ce qu'il fait, que ce soit le foot ou les études. Il ne laisse personne se mettre en travers de son chemin. Et les filles vénèrent le sol qu'il foule.

— T'exagères pas un peu ? Il est content, ton mec, que tu parles avec autant d'adoration de son meilleur pote ?

— Dis pas de bêtises ! Il n'y aura jamais d'ambiguïté entre Leander et moi, il est bien trop imbu de sa personne pour ça, argue-t-elle avec une moue marquant son dégoût.

Je ne sais pas si c'est l'effet des antidouleurs ou la description de ma coloc, mais ma mémoire revient par bribes. Je revois un type torse nu au physique d'Apollon qui m'a engueulée comme du poisson pourri.

— Ce mec, c'est surtout une *drama queen*. Je suis sûre que je me suis excusée, et il m'a disputée comme une gamine.

La tête qu'affiche Delilah semble vouloir dire : « Il avait tous les droits, c'est Leander McNeil ! » En guise de réponse à ça, je hausse les épaules. Je le reconnais, ce n'est pas terrible comme première entrée en matière. Mais je me suis excusée, non ? Au pire, je renouvellerai mes excuses. En tout cas, ça ne m'empêchera pas de dormir cette nuit ni les suivantes. Depuis que j'ai quitté

Huntsville, l'Alabama et ma famille étouffante, j'ai vécu ma vie à fond, comme si demain n'existait pas. Ce n'est pas Leander et son complexe de dieu qui va me faire changer.

Je m'étire dans mon lit. Un petit sourire apparaît sur mes lèvres quand je prends conscience que, dans ma ville natale, c'est l'heure de la messe et du sermon interminable du révérend Daugherty. Louper ça me fait encore moins regretter la soirée d'hier, même avec cette gueule de bois carabinée.

3

Leander

Voilà une demi-heure que j'enchaîne les lancers avec certains de mes coéquipiers receveurs. Le premier match de la saison a lieu la semaine prochaine, et depuis la rentrée, tout le monde est à fond.

— *Hut !* crié-je en faisant la passe.

Sander commence à courir pendant que je fais un *dropback*[1] et envoie le ballon. Mon pote saute et le récupère avant de continuer sa course sur le terrain. J'adore m'entraîner avec lui, ça me donne l'impression que tout roule à la perfection. De tous mes coéquipiers, c'est celui avec qui je suis le plus en phase. Habiter ensemble aide peut-être à ce qu'on se comprenne instinctivement. Pourtant, on fait difficilement plus différent que nous. Là où je suis concentré sur mes objectifs, Sander profite de tout ce que peut lui offrir l'université, les conquêtes en tête de liste. Il est rare qu'il ne finisse pas une soirée en plaquant un type contre un mur pour lui enfoncer sa langue dans la bouche. Cela dit, il n'est pas le pire de la bande. Dante change de fille plus souvent que de chemise, les laissant sur le carreau comme de vieilles chaussettes dépareillées une fois qu'il a eu ce qu'il voulait. Ce n'est pas pour rien qu'ils sont frères, ces deux-là, ils ont le sang chaud et ne sont pas du genre à se réfréner.

— *Hut !*

---

1. Mouvement de recul en trois pas du *quarterback,* sur le terrain de football américain, avant de faire la passe.

J'enchaîne les lancers avec différents *wide receivers*[2] jusqu'à en avoir mal au bras. Pourtant, je crois que je pourrais continuer toute la nuit. J'aime être en mouvement. J'aime sentir mes muscles tirer sous l'effort. J'aime que les filles agglutinées sur les marches des gradins pour nous observer crient mon nom plus fort que les *cheerleaders*. J'aime qu'elles cherchent à m'alpaguer à la fin de chaque entraînement pour peut-être avoir la chance de terminer dans mon pieu. Même s'il est de plus en plus rare qu'elles y parviennent.

La nuit est tombée lorsque nous finissons notre session. Les lampes éclairent le terrain pour l'équipe de *cheerleaders* toujours en pleines cabrioles. Je me dirige vers les vestiaires, accompagné de Knox et Sander. Ce dernier s'arrête devant son frère qui exécute une série de mouvements de *tumbling* parfaits. Je me demande comment il fait pour ne pas avoir le tournis. Une fois qu'il s'est réceptionné avec grâce, Dante nous offre un signe de tête.

— *Cheerleader*, c'est vraiment un sport de tapettes, soupire Sander à son attention.

En retour, son frangin lui assène un coup de poing dans l'épaule toujours protégée par son équipement.

— En attendant, c'est pas moi qui cours dans tous les sens en collant.

J'éclate de rire, et même Knox ose un sourire. Les jumeaux se bouffent systématiquement le nez, mais je n'ai jamais connu personne de plus protecteur que Dante envers son frère. S'il est pire qu'une mère poule, c'est parce que Sander a bien morflé par le passé à cause de sa sexualité. Même ici, ça peut partir en vrille. Football et homosexualité n'ont jamais fait bon ménage. Bien que

---

2. Poste offensif dans une équipe de football américain. Les *wide receivers* reçoivent les passes du *quarterback*.

les mentalités changent, et que Sander refuse de cacher qui il est, je sais qu'il en souffre. Combien de fois s'est-on retrouvés, avec Knox et Chase, à foutre sur la gueule à des types parce qu'ils avaient été trop loin ? En y songeant bien, Sander est considéré comme notre petit frère à tous – même si, physiquement, c'est lui le plus grand.

Après une douche rapide, nous nous dirigeons vers ma voiture, une Jeep Wrangler offerte par mon père. Soi-disant pour me féliciter d'avoir intégré cette prestigieuse université, alors qu'en réalité le message tout sauf subtil était : « Suis mes traces et tu gagneras suffisamment de fric pour t'acheter une bagnole similaire, la remplir à ras bord de billets verts et te jeter dedans. » Elle est encerclée par une nuée de filles avenantes. Le mélange de leurs parfums est écœurant, mais pas pire que l'odeur des vestiaires dont nous sortons. Sans une attention pour ces groupies, je me faufile à travers les corps pour accéder à ma portière. Sander ne peut s'empêcher de faire la conversation – j'ai rarement connu plus bavard que lui – en offrant des sourires ravageurs qui doivent faire mouiller des petites culottes dans lesquelles il préférerait crever plutôt que de glisser le moindre doigt. Knox, quant à lui, est fidèle à lui-même : silencieux et impassible sans être désagréable. Une fois installé derrière le volant, j'allume le moteur et le fais rugir, provoquant l'envol des colombes peroxydées.

À peine rentré, Sander se jette sur la console pour continuer sa partie de *Red Dead Redemption* pendant que je suis de corvée de repas. Ça ne me dérange pas, cuisiner m'apaise. Ça me permet de relâcher la pression, de ne plus penser à rien l'espace de quelques instants. C'est reposant, parce qu'entre les cours, les devoirs et le football, mon cerveau tourne constamment à plein régime.

Nous sommes sur le point de nous attabler lorsque Dante débarque avec fracas, les cheveux humides de sa douche. Il lâche son sac de sport dans l'entrée, se jette sur le canapé et arrache la manette des mains de son frangin qui l'insulte en réponse. S'ensuit, comme toujours, une dispute à base de jurons et de coups dans le bide, jusqu'à ce que Sander se retrouve le cul sur le sol à pester.

— Eh ouais, mec. Personne ne peut rivaliser avec un *cheerleader* !

J'éclate de rire et secoue la tête, à la fois agacé et amusé par leur comportement, et sachant parfaitement comment mettre un terme à leurs gamineries.

— À table, annoncé-je.

Oubliée, la PlayStation. Ils se ruent vers moi sous le regard dépité de Knox. Et tandis que je les observe manger avec appétit, je me dis que je suis peut-être un connard sans cœur mais que je donnerais n'importe quoi pour ces mecs-là.

4

Nyx

Devant la porte des loges, je vérifie ma *check-list* pour être certaine de n'avoir rien oublié. Sans mes petites cases à cocher, je zapperais la moitié des demandes des artistes. Il faut reconnaître que certains n'y vont pas de main morte. Comme ce bassiste, la semaine dernière, qui voulait de l'eau citronnée pétillante et des rondelles de concombre à disposition. Le *Bottom Lounge* n'est pas une immense salle de concert, la réputation des groupes qui s'y produisent dépasse rarement les États limitrophes du Missouri, mais ça n'empêche pas certains de se prendre pour des divas... Ce soir, aucune exigence extravagante n'a été formulée, les loges sont donc prêtes, et tout est en place pour l'ouverture des portes au public, dans trente minutes. Quand on ne me force pas à retirer les Skittles violets d'un paquet, je suis tout de suite plus efficace. Je vais pouvoir rejoindre Delilah plus tôt que prévu au premier match de foot de la saison.

Avant de m'éclipser, je passe par le bureau de Loyd, mon boss, pour récupérer mon emploi du temps de septembre que je lui ai demandé de modifier pour disposer de mes jeudis soir. Je dois en effet bientôt commencer le travail communautaire auquel l'université de Saint Charles nous propose de participer. Ce n'est pas obligatoire, mais activement recommandé. Je passerai donc chaque semaine une de mes soirées dans une maison de retraite. Ma conseillère m'ayant orientée vers ce poste après avoir appris que j'ai été bénévole auprès de personnes âgées pendant quelques étés quand je vivais en Alabama.

— J'ai terminé, Loyd.

— Parfait ! Tiens, voici ton planning pour le mois prochain. Tu as tes jeudis libres, comme convenu.

Je jette un coup d'œil à la feuille de papier rose sur laquelle sont imprimés mes horaires ainsi que le programme du *Bottom Lounge* pour les semaines à venir. Une piqûre de déception me tire un vague soupir en découvrant la liste des artistes qui se produiront.

— Skyler Hansen ne devait pas revenir en septembre ?

— Qui ça ?

— Chemical Therapy.

Loyd me scrute, un petit sourire en coin. J'ai pourtant adopté cet air détaché que je maîtrise à la perfection. Mon patron n'est pas dupe. Il paraît que ce n'est pas aux vieux singes qu'on apprend à faire la grimace, et Loyd est le gorille le plus âgé de cette foutue jungle. Même s'il m'agace à l'instant, c'est l'employeur le plus cool que j'aurais pu trouver.

— Ils ont annulé. Et, non, je ne sais pas quand ils vont revenir. Figure-toi que M. Hansen a pris la grosse tête après avoir fait salle pleine une ou deux fois.

— Oh ! OK.

— Si je peux te donner mon avis, ne pas coucher avec les artistes t'éviterait ce genre de déconvenue.

— Je ne me suis pas tapé toute la programmation non plus, me récrié-je, vexée.

— Encore heureux ! se marre-t-il en retour.

Je hausse les épaules sans rien répondre et commence à me diriger vers la porte.

— Je file, Loyd, ma coloc m'attend au match des Thunder.

— Ah ! Ben voilà, un joueur de foot, c'est beaucoup plus stable qu'un chanteur, Nyx !

— Tu parles ! À force de se prendre des coups, je suis sûre que leurs cervelles présentent de graves séquelles ! lui crié-je alors que je suis déjà dans le couloir.

Son rire tonitruant m'accompagne jusqu'à la sortie du *Lounge*.

Je cours à l'arrêt de bus pour réussir à monter dans celui que je vois avancer le long du trottoir. Une fois à l'intérieur, j'envoie un SMS à Delilah pour la prévenir que je serai en avance. Sa réponse n'est pas longue à arriver.

DELILAH : ALORS JE T'ATTENDS DEVANT LE STADE ! ÇA T'ÉVITERA DE PASSER UNE HEURE À ME CHERCHER DANS LES GRADINS.

J'ai vraiment tiré le gros lot à la tombola des colocs avec elle. On aurait pu ne pas s'entendre du tout, ou simplement se tolérer, mais entre nous, ça a matché tout de suite. On a l'impression de se connaître depuis toujours. Peut-être parce qu'on étudie toutes les deux en psychologie. Ou peut-être que ça n'a rien à voir avec ça, mais que ça tient à nos personnalités aux antipodes et si semblables à la fois. Peu importe. Après un début d'été dans la pension de famille de Mme Pritchard, vieille fille de 75 ans, et de ses chats – dont certains sont empaillés, précisons-le –, c'était franchement agréable de faire connaissance avec quelqu'un de mon âge qui ne juge pas mon comportement mais s'en amuse.

Une centaine de mètres me sépare de l'entrée du stade de l'université Saint-Charles. J'en profite pour me délester de ma veste en jean, l'été indien étant revenu en force cette semaine. On est loin des chaleurs de l'Alabama, mais je ne m'attendais quand même pas à ce genre de climat en m'installant ici.

— Nyyyyx !

Je relève la tête pour voir Delilah s'agiter dans tous les sens afin de capter mon attention. Alors que je la rejoins, elle accroche son bras au mien et m'attire à l'intérieur. Pas besoin de faire la queue, nous passons directement les contrôles grâce aux billets que ma coloc sort de sa poche, privilège d'être la copine d'un des joueurs de l'équipe.

— Tout s'est bien passé au *Bottom* ? me demande-t-elle.

— Loyd m'a filé la programmation des semaines à venir, et figure-toi que cet abruti de Skyler a annulé sa date.

Delilah me regarde en arquant un sourcil.

— Nyx, tu n'attendais rien de lui, si ? Il ne t'a même pas contactée depuis début août.

— Comment voulais-tu qu'il me contacte ? Je ne lui ai pas donné mon numéro, que je sache !

Je suis un électron libre, je fais ce que je veux quand je veux et, surtout, avec qui je veux. Je n'attends rien de personne, pas même d'un des meilleurs coups de ma vie.

— Alors, je comprends pas, reprend ma coloc. Qu'est-ce que ça peut te faire de ne pas le revoir ?

— Ça me fait que des mecs doués avec leurs doigts *et* leur langue, ça court pas les rues.

Delilah éclate de rire en rougissant légèrement. Elle est beaucoup plus pudique que moi à ce sujet, c'est donc en se penchant à mon oreille qu'elle poursuit discrètement :

— Ça court peut-être pas les rues, mais j'en ai trouvé un, de spécimen comme ça.

— Surtout, garde-le bien ! m'exclamé-je alors qu'elle désigne nos sièges du doigt. Mets-lui une laisse, à ton Chase, même.

Autour de nous, l'ambiance est survoltée. Un coup d'œil derrière mon épaule me donne le vertige. Les privilèges de ma coloc nous permettent d'être bien placées, et les gradins qui semblent grimper vers le ciel sont pleins à craquer. Je suis au pied d'une marée humaine de noir et de doré.

— Noir et doré, ce sont les couleurs de l'équipe ? C'est pour ça que tu m'as demandé de m'habiller en noir ? questionné-je mon amie.

Elle hoche la tête en fouillant dans son sac, d'où elle sort deux morceaux de tissu doré ainsi que des mini-pompons dont les filaments de la même couleur volent au bout de deux tiges en plastique. Alors qu'elle s'apprête à m'accrocher un foulard autour du cou, je lui tends mon poignet.

— Oui, tu as raison, ça se verra beaucoup mieux quand tu secoueras ton pompon.

Je n'avais pas l'intention d'agiter quoi que ce soit, mais je ne vais quand même pas lui dire que ça aurait fait tache avec mon ensemble petite robe noire moulante et Dr. Martens assorties. Si la foule est déchaînée, mon amie n'est pas en reste, et je ne voudrais pas casser son délire.

Ce sport est une institution aux États-Unis. Beaucoup de familles ne se rassemblent qu'autour du football. Mais pour mon père, avec les *cheerleaders* court-vêtues et les publicités pour des bières diffusées lors de chaque quart-temps, il s'agit d'une œuvre du diable. Je suis donc totalement novice. Je ne tarde cependant pas à me faire happer par l'ambiance. Les *cheerleaders* arrivent en courant sur le terrain pour chauffer une foule qui n'en a pas vraiment besoin. Les filles se déhanchent en nous encourageant à frapper dans nos mains au rythme des basses qui sortent des enceintes avant de se mettre à voler dans les airs. Les mecs de l'équipe, de leur côté, enchaînent les sauts au sol comme s'ils étaient montés sur ressort. Alors que j'en prends déjà plein les yeux, la fanfare prend place au centre du terrain et entame l'hymne américain. Je suis la première surprise de m'époumoner en m'accrochant à Delilah. D'habitude, le karaoké et moi, on n'est pas vraiment potes. Pas lorsque je suis sobre, en tout cas. Mais ce soir, l'atmosphère survoltée du stade m'enflamme.

La fanfare finit par se retirer, et les premières notes d'une chanson que je connais bien résonnent dans tout le stade. Les gradins vibrent au son de la guitare électrique et de la batterie de « *Thunderstruck*[3] ». La foule

3. *« Thunderstruck », The Razors Edge* (1990), AC/DC

en furie scande chaque « Thunder » en même temps qu'AC/DC. Je comprends qu'il s'agit de la façon de faire venir les joueurs sur le terrain. Ils font leur entrée sous les cris de leurs fans en délire, et je sursaute quand des feux d'artifice éclatent en une multitude de couleurs au-dessus du stade. Des frissons parcourent tout mon corps. Ce moment est tellement fort que j'en aurais presque les larmes aux yeux. Jamais je n'aurais pensé ressentir quelque chose d'aussi puissant en assistant à un match de foot.

Les oreilles encore bourdonnantes, toujours en transe après ce show hors du commun, je ne vois pas vraiment ce qui se passe avant que le coup d'envoi ne soit donné. Et lorsque l'action envahit pleinement le terrain, je ne comprends rien à ce qui se déroule sous mes yeux. Voyant que je ne réagis pas alors qu'elle s'agite et hurle dans tous les sens, Delilah finit par se retourner vers moi, suspicieuse.

— Ne me dis pas que tu n'as jamais assisté à un match !

— Très bien, je ne te le dis pas. Tu peux juste m'expliquer ce qu'ils fabriquent, à courir en long, en large et en travers ?

Ma coloc se marre comme si elle assistait à un spectacle comique. La reine du *one woman show*, c'est moi ! Delilah se lance dans des explications détaillées dont je décroche très vite avant de me décrire l'action en cours. Je reporte mon attention sur le terrain et me laisse distraire un instant par les tenues moulantes des joueurs. Je n'aurais jamais cru autant apprécier de voir courir des mecs en collants.

Dee attire mon regard sur le numéro 17, et je reconnais le fameux Leander McNeil. Il a la balle à la main et la lance au *wide receiver*, d'après ce qu'en dit le commentateur du match. Je n'ai aucune idée du rôle qu'est censé tenir un *wide receiver* alors que Delilah me l'a expliqué il y a quelques secondes. J'ai tout juste retenu que l'Apollon sur lequel j'ai vomi la semaine dernière est *quarterback* et capitaine de l'équipe.

Je fais semblant de comprendre ce qui se passe pendant tout le reste du match, suivant rigoureusement les éclats de voix de Delilah et la liesse qui habite la foule autour de nous.

Lorsque mon portable vibre contre ma cuisse, et après avoir regardé qui m'appelle, je raccroche au nez de ma mère. Je préfère encore avoir l'air d'une pintade épileptique dans ce gradin plutôt que de lui parler. Ou plutôt, de me faire sermonner comme une enfant de 10 ans. Je pourrais presque l'entendre. « Eunice Mary Daugherty, ne soupire pas quand je te parle ! » Oui, Eunice[4]. D'où le surnom de Nyx, que j'ai adopté dès le lycée pour pouvoir survivre à l'adolescence avec un prénom pareil. Biblique, évidemment.

Perdue dans mes pensées, je manque de peu l'énième soulèvement d'euphorie des supporters qui signe la fin du match. Les Thunder doivent avoir gagné. Je jette un rapide coup d'œil au tableau des scores qui me confirme qu'ils ont en effet battu les Spartans de Michigan State.

Portées par la foule toujours en délire, nous rejoignons le parking pour nous approcher d'une Jeep Wrangler.

— Chase a changé de voiture ? questionné-je Delilah, ne reconnaissant pas le véhicule de son petit ami.

— Non, on est venus avec Leander.

Ce type avec un ego surdimensionné sur lequel j'ai régurgité mon trop-plein de vodka ? Et que j'ai peut-être traité de connard dans la foulée ? Eh bien, le trajet risque d'être épique !

---

4. Prénom d'origine biblique. Il commence à se raréfier dans les années cinquante, pour ensuite n'apparaître qu'une centaine de fois par an aux États Unis.

5

Leander

L'adrénaline coule dans mes veines et mon cœur bat à tout rompre. Il ne nous reste plus que quelques minutes pour marquer les points qui nous assureront la victoire. J'ai l'impression que mon sang bout. La foule qui hurle pour encourager Sander qui fend le terrain, déjouant la défense, me galvanise. Il vient de dépasser les trente *yards* lorsqu'il se fait violemment plaquer par le *linebacker* de l'équipe adverse. L'arbitre siffle l'arrêt de jeu, et nous nous regroupons tous derrière la ligne d'engagement. J'avise rapidement le camp de la défense et décide de la stratégie à suivre, en espérant qu'elle s'avère payante. Mes ordres sont clairs et directs. Il nous reste trois minutes avant la fin du match, et il y a tant de choses qui peuvent encore merder. L'équipe des Spartans n'est pas notre adversaire le plus féroce, mais il s'agit de notre première rencontre de l'année, sur notre terrain, et je ne supporterais pas de décevoir le *head coach*, l'équipe et les supporters.

Nous nous remettons en position, et le coup de sifflet qui marque la reprise retentit. Chase me passe le ballon. Cette fois, au lieu de faire une passe en avant, je le transmets directement à Knox. Celui-ci le réceptionne et se rue vers la *endzone*. Son corps massif parvient à se créer une brèche dans le camp adverse, esquivant les joueurs qui cherchent à le plaquer. À chacune de ses foulées, je sens mes muscles se tendre. *Vas-y, Knox. Vas-y, putain !* Il doit marquer. Nous ne pouvons pas nous permettre de perdre notre avance.

Un cri de victoire s'échappe de mes lèvres lorsqu'il franchit la dernière ligne.

— *Touchdown* ! s'écrient les commentateurs.

Des frissons parcourent mon corps, et je ne peux m'empêcher de sourire tandis que Knox entame sa petite *touchdown dance,* trémoussant son grand corps sous le regard de la foule qui hurle et siffle. Une multitude de pompons dorés est agitée dans les gradins. L'émotion des spectateurs se répercute jusqu'à moi. Toute cette force, ces encouragements, ce respect qu'ils m'offrent me foutent la chair de poule. Pour autant, je n'ai pas le droit de me déconcentrer. Pas alors que la victoire est quasiment assurée.

Les dernières minutes défilent à toute vitesse, et lorsque sonne la fin du match, l'euphorie explose. Comme souvent, les quelques instants qui suivent l'annonce sont un peu flous dans mon esprit. Des bras m'encerclent, tous les membres de l'équipe envahissent le terrain pour se sauter dessus. J'ôte mon casque, et mon regard parcourt la foule en liesse. Les gens hurlent, je les entends scander le nom de notre équipe dans un putain d'ensemble synchronisé avec la voix de Brian Johnson[5] qui résonne de nouveau dans les enceintes. Les marches tremblent. À cet instant, je me sens fort, puissant, intouchable. J'exulte. Je vibre. Je vis.

Nous saluons une dernière fois les spectateurs galvanisés avant de nous diriger vers les vestiaires. L'équipe est survoltée. Les tapes dans le dos fusent au milieu des commentaires et des cris. J'ai à peine le temps de pénétrer dans la pièce et de déposer mon casque que Sander saisit mon visage dans ses grandes mains et colle un baiser sur ma bouche. C'est devenu un rituel. À chaque victoire, j'y ai droit. « Tu pourrais me laisser mettre la langue, un jour », m'a-t-il dit une fois. Ce à quoi

5. Chanteur du groupe AC/DC.

j'ai répondu « Même pas en rêve ! ». Pourtant, je sais que si, il en rêve. Sander n'a jamais caché son attirance pour moi, et c'est devenu une source constante de blagues qui volent en général assez bas. Je secoue la tête et souris alors qu'il pose son front contre le mien. Je l'attrape par la nuque et je discerne son immense sourire quand il souffle :

— On est des dieux, mec. Invincibles, putain !

Il finit par se reculer pour aller s'affaler sur un des bancs tandis que les coordinateurs ainsi que le *head coach* font leur entrée pour le débrief. Même s'il ne le montre que peu, ce dernier aussi est aux anges. En attestent les pattes d'oie qui se creusent autour de ses yeux lorsque ses lèvres s'étirent.

Des dieux. Ouais. C'est en tout cas l'impression que j'ai parfois. Quand tout va bien, quand on enchaîne les victoires, que l'on survole les matchs parce que nous faisons partie des meilleurs. Mais quand tout se casse la gueule – et ça arrivera, parce que ça arrive toujours – nous ne sommes plus que des anges aux ailes brisées. Heureusement, ça ne dure jamais. Croisons les doigts pour que ça continue.

Une fois l'équipe douchée et la tension retombée, il est temps de faire la fête. Je ne suis pas adepte des bains de foule, pourtant, les soirs de match, il m'est impossible de refuser de prendre part à l'euphorie générale.

Je suis Knox, Sander, Dante et Chase sur le parking où nous avons convenu de rejoindre Delilah et l'une de ses amies. Il fait bon ce soir, la nuit est douce, et l'air frais sur ma peau me fait du bien. Je dépasse rapidement les jumeaux qui, comme toujours, se chamaillent, et me rapproche de Knox, le nez rivé à son portable. Il tapote furieusement sur son écran et a l'air si concentré qu'il ne me voit pas arriver. Lorsque je passe un bras autour de ses épaules, il sursaute et range son téléphone dans la poche arrière de son jean. Son empressement me surprend.

— Des choses à cacher, soldat ? le questionné-je en jouant des sourcils.

Knox a beau s'entendre avec tout le monde, c'est un type très secret. Il n'ouvre que rarement la bouche, préférant le silence aux mots inutiles. Nous sommes plusieurs à nous poser des questions le concernant, sur son passé notamment. Nous vivons ensemble depuis un an, mais il ne s'est jamais confié sur des sujets personnels. En guise de réponse, il se contente de secouer la tête tout en accompagnant son geste d'un sourire doux qui dénote avec son visage de guerrier.

— Tu as été génial, ce soir, Knoxy, le félicité-je.

— Arrête de m'appeler comme ça, grommelle-t-il. Mais merci, capitaine.

Capitaine... C'est en effet mon rôle. Le titre qui me rappelle que je n'ai pas intérêt à décevoir mon équipe. Elle compte sur moi, férocement. Elle me fait confiance, et je ne supporterais pas de la trahir.

— En tout cas, tu auras bien mérité ta bière.

— Ma bière ? Prévois plutôt un fût.

Mon regard se porte devant moi, où je découvre Delilah, adossée contre ma caisse, accompagnée de... *Non ! Tout, mais pas elle !*

Dee saute dans les bras de Chase, et ils s'embrassent si goulûment que c'en devient gênant. De mon côté, je préfère me concentrer sur les yeux verts qui me scrutent, les sourcils froncés. Je m'attends à ce qu'elle rougisse face à mon intérêt ou qu'elle ose un sourire charmeur. Sauf qu'elle se contente de me dévisager, les bras croisés sur sa poitrine.

— Qu'est-ce que tu fous là, Vomito ?

Le grognement qui s'échappe de ma gorge ne semble pas le moins du monde la déstabiliser. Au contraire, on dirait que ça l'amuse.

— Tu salues toujours les gens comme ça ?

— Ceux qui me gerbent dessus, oui.

Ses yeux se plissent, elle désigne mon tee-shirt du menton, et un sourire machiavélique s'étire sur ses lèvres.

— N'y pense même pas ! C'est mon tee-shirt préféré.

— Alors, tu devrais peut-être l'enlever.

Je m'approche davantage d'elle et pose les mains sur le toit de ma bagnole, l'emprisonnant entre mon corps et la carrosserie. Elle ne semble pas le moins du monde intimidée. Au contraire, elle croise mon regard sans ciller.

— Si tu veux que je me désape, suffit de le demander. Pas la peine d'imaginer un stratagème élaboré pour parvenir à tes fins, tu sais.

— « Stratagème élaboré » ? répète-t-elle en haussant les sourcils. Fais gaffe, avec toutes ces syllabes, ton cerveau va finir par exploser.

Et voilà ! Encore une fille pétrie de préjugés qui nous prend pour des sportifs sans cervelle. Je devrais lui foutre mes résultats scolaires sous le nez, ou le playbook de l'équipe, ça la calmerait. Sauf que les dieux ne s'abaissent pas à se soucier des mortels. Et ne répondent pas à leurs insultes. Si elle espère attirer mon attention en se mesurant à moi, elle se trompe lourdement. Mais ça ne m'empêche pas de jouer un peu. Sans jamais la lâcher du regard, je me penche vers elle et vois ses yeux s'écarquiller. Est-ce de désir ou de peur ? Difficile à dire. Mais une chose est sûre : elle ne perd vraiment rien pour attendre.

6

Nyx

Emprisonnée entre la Wrangler et Leander, je continue à le scruter alors que nos visages ne sont qu'à quelques centimètres l'un de l'autre. Vu que je ne suis pas une midinette en extase, je sais très bien qu'il ne compte pas m'embrasser. Il essaie juste de me déstabiliser. *Bonne chance avec ça, mec !*

Je le reconnais, ce type est canon. Même s'il pourrait l'être davantage sans cet ego qui bouffe tout l'espace autour de lui. Un homme qui grimpe sur un piédestal en argent massif qu'il s'est construit tout seul, ce n'est pas mon truc.

— Bon, tu veux bien bouger, Zeus ? Je suis claustro, et ça a tendance à me filer la nausée.

La main sur ma bouche, je fais mine d'être sur le point de rendre mon repas. Il râle à nouveau comme si je l'irritais profondément et laisse tomber ses bras pour me permettre de m'échapper.

— Zeus ?

— Comme tu te prends pour un dieu, ça semble approprié !

Il secoue la tête comme s'il se retenait de me dire que j'en tiens vraiment une couche et fait le tour de sa caisse pour s'installer derrière le volant. À côté de moi, Chase est mort de rire, Dee se mord les joues pour ne pas éclater, et je vois même les coins de la bouche de l'armoire à glace – Knox, je crois – se soulever légèrement. Je hausse les épaules et prends place à l'arrière. Delilah et Chase me rejoignent sur la banquette, se contenant toujours difficilement.

Leander démarre, sans pour autant arrêter de me jeter des coups d'œil furtifs dans le rétroviseur.

— Je ne suis pas tranquille avec toi juste derrière moi, Vomito.

— Moi, c'est Nyx, Zeus. Je précise parce que tu te plantes tout le temps. T'inquiète, je ne vais pas repeindre ta Jeep, j'ai beaucoup trop de respect pour ma coloc pour ça.

Il grogne un truc incompréhensible, et le reste du trajet se déroule en silence.

En arrivant à la maison des mecs, Dee me retient par le bras alors que je viens de sortir de l'habitacle. Elle me regarde avec un air mi-amusé, mi-horrifié.

— Quoi ?

— Il laissera jamais passer ça, me souffle-t-elle.

— C'est censé me poser un problème ? C'est pas à moi de soigner l'ego surdimensionné de Zeus.

— Je reconnais que ça lui va plutôt bien, ce surnom.

Elle est mieux placée que moi pour le savoir. Chase et Delilah sortent ensemble depuis le lycée. Comme ils ont un an d'écart, elle traînait déjà avec toute la coloc l'année dernière, quand les mecs étaient en première année.

— Essaie juste de faire un effort. Ces types forment une famille soudée, et grâce à Chase, j'en fais plus ou moins partie.

— Promis, maman. J'essaierai d'être moins sarcastique.

— Commence par arrêter de m'appeler maman ! s'exclame-t-elle en avançant vers la maison dans laquelle les mecs sont déjà entrés.

Je lui offre mon plus beau sourire. Celui du chat qui vient de bouffer la souris. Celui qui veut dire que je n'ai en réalité pas envie de faire d'efforts. Elle n'a cependant pas l'occasion de continuer à m'enguirlander, car nous sommes happées par l'ambiance festive dès que nous passons la porte. Les basses de « Mamacita[6] » résonnent dans le salon, et j'empoigne Dee par la main pour l'entraîner dans mon sillage jusqu'à la piste de danse improvisée. Nous nous déhanchons sans complexe sur la musique qui a encore le goût de cet été en train de faner. Je ne suis peut-être pas un modèle de sociabilité mais j'ai toujours adoré danser. En fait, j'ai toujours adoré faire tout ce que mes extrémistes religieux de parents m'interdisaient : danser, boire, sortir avec des mecs, coucher avec eux, me faire un piercing... La liste d'interdits est tellement longue que la dresser me prendrait un temps infini. Évidemment, c'est beaucoup moins risqué de me rebeller maintenant que je suis à presque sept cents kilomètres du révérend Daugherty, *aka* mon paternel.

— On se pose ? me demande Dee après un moment. Je crève de soif.

— Je vais te chercher une bière.

Je m'aventure dans la cuisine où je retrouve mon cauchemar personnel : Leander. Il me scrute intensément en me voyant arriver. *Il va se faire mal aux yeux, à force !* Je remplis un gobelet en plastique rouge de bière et cherche si un mixeur se planque quelque part pour me préparer un peu de margarita. *Bingo !* Je déniche tout ce qu'il me faut pour confectionner ma boisson préférée.

Alors que je verse la tequila sur le jus de citron, Zeus délaisse sa conversation avec Sander pour s'approcher.

— Tu comptes encore ruiner mes fringues, ce soir ?

Je lui adresse mon sourire signature et avale un shot de tequila sans le quitter du regard. La vérité, c'est que je tiens plutôt bien l'alcool. Sauf quand je fais des mélanges. Ou que je bois trop vite. Et, coup de chance pour lui : je n'ai pas l'intention de renouveler l'expérience de la semaine dernière. Pas pour l'épargner, mais parce que

6. « Mamacita » (2020), Black Eyed Peas, Ozuna, J. Rey Soul

comater pendant toute la journée de demain n'est pas dans mes plans.

Je me sers un grand verre de margarita et en propose aux deux joueurs de foot qui me regardent avec curiosité. Sander me tend son gobelet pour que je le remplisse alors que Zeus refuse d'un air dégoûté.

Alors que je trinque avec son pote, deux nouvelles personnes débarquent dans la cuisine : un type à la carrure presque aussi impressionnante que les joueurs des Thunder et une blonde aux jambes interminables. Le genre qui porte des talons de quinze centimètres et qui arrive à marcher avec. Tout le contraire de moi, en somme.

— Qu'est-ce que tu fous là, Marner ? aboie Sander, qui m'a pourtant toujours semblé le plus jovial de tout ce petit groupe, à l'attention du mec.

— Je suis venu avec Eva. Si je repars, elle aussi. Pas sûr que ça plaise à McNeil, rétorque l'autre.

J'observe l'échange avec curiosité. Ces deux-là n'ont pas l'air de s'entendre. L'ambiance tourne au vinaigre tellement leur animosité est intense.

— Sander, fous-lui la paix, bordel ! Je monte un moment. Ne déclenche pas de bagarre, tu m'entends ?

— Oui, capitaine.

Satisfait, Leander s'éloigne de la cuisine, la grande blonde dans son sillage. Il continue à me scruter jusqu'à ce qu'il disparaisse à l'étage.

Il me semble évident qu'il se barre pour s'envoyer en l'air avec cette Eva et ses escarpins. Et, à mon avis, ils ne doivent pas faire ça assez souvent. Aucun doute que ce type serait moins casse-couilles s'il prenait son pied régulièrement !

7

Leander

Je continue à regarder Vomito tout en grimpant les marches. Elle me nargue en levant son verre, et je tressaille dès qu'elle avale une gorgée. La bonne nouvelle, c'est que tant que je suis hors de portée, je ne risque rien. *Quoi que !* Elle serait capable de faire irruption dans ma chambre pour me gerber dessus. La plupart des filles auraient été mortifiées d'avoir vomi sur moi, et se seraient pliées en quatre – ou se seraient mises à genoux – pour se faire pardonner. Pas elle.

— J'espère que ça ne va pas dégénérer.

Les paroles d'Eva me sortent de ma torpeur, et je cligne des paupières.

— Hein ?

— Sander et Jeremiah, explique-t-elle.

La dernière fois qu'ils se sont trouvés dans la même pièce ensemble, ils ont fini par se sauter à la gorge et se foutre sur la gueule. Ça nous a fait marrer, jusqu'à ce qu'on doive ramasser des bris de verre et racheter une table basse. Marner s'est écrasé dessus, et elle n'a pas résisté à son poids.

— Je ne comprends pas pourquoi Jer' continue à le faire chier.

J'aime beaucoup Jeremiah, mais parfois, il va trop loin. À croire qu'il adore voir Sander sortir de ses gonds. Et Dieu sait que ce n'est pas une bonne idée.

Eva hausse les épaules et enroule ses doigts autour des miens pour me traîner à sa suite. Mon regard se pose sur ses jolies fesses galbées, et j'en oublie aussitôt Vomito, Jer' et Sander.

Après un détour par la salle de bains, je referme la porte de ma chambre, pousse Eva sur le lit et plaque mon corps contre le sien pour dévorer ses lèvres. L'adrénaline coule encore dans mes veines à la suite de notre victoire, et j'ai hâte de pouvoir évacuer la pression. Ce soir, je compte davantage sur la performance que sur l'endurance. Rien qu'à sentir Eva se frotter contre moi, ma queue est si dure que je pourrais exploser. Je passe une main sous sa jupe et remonte le long de sa cuisse avant de glisser mes doigts sous le tissu de sa culotte. Elle se cambre contre moi et me mord les lèvres.

J'adore baiser avec Eva. Nous sommes sur la même longueur d'onde. Je sais que je n'ai pas à craindre qu'elle s'attache parce qu'elle en pince pour Scott Thomas, le capitaine de l'équipe de hockey, pour qui elle reste invisible. Mais plutôt que de se morfondre, elle profite de sa vie. D'ailleurs, elle couche aussi très souvent avec Dante. C'est même arrivé que je me joigne à eux une fois. Sans compter qu'elle se fout bien de ne pas passer des heures en préliminaires. Elle me connaît, elle a conscience que j'aime que ce soit rapide et chaud, et elle est la seule que j'autorise à faire des blagues sur ma précocité quand, les soirs comme celui-là, je jouis en moins de cinq minutes. C'est d'ailleurs ce qui finit par arriver. Une fois nu, je me glisse entre ses cuisses et titille son clitoris de mon gland recouvert de latex. Ses ongles s'enfoncent dans la peau de mes bras, et lorsque je la pénètre d'un coup, elle gémit et me tire vers elle. Quelques va-et-vient et j'explose dans la capote tandis que je ne cesse de la caresser pour qu'elle jouisse avec moi. Un râle m'échappe, et je roule sur le côté, haletant. Elle me grimpe dessus, m'embrasse. Je lèche ses lèvres et prends ses seins en coupe pour agacer ses tétons. Nos bouches soudées l'une à l'autre, elle se frotte contre ma queue qui ne tarde pas à s'éveiller de nouveau.

— J'espère que tu vas tenir plus longtemps, cette fois, murmure-t-elle en léchant ma gorge.

Je grogne et l'attrape par les cheveux pour écraser ma bouche sur la sienne. Elle me retire la capote et parcourt mon sexe de sa main, se servant des résidus de mon sperme pour me masturber.

— Évite d'être désagréable et approche-toi.

Elle rit et, sans arrêter de me branler, remonte le long de mon torse jusqu'à ce que ses cuisses entourent mon visage. Lorsque je lui donne un premier coup de langue, je la vois se cambrer. Elle est magnifique, avec ses tétons dressés, ses longs cheveux blonds et son corps souple de *cheerleader*.

Je la lèche jusqu'à sentir ses muscles se tendre et ses cuisses se resserrer quand elle finit par jouir sur mes lèvres en criant mon prénom. J'adore être celui qui la met dans cet état. Elle s'écrase contre moi, et sa bouche gonflée glisse contre la mienne. Son bassin ondule pour continuer à me faire du bien. De plus en plus vite, de plus en plus fort. Les battements de mon cœur accélèrent, je sens le plaisir grimper. L'attrapant par les hanches, je la retourne sur le lit, lui provoquant un éclat de rire. Tandis que j'ancre mon regard dans ses jolis yeux bleus, qu'elle me fixe en mordant ses lèvres insolentes sans se départir de son sourire, j'empoigne mon érection et me masturbe jusqu'à jouir sur ses seins. À bout de souffle et la peau couverte d'une pellicule de sueur, je me laisse tomber sur le matelas et caresse ses cheveux lorsqu'elle pose sa tête contre mon torse. Le silence nous entoure pendant que nous recouvrons notre respiration.

— Ça m'avait manqué, de coucher avec toi, constate-t-elle.

Je souris mais ne réponds pas. Pourtant, la réciproque est vraie. Mais nous savons tous les deux pourquoi nous limitons nos rapports. Nous refusons de prendre le risque que l'un de nous s'attache. Je plaisante souvent en lui répétant qu'elle joue avec le feu, qu'elle finira par éprouver des sentiments pour moi. Même si c'est peu probable. Mais chaque fois que je lui fais cette réflexion, elle lève les yeux au ciel en disant : « J'ai hâte de voir le jour où tu tomberas amoureux, Leander McNeil. » Ce à quoi je réponds invariablement : « Bonne chance avec ça, parce que ça n'arrivera pas. »

Nous nous rhabillons pour rejoindre les autres lorsqu'Eva se tourne vers moi, comme si quelque chose lui revenait en tête.

— Au fait, c'est qui, cette fille ?

Je hausse les sourcils, me demandant de qui elle peut bien parler. Des filles, il y en a des tas.

— Fais pas l'innocent, poursuit-elle en m'assénant une tape sur le torse. Celle que tu mates comme si tu voulais lui arracher la tête !

Aussitôt, je comprends qui elle évoque. Parce que celle-là, elle est unique, et heureusement.

— Oh ! Tu parles de vomito ?

— Vomito ? répète-t-elle, amusée. Elle doit bien avoir un prénom.

Je me gratte l'arrière du crâne, essayant de m'en souvenir. Je crois que ça finit par un X. Styx ? Ouais, ça lui correspondrait, vu qu'elle est capable de faire surgir le fleuve des Enfers avec sa bouche.

— Sûrement. D'ailleurs, il est temps de redescendre et de voir si elle n'a pas profité de mon absence pour repeindre la cuisine.

Je croise très fort les doigts pour que ce ne soit pas le cas.

8

Nyx

Dans la cuisine, l'ambiance est toujours aussi tendue. Ce type dont je ne connais pas le prénom et Sander se regardent en chiens de faïence. Du coude, je pousse Sander en direction du salon. Il me lance un coup d'œil interrogateur, et je lui montre la bière de Dee que je tiens dans les mains.

— Faut que j'apporte ça à ma coloc avant qu'elle se dessèche, et si je te laisse tout seul, j'ai peur que vous vous amusiez à réduire la cuisine en cure-dents.

Il ricane et me suit en jetant un dernier regard meurtrier à l'autre armoire à glace.

Dans le salon, je tends le gobelet à Delilah qui est occupée à lécher les amygdales de son mec, puis je m'affale dans le canapé à côté de Sander.

— C'était quoi, ça ?

— C'était quoi, ce truc ? lance-t-il en même temps que moi.

— Quel truc ?

— Quoi « ça » ? poursuit-il en chœur.

Je ricane. *À ce rythme, on y est encore demain !*

— Vas-y, toi, m'empressé-je d'ajouter. Et arrête de parler en même temps que moi !

— C'est toi qui parles en même temps que moi ! Je voulais juste savoir ce que c'était ce truc avec Leander dans la cuisine. Pourquoi il te mate comme s'il envisageait de te bouffer ?

— Il veut sûrement toujours me réduire en cendres pour se venger de lui avoir vomi dessus la semaine dernière.

Il se marre en nous resservant avec le pichet de margarita qu'il avait embarqué.

— J'aurais bien aimé voir ça. Sa tête devait valoir de l'or, on aurait pu le chambrer pendant des mois.

— Et moi, j'aurais aimé m'en souvenir.

— Tu es une petite comique, en fait.

— On me le dit souvent. Bon, et toi, c'était quoi, cette ambiance merdique dans la cuisine ?

Il me regarde et hausse un sourcil. Je vois très bien qu'il fait semblant de ne pas comprendre. Comme si j'allais laisser tomber si facilement !

— Le grand type baraqué que tu essayais de tuer à distance par ta seule force mentale. Pas très efficace comme technique, d'ailleurs, si tu veux mon avis.

— Jeremiah ? Rien de spécial, c'est juste un gros con.

— Mouais. Si tu veux tuer tous les gros cons de la planète, tu as du boulot pour plusieurs vies, mon petit.

— Petit ?

— C'est parce que je suis beaucoup plus sage que toi.

— Allez, viens, maître Yoda, on va danser.

Je le suis sans rechigner dans l'espace aménagé où Dee et Chase nous ont devancés. Je me laisse emporter par le rythme de la musique et par ce sentiment de liberté que je savoure à cent pour cent.

Après avoir été obligée de préparer une deuxième, puis une troisième tournée de margarita à la demande des fêtards du soir, les effets de l'alcool commencent doucement à annihiler ma retenue. Enfin, le peu que je possède. Je ne monte sur aucune table et je ne jette de cacahuètes sur personne, c'est déjà ça.

Tandis que Dee vient de remplir mon verre, Sander me vrille les oreilles avec un sifflement que ses coéquipiers s'empressent d'imiter. Quand je me retourne, Leander et la grande blonde reviennent au rez-de-chaussée. Il secoue la tête dans une tentative vaine de paraître embarrassé alors qu'en fait, il adore ça. Ça se lit sur son visage. Et ne me donne envie que d'une chose : le faire redescendre vite fait de son mont Olympe.

— Déjà fini, Zeus ? l'interpellé-je lorsqu'il passe près de moi. Tu sais, quand on dit « à la vitesse de l'éclair », c'est une métaphore. Pas la peine de tout prendre au pied de la lettre, surtout au pieu.

J'accompagne mes propos de mon sourire le plus angélique.

— Si tu t'intéresses tant que ça à ma vie sexuelle, Vomito, sache que les plus rapides sont souvent les meilleurs. Ce n'est pas pour rien qu'à chaque match, elles font toutes la queue pour avoir le privilège d'essayer la mienne.

Il s'est approché encore davantage du fauteuil où je m'étais appuyée un instant pour lui lancer cette pique. À nos côtés, la moitié de ses potes se marre en nous regardant, l'autre semble compter les points.

— Pitié, Zeus, arrête de me balancer des images d'horreur, j'ai la nausée qui remonte.

Je vois bien qu'il essaie de trouver une repartie qui fera mouche. Il est mal barré avec moi, je suis la reine dans ce genre de compétition. Alors qu'il ne répond pas, la grande blonde s'approche pour m'examiner sous toutes les coutures.

— Elle me plaît bien, cette fille, finit-elle par lâcher en mettant un léger coup de coude à Zeus.

— Nyx, me présenté-je en lui tendant la main.

— Eva. Ta nouvelle meilleure amie, ajoute-t-elle en passant un bras sur mes épaules.

Elle observe Leander un instant. Il me dévisage toujours, je pense que lui aussi essaie de me tuer avec son regard.

— Une nana qui arrive à laisser Leander muet, ça court pas les rues. J'ai hâte que tu m'apprennes la technique.

Dante est venu se joindre à nous et s'assied à côté d'Eva, passant un bras autour de ses épaules.

— Vous avez l'air de bien vous entendre, les filles. Un petit tour dans ma chambre, ça vous tente ?

Il hausse les sourcils d'une façon qu'il veut sûrement sexy mais qui n'a comme effet que de me faire éclater de rire. Eva le repousse en lui jetant un « Tu ne changeras jamais ! » alors que Zeus grogne un truc incompréhensible avec un regard noir en direction de son pote. Il finit par tourner les talons pour se réfugier dans sa cuisine.

Je continue à danser et à m'amuser avec ces gens qui ont l'air de m'apprécier pour ce que je suis, ce qui ne m'est pas arrivé si souvent. Il faut dire que j'ai rarement eu l'occasion d'afficher librement celle que je suis au fond.

Je suis sur le point de monter sur la table basse, juste pour avoir plus de perspective – c'est important, la perspective – quand deux bras me soulèvent de là avant que j'aie pu tenter le moindre pas de danse. Quand on me repose au sol, je prends conscience que les larges mains qui m'enserrent appartiennent à Zeus, même si ma vision a du mal à faire le point. Il n'y a que lui pour me regarder comme si j'étais une enfant insupportable.

— Je vais te ramener, hors de question que tu vomisses encore quelque part dans la maison.

— Mais c'est une obsession chez toi ! Fous-moi la paix, j'étais en train de m'amuser. Et puis je dois rentrer avec Dee, de toute façon.

— Elle et Chase sont allés se coucher il y a une bonne demi-heure.

Ah bon ? C'est vrai qu'il n'y a plus grand monde dans le salon. Soit j'accepte sa proposition, soit je rentre à pied, et vu mon état, je ne suis pas sûre d'arriver un jour.

— OK, ramène-moi, acquiescé-je en attrapant mon sac à main.

Alors que je le suis docilement jusqu'à sa voiture, Leander fait soudain demi-tour :

— Bouge pas, j'arrive !

Il repart en courant jusqu'à la maison sans me laisser le temps de comprendre ce qui se passe ou de répondre quoi que ce soit.

Je m'appuie contre la carrosserie et frissonne dans l'air frais de septembre. Zeus réapparaît vite dans mon champ de vision, un petit sac en plastique dans les mains. Il me le tend avant de faire le tour de la voiture et de s'asseoir derrière le volant.

— C'est pour sauver les sièges de ma Jeep, précise-t-il quand je prends place à côté de lui. Essaie de viser dans le sac, Vomito !

Dee a raison, il ne va jamais laisser passer ça. Zeus est rancunier, et c'est moi qui subis ses foudres, apparemment.

9

Leander

Je démarre le moteur et m'engage sur la route.

— Alors, on va où ? la questionné-je.

Vomito ne répond pas, et lorsque je me tourne vers elle, je me rends compte qu'elle ne semble pas en avoir la moindre idée. Le campus est tellement immense que ce n'est pas évident de se repérer au début. Coup de bol, je commence à le connaître par cœur.

— C'est quoi, le nom de ton dortoir ?

Elle plisse les paupières, comme si elle réfléchissait intensément.

— Ça se termine par « Hall », déclare-t-elle après un moment d'un ton triomphant.

Elle se fout de moi ? On est bien avancés avec ça...

— Tous les dortoirs finissent par « Hall », Vomito. Sheman Hall ? Jefferson ? McNeil ?

Je tente de lui lister ceux qui me passent par l'esprit. Elle se rencogne dans son siège et secoue la tête.

— Quelle idée stupide ! marmonne-t-elle.

Moins stupide que de ne pas se souvenir d'un foutu nom, à mon avis. Mais je ne compte pas épiloguer, j'empêche donc cette remarque de franchir mes lèvres. C'est le problème quand on se fout la tête à l'envers : on ne réfléchit plus correctement, ce qui a l'air de lui arriver souvent.

— Je te laisserai faire part de ton avis au doyen.

Elle se redresse soudain, me faisant sursauter. On dirait cette fille possédée dans *L'Exorciste*[7]. Elle aussi

7. *The Exorcist*, film réalisé par William Friedkin (1973)

avait des trucs dégueu qui giclaient de la bouche. Mes mains se crispent sur le volant, et je me tends, redoutant ce qui va arriver, mais elle se contente de tourner la tête vers moi et d'écarquiller les yeux.

— Attends ! Tu as un dortoir à ton nom ?

Il aurait suffi qu'elle se renseigne un peu sur l'histoire de cette foutue université pour faire le rapprochement, mais apparemment, elle n'a pas pris cette peine. Ou alors, elle a déjà oublié...

— Donc, comme ça, tu connais mon nom ? demandé-je d'un ton joueur.

Évidemment qu'elle le connaît, comme tout le monde ici. Même si j'espère qu'un jour, il sera connu davantage pour moi que pour le reste de la famille. Que les gens le scanderont lors d'une finale de SuperBowl. N'en déplaise à mon père. *C'est ça, essaie de te persuader que tu choisiras réellement cette voie plutôt que de suivre celle qu'on trace pour toi...*

— Il est écrit sur ton maillot, abruti.

Je ravale un rire. *Décidément, elle a réponse à tout !*

— Pendant que tu m'affubles de surnoms affectueux, je vais commencer à avancer un peu, histoire de voir si l'environnement te semble familier.

Elle hoche la tête, prête à coopérer. J'espère que ma technique va fonctionner, sinon je ne sais pas ce que je ferai d'elle. Je pourrais toujours appeler Delilah, ou Chase – lui doit bien savoir où crèche sa meuf –, mais il est peu probable qu'ils me répondent.

Le silence envahit l'habitacle tandis que je progresse. Parvenu au bout de la rue, je me tourne vers elle pour vérifier qu'elle ne s'est pas endormie. Elle ne dit plus rien, ce qui ne lui ressemble pas. Mon regard croise le sien. Elle est parfaitement réveillée, et me dévisage sans se cacher.

— C'est la route que tu dois regarder, Vomito, pas mon profil. Même si je comprends qu'il soit bien plus attractif.

— Qu'un morceau de béton ? Encore heureux.

Elle reporte son attention devant elle et me demande de tourner à gauche. Nous dépassons quelques bâtiments qui laissent se déverser de la musique jusque dans la rue. C'est samedi, et tout le monde fait la fête. Des étudiants traînent sur les pelouses, d'autres s'embrassent à l'abri des regards, il y en a même un qui pisse dans les buissons tout en buvant sa bière, peinant à garder l'équilibre.

Je secoue la tête, dépité. J'ai du mal à comprendre que l'on puisse se mettre dans des états pareils, et accepter de ne plus être totalement maître de soi. Je devrais peut-être demander à la fille installée à côté de moi – qui a laissé le sac plastique s'échouer par terre – de m'expliquer le principe. J'ai dans l'idée de faire une réflexion sarcastique, au lieu de quoi les mots qui sortent de ma bouche sont emplis d'inquiétude.

— Tu devrais quand même faire gaffe. Tu ne sais pas sur qui tu peux tomber. Chez nous, tu es en sécurité, mais ne t'amuse pas à te biturer quand personne n'est là pour couvrir tes arrières.

Je l'entends bouger sur le siège en cuir et sens son regard sur moi. Je lui jette un coup d'œil furtif et devine que je vais encore en prendre pour mon grade. *Ça m'apprendra à me soucier des autres !*

— Ou peut-être que les mecs pourraient enfin intégrer la définition du mot « non ». Je devrais être libre de me promener ivre et à poil sur ce campus sans autre risque que de me retrouver en cellule pour alcoolémie sur la voie publique et atteinte à la pudeur. De toute façon, je suis suffisamment grande pour couvrir mes arrières seule, Monsieur le Moralisateur. Et puis, qui me dit que toi, tu n'essaieras pas de profiter de moi ? Peut-être que c'était tout aussi inconscient de ma part d'accepter de grimper toute seule avec toi dans cette voiture.

Je la regarde, les yeux ronds. Et sans pouvoir m'en empêcher, j'éclate de rire. Elle croit réellement que je pourrais profiter d'elle ? Ce n'est pas mon genre. Je les choisis nettes, consentantes et en pleine possession de leurs moyens.

Je ris toujours en arrivant à une intersection. J'attends qu'elle me guide, mais elle ne se décide pas à ouvrir la bouche. Apparemment, elle n'a pas apprécié ma réaction. Je tente un regard en coin et avise son air renfrogné. Elle est mignonne avec son nez plissé.

— Je t'ai vexée ?

Elle m'observe comme si j'étais stupide de poser la question.

— Sincèrement, oui. Qui voudrait s'entendre dire « je ne te toucherais pas, même avec un bâton » ?

— Je n'ai rien dit, précisé-je pour me défendre.

Je dois admettre que ce n'était pas très sympa de me foutre de sa gueule, mais c'était plus fort que moi.

— Ton éclat de rire parlait pour toi, réplique-t-elle en croisant les bras.

Je ne peux pas m'arrêter de sourire. Son naturel fait du bien. Je n'ai pas l'habitude des gens si francs. Je viens d'un monde où on m'a appris que l'image qu'on renvoie est le plus important. Les seuls avec qui je peux être moi-même, ce sont mes coéquipiers. Eva, aussi, parfois. Sinon, je m'efforce en permanence de faire bonne figure. Vomito, elle, semble n'avoir rien à faire des cases dans lesquelles nous sommes censés rentrer. Elle ne s'est pas départie de son air boudeur, et c'est sans cesser de sourire que, toujours arrêté au croisement, je me penche vers elle et attrape une mèche de cheveux bruns entre mes doigts. Je suis si près de son visage que je peux sentir son souffle aromatisé à la tequila lorsque je murmure :

— Tu es en train de me dire que tu voudrais que je te touche ?

Je sais que je plais. Je sais aussi comment user de mon charme pour séduire. N'importe quelle autre fille aurait déjà entrouvert les lèvres, souffle court, attendant que ma bouche se pose sur la sienne. Mais pas elle. Au contraire. D'un geste brusque, elle dégage ma main.

— Je ne rentrerai pas dans ton jeu, Zeus. Compte pas sur moi.

— Ça tombe bien. Nous ne jouons pas dans la même cour, petite.

J'ai conscience d'être mesquin, tout comme j'ai conscience de ne pas avoir bien pris le fait qu'elle me repousse. Mon ego n'a pas aimé. Je suis peut-être un enfoiré trop sûr de lui, mais je suis suffisamment humble pour l'admettre.

— Tant mieux. J'ai aucune intention de figurer au tableau de chasse d'un play-boy à deux balles. Je laisse ma place à tes groupies. Je suis certaine qu'elles sont ravies de se succéder dans ton lit.

— Jalouse ? demandé-je d'une voix amusée, rien que parce que j'adore la voir énervée.

— Atterrée serait plus juste. Tourne à droite.

Docile, j'obéis, mais ne peux m'empêcher de renchérir :

— Tu es plutôt rapide à juger les gens, Vomito.

Elle ne perd pas de temps pour étayer sa pensée.

— Tout ce que ces filles veulent, c'est leur quart d'heure de gloire. Elles espèrent briller sous les feux des projecteurs l'espace de quelques instants. Je trouve ça triste.

Ses paroles sont emplies d'amertume et d'incompréhension. Je me demande pour quelle raison ça la dérange autant. Tout le monde aime la lumière, tout le monde a envie d'être reconnu, accepté, non ?

— Et moi, je te trouve dure. La plupart n'ont pas besoin de ça, tu sais. Regarde Eva. Elle n'a pas besoin de moi. C'est une sportive émérite et une star des réseaux sociaux. Des tas de filles s'identifient à elle. Elle est intelligente, brillante. Elle adore le sexe. Et alors ? Il n'y a aucun mal à ça.

Mes paroles semblent faire mouche, puisque le silence suit ma tirade. Lorsque je tourne la tête vers elle, elle m'imite et me scrute de ses jolis yeux verts.

— Tu crois pas ? finis-je par demander, voyant qu'elle se contente de me toiser.

Un sourire ourle ses lèvres avant qu'elle rétorque.

— Elle pourrait se taper beaucoup mieux que toi.

Elle pense m'énerver, sauf que je suis tout à fait d'accord avec elle. Eva mérite le monde.

— C'est le cas.

Ma réponse la déstabilise, ses yeux s'écarquillent.

— Pourquoi elle revient, si elle n'a pas besoin de toi ?

— Qui te dit que ce n'est pas moi qui ai besoin d'elle ?

Elle cligne des paupières, étonnée, encore une fois. *Eh oui, Vomito, je suis un type plein de surprises !* Alors que je m'attendais à une énième réplique bien sentie, elle secoue la tête et, m'offrant un sourire étonnamment doux que je ne l'avais jamais vu arborer avant, murmure :

— Je retire ce que j'ai dit dans cette salle de bains la dernière fois. T'es pas un connard, Leander McNeil. Je suis même certaine que si tu prenais la peine d'essayer, tu pourrais être quelqu'un de bien.

Je suis quelqu'un de bien ! voudrais-je lui répondre, mais je préfère lui accorder ce point et lui laisser remporter la victoire. Après tout, j'ai tout de même gagné un truc dans cette histoire : l'entendre m'appeler par mon prénom.

10

Nyx

La tête appuyée contre la vitre de la Jeep, je commence à sentir la fatigue me gagner. La semaine a été longue. On ne dirait pas comme ça, mais je suis une bosseuse. Si on ajoute à mon besoin de repos les margaritas descendues ce soir à un rythme plutôt honorable et le ronronnement du moteur de la voiture de Zeus, je suis à deux doigts de m'endormir.

— Hé, oh ! Miss Vomito ! Réveille-toi. Si tu n'essaies pas de retrouver ton dortoir, on y sera encore demain.

— Miss ? J'ai eu droit à une promotion ?

— Tu ferais mieux d'ouvrir tes jolis yeux verts si tu ne veux pas être rétrogradée.

Surprise par son compliment, je me redresse sur mon siège dans une vague tentative pour retrouver l'endroit où je vis. J'essaie de repérer un bâtiment en brique rouge recouvert de lierre avant de me rendre compte qu'ils sont tous quasiment identiques.

— Non, mais quelle idée de ne pas construire des dortoirs différents ?

— Tu aurais voulu quoi ? Qu'ils les peignent aux couleurs de l'arc-en-ciel ? Quelle idée de ne pas se souvenir de l'endroit où on vit ! Surtout, quelle idée d'abuser de la tequila !

— J'ai bu beaucoup de jus de citron avec, c'est plein de vitamine C. Et sinon, tu trouves que j'ai de jolis yeux verts ?

Il se marre, et c'est assez rare pour que j'en sois surprise.

— Oui, ils sont jolis. Dommage que ton ironie incessante vienne gâcher ça.

— Tu devrais essayer parfois, c'est fun de mettre les gens en boîte.

Il grommelle un truc incompréhensible avant de se concentrer de nouveau sur la route.

Nous naviguons encore un moment sur le campus avant qu'il n'effectue son quatrième virage à gauche en l'espace de quelques minutes.

— Ma spé, ce n'est pas les maths, mais il me semble que quand tu tournes quatre fois dans le même sens, ça te fait plus ou moins revenir à ton point de départ.

Il râle de nouveau avant de me regarder en soupirant. Zeus porte bien son nom à cet instant, ses yeux me lanceraient des éclairs s'il pouvait. Et même si ce n'est pas mon genre de reconnaître mes torts, je commence à me sentir un peu coupable de le faire tourner en bourrique sur le campus. *Demain, je me ferai tatouer le nom de ce foutu dortoir !*

— Ça suffit. J'abandonne. Je te ramène.

— Je sais que tu me ramènes, Zeus, mais je ne vais pas aller me coucher dans n'importe quelle piaule, si ?

— Non, je te ramène à la coloc. On a une chambre d'ami. Je voulais sauvegarder la moquette, mais bon, advienne que pourra. Hors de question que je te balade toute la nuit dans ma Jeep.

— Zut alors, moi qui me faisais une joie de tourner en rond ! Et puis arrête avec cette fixette. Je ne suis jamais malade.

— Donc la semaine dernière, ce n'était que pour mes beaux yeux ?

— Voilà. C'était pour faire connaissance, et tu vois, ça a marché.

Son regard navigue entre moi et la route. C'est vrai que lui aussi a de beaux yeux. Un bleu azur comme la couleur du ciel en été. Bon sang, la margarita me transforme en poète. *La couleur du ciel en été ?* Zeus a peut-être raison, je devrais essayer de moins picoler le week-end.

Lorsque Leander se gare devant la maison que nous avons quittée il y a une demi-heure, la fête y est définitivement morte. La musique est éteinte, et les quelques étudiants restants quand nous sommes partis semblent avoir réussi à regagner leur dortoir, eux. Enfin, ce n'est quand même pas de ma faute si je me transforme en Dory après quelques cocktails !

— Suis-moi, Vomito. La chambre d'ami est la seule qui se trouve au rez-de-chaussée.

Nous empruntons un couloir parallèle à la cuisine, et il s'arrête devant une porte en bois brun qui ressemble à toutes les autres. *Ils ne pourraient pas mettre des panneaux ? « Chambre d'ami », « salle de bains », « ne pas monter ici sous peine de vomir sur un dieu de l'Olympe en colère » ? Je ne sais pas, moi, un peu de créativité !*

Alors qu'il entrouvre le battant, Zeus pousse un juron. Dans la pièce plongée dans l'obscurité, des ronflements résonnent. J'arrive à peine à distinguer une silhouette et un bras qui pend le long du lit.

— Je ne suis pas très regardante, mais ça me tente moyennement de dormir avec un inconnu.

Leander me scrute comme s'il ne savait pas trop à quelle sauce il allait me bouffer.

— Tu vas dormir dans ma chambre.

— Le grand Zeus partage sa chambre ?

— Le grand Zeus a eu une soirée plus que chargée. Gagner un match, baiser Eva, balader une chieuse qui ne se rappelle plus le nom de son dortoir... Même les dieux ont droit à un repos bien mérité.

— Pauvre Leander. Mais que ferait le monde sans toi ?

Il secoue la tête et se dirige vers l'escalier. Je n'ai pas d'autre choix que de le suivre si je ne veux pas déambuler dans le campus toute la nuit ou dormir avec le ronfleur inconnu. Il entre dans une pièce que je suppose être sa chambre, et je reconnais la salle de bains juste en face. Je m'y précipite pour me passer un coup d'eau sur le visage. Je n'ai rien pour me démaquiller, mais pour ce soir, il faudra faire avec.

Quand je rejoins Zeus, il tient un tee-shirt à l'effigie des Thunder.

— Très sympa, ce tee-shirt, Zeus. Bon choix, vraiment.

— C'est pour toi ! grogne-t-il en me le tendant. Hors de question que tu dormes avec tes fringues dans mon lit. Après tout, je ne sais pas où tu es allée traîner avant de venir au match.

— Je travaillais, abruti. Et puis, excuse-moi, mais vu ce que tu as fait dans tes draps ce soir, je pense que c'est plutôt moi qui devrais m'inquiéter de ne pas choper des saloperies.

— Libre à toi de dormir par terre, princesse !

Ce type n'a pas encore compris qu'il ne pouvait pas avoir le dernier mot avec moi. Je me dirige de l'autre côté du lit et plante mon regard dans le sien avant de retirer ma robe. Ses yeux s'écarquillent, et il se retourne précipitamment en grommelant un chapelet d'injures. J'enfile son tee-shirt qui m'arrive à mi-cuisse et me glisse sous la couette alors qu'il n'a toujours pas bougé. Après un moment, il reprend ses esprits et éteint la lumière avant de se débarrasser de ses chaussures et de son jean.

— Timide, mon petit Zeus ?

— Tout le monde n'est pas aussi exhibitionniste que toi, Styx.

— Je ne suis juste pas prude, c'est tout. Et puis c'est Nyx, mon prénom. Pas Styx[8]. Tu te trompes de déesse !

Il grogne un truc avant de me tourner le dos. J'ai un moment de flottement. Je n'ai jamais dormi avec un mec. Je couche avec eux mais je ne reste pas la nuit, et eux non

8. Nyx : déesse de la nuit. Styx : déesse du fleuve du même nom.

plus. Finalement, je trouve ça plutôt agréable de ne pas être seule dans un grand lit. Mon oreiller sent la lessive et ce parfum que je n'ai jamais senti que sur lui. Un truc viril et étrangement réconfortant qui me fait sombrer dans le sommeil en quelques minutes.

11

Leander

Je n'ai jamais vu quelqu'un s'endormir aussi rapidement. À peine sa tête a-t-elle touché l'oreiller qu'elle ronflait déjà. Je me tourne vers elle, même si je discerne tout juste sa silhouette dans l'obscurité.

— Vomito ? Vomito ?

Pas de réponse. Je lui file un coup de coude, et un grognement s'échappe de ses lèvres.

— Arrête de ronfler.

— Mets des boules Quies, souffle-t-elle d'une voix ensommeillée.

— J'en ai pas. Je dors tout seul, d'habitude.

Et je comprends pourquoi, tout à coup. J'aurais dû la laisser avec le type qui squatte la chambre d'ami. Je me sens mal à l'aise avec elle dans mon pieu. Je n'ose pas m'étaler, de peur de la gêner. Ou qu'elle se fasse des idées.

— Alors, va dormir ailleurs.

Je rêve ou elle cherche à me virer de *mon* lit ? Bon sang, même dans son sommeil, elle a besoin d'avoir le dernier mot. Je décide de laisser tomber et ferme les yeux. Je suis tellement claqué que le bruit finit par me bercer et que je m'endors.

Lorsque j'ouvre les paupières, la lumière se déverse dans la chambre dont j'ai oublié de fermer les rideaux, trop occupé à devoir gérer Nyx. Je me frotte les yeux et tourne la tête pour la découvrir, étalée dans le lit, ses cheveux dissimulant son visage, ses jambes enroulées autour de la couette et le tee-shirt que je lui ai filé remontant juste au-dessous de ses fesses. Je me demande si elle a eu aussi chaud que moi. Cette fille est un véritable four. Même sans la toucher, je pouvais ressentir sa chaleur m'envelopper.

J'attrape la couette pour recouvrir son corps, même si je ne peux empêcher mon regard de s'attarder sur ses jambes fines. Je me détourne rapidement, n'ayant aucune envie de passer pour un pervers qui se rince l'œil. Sans compter que j'ai eu un très bel – quoique bref – aperçu de sa nudité hier, lorsqu'elle s'est désapée sans gêne devant moi. Un sourire étire mes lèvres en repensant à cette scène, ainsi qu'à la soirée en général. Décidément, cette fille adore faire tourner les gens en bourrique.

Réticent à la réveiller – qui sait dans quel état ça peut la mettre –, je me lève le plus doucement possible et me glisse jusqu'à la salle de bains. Des voix me parviennent du rez-de-chaussée. Je reconnais celles de Knox et Sander. Ils sont toujours les premiers levés. Knox n'est jamais debout après six heures du mat et commence toutes ses journées par un footing. Ce type est une vraie machine.

Une fois lavé, je retourne dans ma chambre et découvre Nyx qui s'étire. À peine ai-je ouvert la porte que mon regard croise le sien. Ses cheveux sont ébouriffés et son maquillage a coulé sous ses yeux bouffis, mais dont le vert brille toujours autant. Elle est vraiment jolie. Dommage qu'elle soit aussi pénible.

— Qu'est-ce qui t'arrive, Zeus ? T'as jamais vu une fille au réveil ?

Je soupire et retiens le sourire qui cherche à ourler mes lèvres.

— Bonjour à toi aussi, princesse. Bien dormi ?

— Non. Tu m'as filé des coups de pied toute la nuit, maugrée-t-elle.

— Et moi qui imaginais que tu te montrerais reconnaissante de ne pas t'avoir laissé dormir en pleine nature.

Mon ton est un peu plus dur que je ne l'aurais voulu, et son visage se ferme. Elle me scrute sans répondre, l'air légèrement coupable. Le silence s'épaissit, et j'avance jusqu'à mon placard pour enfiler rapidement un tee-shirt propre. Décidant de lui rendre la monnaie de sa pièce pour hier, je me tourne et laisse tomber ma serviette sur le sol avant de fouiller dans un tiroir à la recherche d'un boxer.

— Je vois que tu as perdu ta pudeur entre la salle de bains et la chambre, déclare-t-elle, et même si je lui tourne le dos, je devine son sourire.

Je souris aussi, soulagé de constater que le moment de flottement est terminé.

— Ouais, j'ai retenu la leçon qu'une fille m'a donnée hier soir. Et puis, avec un corps comme le mien, je devrais arrêter de le cacher et laisser le monde en profiter.

— C'est très généreux de ta part, raille-t-elle. Je dois avouer que, de dos, tu n'es pas désagréable à regarder.

Encore heureux, voudrais-je rétorquer. Vu les efforts que je fournis pour maintenir mon physique à son meilleur niveau de forme, ça me ferait chier que les résultats ne soient pas visibles.

J'enfile mon sous-vêtement et me tourne vers elle.

— Et de face ? la questionné-je en écartant les bras pour qu'elle puisse me mater.

Ce qu'elle ne fait pas, puisqu'elle reste concentrée sur mon visage. Ça m'arrange, car je me sens finalement un peu stupide – et mal à l'aise –, de m'offrir comme un morceau de viande. Mais je ne sais plus quoi faire pour la faire taire. Elle me rend dingue.

Elle finit par s'extraire du lit et marcher jusqu'à moi. Elle est vraiment toute petite, mon tee-shirt lui arrive à mi-cuisse, et elle flotte dedans. Sans crier gare, elle se met sur la pointe des pieds, ses mains se posent sur mes épaules, et elle dépose un baiser sur ma joue.

— C'était pour quoi, ça ? cherché-je à savoir, ne comprenant pas ce qui lui prend, tout à coup.

— C'était pour te remercier de m'avoir hébergée. Et de me proposer de rester pour le petit-déjeuner. Ça tombe bien, je meurs de faim.

Encore une fois, c'est plus fort que moi, j'éclate de rire. Entre amusement et incrédulité. Parce que c'est à peu près ce que je ressens constamment quand elle est dans les parages.

À l'instant où nous atterrissons au rez-de-chaussée pour rejoindre les mecs déjà attablés, quatre paires d'yeux se tournent dans notre direction. Ils nous observent, l'étonnement clairement visible sur leurs traits. Dante, toujours en caleçon et les cheveux formant un tas désordonné au-dessus de sa tête, entrouvre légèrement la bouche sous le coup de la surprise, sa fourchette pleine de bacon flottant devant ses lèvres. Un lourd silence s'abat sur la pièce, ce qui ne semble pas décontenancer Nyx le moins du monde. Elle salue mes colocataires d'une main en lâchant un « bonjour, tout le monde » enjoué. Les regards vont et viennent entre Nyx et moi. Sander plisse les yeux. Inutile d'être un génie pour comprendre leur ahurissement. Depuis que nous habitons ensemble – soit un peu plus d'un an –, c'est la première fois qu'ils me voient débarquer avec une fille pour le petit-déjeuner. Je sens que les questions vont fuser dès que Nyx aura franchi la porte.

— Salut, les tourtereaux. Alors, vous avez passé une bonne nuit ? Enfin, si vous avez dormi.

Apparemment, on peut compter sur Dante pour foutre les pieds dans le plat sans attendre.

Nyx se laisse tomber sur une chaise.

— À peine. Zeus n'a pas arrêté de me filer des coups de pied, râle-t-elle.

Éclat de rire général, et je me fais un honneur de me défendre.

— Tu ronflais.

— J'étais crevée.

Les têtes vont et viennent d'elle à moi avec intérêt, comme si mes amis étaient spectateurs d'un match de l'US Open. Mais je ne compte pas laisser le dernier mot à Vomito, cette fois. Il ne faut pas déconner.

— Je pense que c'est à cause de tout ce que tu as picolé. La piaule avait la même odeur qu'une distillerie, ce matin, grondé-je entre mes dents.

Elle lève les yeux au ciel, agacée.

— Quelle *drama queen.* C'était le week-end. J'avais besoin de décompresser.

— Et elle a tellement décompressé qu'elle a oublié où elle habitait ! m'exclamé-je auprès de mes potes. C'est dingue, non, d'être infoutue de se souvenir du nom d'un dortoir ?

Avisant les mecs attablés autour de moi, je me rends compte qu'ils se mordent les joues pour s'empêcher d'éclater de rire. *Si ça continue, c'est moi qui vais les éclater !*

— Lincoln ! s'écrie tout à coup Nyx, faisant sursauter Knox. C'était Lincoln.

Sérieusement, c'est maintenant qu'elle s'en souvient ? C'est à mon tour de me laisser tomber sur une chaise, la mine renfrognée. Cette fille va finir par me faire faire un ulcère, et je lui enverrai la facture de l'hôpital.

— Eh bah dis donc, ça a l'air de rouler entre vous, s'amuse Sander en me tendant une tasse de café que je saisis avec gratitude.

Il en propose à Nyx qui accepte également volontiers. Elle doit sentir mon regard posé sur elle puisqu'elle se tourne et m'offre un immense sourire avant de boire une gorgée. C'est alors que je me rends compte que c'est elle qui a raison. Que je suis une *drama queen* qui ne devrait pas se mettre dans des états pareils pour si peu. Pour ma défense, il est encore tôt, et je suis toujours grognon avant le petit-déjeuner.

Nous finissons par nous calmer, et les discussions reprennent autour de la table pendant que tout le monde mange avec appétit. Surtout Nyx, qui se resserre en œufs et en pancakes, marmonnant un « c'est délicieux » en émettant des bruits qui stimulent mon imagination, se léchant les lèvres pour récolter un peu de sirop d'érable. C'est vrai qu'ils sont bons. Knox est le roi des pancakes et, tous les dimanches, il nous prépare un petit-déjeuner du tonnerre.

J'en suis à ma seconde tasse de café lorsque je remarque que Nyx, en pleine conversation avec Sander, l'observe d'un air appréciateur. Je reconnais ce regard pour l'avoir vu des milliers de fois posés sur moi. Je ricane, et elle se tourne vers moi, à croire qu'elle a deviné que je me foutais d'elle.

— Un problème, Zeus ?

— Non. Mais tu devrais arrêter de regarder Sander comme si tu voulais le bouffer.

Même si je comprends qu'on puisse l'admirer. Avec sa tignasse châtain et son petit sourire constant, il offre un air décontracté qui plaît à pas mal de gens. Il en joue, d'ailleurs.

— Jaloux ?

Je lève les yeux au ciel. *Et puis quoi, encore ?*

— Atterré, plutôt, rétorqué-je, faisant écho à notre conversation d'hier.

Elle fronce les sourcils, s'attendant à me voir étayer mes propos.

— Que tu penses avoir une chance avec lui.

Elle se marre et secoue la tête.

— Je sais que je n'ai aucune chance avec lui, crétin. J'ai bien compris qu'il les préférait grands, musclés, bruns et hockeyeurs.

L'espace de quelques instants, tout le monde l'observe sans rien dire, puis Sander finit par éclater de rire.

— Tu penses vraiment que Jeremiah est mon genre de mec ?

Celle-là, je ne l'avais pas vu venir. À croire qu'elle n'a pas senti la tension entre eux hier. Ils étaient à deux doigts de s'étriper. Pas très intuitive, cette fille.

— J'en suis sûre.

Elle lui fait un clin d'œil, et il secoue la tête avant de fourrer le nez dans sa tasse de café.

— T'es complètement cinglée, ma vieille.

Tandis que tout le monde passe à autre chose, de mon côté, je ne peux détacher mon regard de Sander, me demandant si, finalement, Nyx n'est pas beaucoup plus perspicace que nous tous réunis.

12

Nyx

En avance de quelques minutes, je m'installe dans le seul cours de la semaine qui ne me fait pas de nœuds au cerveau. C'est pour ça que j'ai choisi la sculpture : pas de prise de tête, pas de session d'étude à rallonge à la bibliothèque. Je dirais même que c'est une activité qui me détend. Malaxer l'argile jusqu'à lui donner la forme voulue, c'est comme tripoter une balle antistress géante.

La salle commence à se remplir, et mes yeux se posent sur un visage qui m'est maintenant familier.

— Hey, Sander !

Avec un sourire, il se laisse tomber à la place voisine de la mienne.

— Ça va, Nyx ?

— Oui, ça roule. Juste surprise de te voir ici. Tu n'étais pas aux premiers cours, si ?

— J'avais choisi dessin mais j'ai dû changer. Les horaires ne collaient pas avec les entraînements.

Il avise le matériel sur son plan de travail et grimace.

— C'est quoi, ce truc ?

— De la glaise, expliqué-je en éclatant de rire.

— Il va falloir transformer ce bloc carré en quelque chose ?

Mon hilarité redouble. Les cours de sculpture viennent de prendre un nouvel aspect comique grâce à l'arrivée de Sander.

— Le prends surtout pas mal, mais qu'est-ce que tu fais ici ? Je veux dire, tu as l'air de t'être perdu en chemin vers le terrain de foot.

— Ça ne se voit peut-être pas comme ça, mais j'ai parfois tendance à être sur les nerfs. Ma thérapeute est un peu perchée, et c'est elle qui m'a conseillé une activité artistique...

— Tu aurais pu choisir musique. Il paraît que ça adoucit les mœurs.

— Ça impliquait d'apprendre à jouer d'un instrument. Remarque, j'aurais pu choisir la batterie, juste pour les rendre dingues à la coloc.

Je me marre à nouveau en imaginant la tête de Leander avec un tel boucan chez lui. Je me calme quand Sander me fait signe que la prof est arrivée. Elle nous sort son bla-bla habituel que je n'écoute jamais et annonce un cours un peu particulier.

— La semaine dernière, nous avons sculpté à partir d'une photo. Cette fois, je voudrais vous confronter à un modèle en trois dimensions.

Je jette un coup d'œil intrigué à Sander pour voir s'il a compris de quoi elle parlait. Mon nouvel ami est concentré sur autre chose. Ses yeux se sont écarquillés, et sa mâchoire est sur le point de se décrocher. Et quand je regarde ce qui le fait réagir ainsi, je dois avoir à peu près la même tête. Un homme s'installe au centre de la pièce. Il n'est pas nu, mais je ne dirais pas qu'il est habillé non plus. Il est enroulé dans un drap qu'il porte à la manière d'une toge. Une fois assis, il en détache le haut de manière que l'étoffe ne couvre plus que son service trois-pièces.

— Je regrette pas d'avoir changé de matière, me souffle Sander.

— Je crois que je viens de trouver un autre point positif à la sculpture, déclaré-je, ravie. Tu penses qu'on peut toucher ?

Mon voisin s'étouffe de rire à son tour.

— Ben quoi ? Je voudrais être certaine de le reproduire fidèlement ! Je suis perfectionniste.

— Nyx, si tu n'existais pas, il faudrait t'inventer !

— C'est pas ce que doit se dire ton pote, rétorqué-je en déballant mon matériel.

— Leander peut être un peu rigide quand on ne le connaît pas. Mais c'est comme un frère pour moi. Vous êtes tellement opposés que forcément, ça fait des étincelles.

Je hausse les épaules. M. Parfait a surtout un balai coincé dans le derrière. Aussi canon ce derrière soit-il.

Sans rien ajouter, je commence à façonner la glaise.

Nous travaillons en silence pendant une bonne demi-heure avant que je ne lance un énième regard à un Sander sur le point de jeter l'éponge. Devant lui, son bloc d'argile ressemble davantage à une ébauche de Chucky[9] mal dégrossie qu'à l'Apollon que nous avons sous le nez.

— Si tu t'y prends avec la glaise comme avec un ballon de foot, tu ne vas pas t'en sortir ! Pas la peine de la manipuler avec tant de force !

— Je n'ai pas tes petites mains délicates, aussi. Je n'arrive à rien.

— Tu sais ce qu'on dit ? Ce n'est pas la taille qui compte. Détends-toi, souffle un bon coup et essaie davantage de caresser l'argile que de la pétrir. On ne fait pas de la pâte à pizza ! Tiens, t'as qu'à imaginer que c'est Jeremiah que tu as sous les doigts.

Je sais que j'ai touché un point sensible quand Sander me jette un regard torve.

— N'importe quoi ! Tu vas pas recommencer tes conneries avec ça ! Je ne suis pas du tout attiré par ce type.

— Tu te défends un peu trop énergiquement pour que je n'aie pas vu juste.

---

9. Poupée animée par l'esprit d'un tueur en série dans les films d'horreur du même nom parus entre 1988 et 2021.

Il souffle et reporte son attention sur sa sculpture qu'il massacre de plus belle. Je n'enfonce pas le couteau dans la plaie. Je suis capable de me taire quand il le faut.

— Tu veux toujours savoir pourquoi j'ai envie de lui démolir la tronche chaque fois que je le vois ?

Je hoche la tête en silence, mes mains occupées sur le corps masculin qui prend forme sous mes doigts.

— Une alchimie de folie, voilà ce qu'il y a entre lui et moi. J'en ai connu, des types, mais aucun qui me fait ressentir ça juste avec quelques préliminaires.

— Et du coup, c'est quoi, le problème ?

— Le problème, c'est que Monsieur n'assume tellement pas ce qu'on a fait que quand j'ai voulu le coller un peu à une soirée, il m'a foutu son poing dans la gueule.

— Est-ce que tes amis sont au courant ?

Il secoue la tête en signe de dénégation.

— Knox est un super pote, mais il ne parle pas beaucoup, c'est pas évident de se confier à lui. Mon frangin, pas moyen, il passerait son temps à me charrier.

— Et Zeus ?

— Je ne sais pas. Je crois que je n'ai juste pas osé lui parler de ça.

— Tu me parles bien, à moi.

— C'est parce que je t'aime bien, Moustique !

Voilà autre chose ! Vomito, Moustique, il n'y a pas à dire, ces mecs me gâtent avec leurs surnoms pourris.

La session terminée, je range ma sculpture dont je suis tout de même fière et tâche de ne pas rire devant celle de Sander qui, au moins, ne ressemble plus à une poupée psychopathe.

— Tu manges avec nous ? On va au Saint-Charles Café.

Je réfléchis une minute. Dee a son cours de yoga le mercredi, et je déjeune en général seule à la cafèt. De la bouffe dégueu ou un repas avec des types plutôt sympas ? Ce n'est pas un vrai dilemme.

— Ça marche ! Tu m'emmènes en voiture ? C'est pas à côté, le Saint-Charles.

— D'habitude, j'y vais en courant, mais je vais faire une exception.

Je rigole de sa connerie et le suis jusqu'à son véhicule, une Mustang noire pas de première jeunesse qui semble avoir été retapée.

— Sympa, la caisse !

— C'est celle de mon frère.

Quand nous arrivons devant le café, je repère sans mal la table des colocs. Des types taillés comme des armoires à glace, ça ne passe pas inaperçu.

— Salut, les mecs ! lancé-je une fois à leurs côtés.

— T'es encore là, toi ? s'insurge Leander. J'ai l'impression que je peux aller nulle part sans voir ta tête, Vomito !

Finalement, les spaghettis de la cafèt auraient peut-être été plus agréables à avaler que les remarques de ce mec...

13

Leander

La journée avait pourtant bien commencé. J'ai tout déchiré à mon devoir de maths appliquées et j'étais en avance sur les cours de finances internationales. Même la légère douleur à mon poignet après avoir trop forcé lors du dernier entraînement n'avait pas réussi à entacher ma bonne humeur. Et puis il a fallu qu'elle se pointe, avec son grand sourire et ses yeux pétillants. Elle a déjà squatté ma caisse, mon lit, ma table de petit-déjeuner, et voilà qu'elle s'incruste pendant ma pause de midi avec mes potes. *Je vais encore en entendre parler pendant des jours...*

Depuis que nous avons passé la nuit ensemble, les mecs n'ont pas arrêté de me poser des questions, de me chambrer. Ils refusent de me croire quand je leur assure qu'il ne s'est rien passé. « Remarque, ça se tient. Elle n'aurait pas été de si bonne humeur si elle avait découvert combien tu es nul au pieu », m'a même répondu Sander l'autre jour. « En attendant, je sais que tu ferais n'importe quoi pour le rejoindre, mon pieu », ai-je rétorqué, le faisant lever les yeux au ciel. Je me suis alors approché de lui, ai glissé ma main sur sa joue et soufflé d'une voix rauque à son oreille : « Ne dis pas le contraire, ton corps parle pour toi. » C'était le cas. Je l'ai senti se tendre, sa respiration s'est accélérée. J'ai laissé ma bouche s'attarder dans sa gorge sans jamais le toucher. Il a fini par me repousser en grognant et en avisant son sexe à moitié dur. Je pensais que ça l'aurait calmé, que ça les aurait tous calmés, mais pas du tout. Nyx par-ci, Nyx par-là. À tel point que je suis constamment en rogne contre elle, même quand elle n'est pas là. Et la voilà devant moi...

J'ancre mon regard au sien pour lui faire comprendre combien sa présence me déplaît.

— T'es encore là, toi ? J'ai l'impression que je peux aller nulle part sans voir ta tête, Vomito !

— Moi aussi, je suis ravie de te voir, Zeus. Tu m'as beaucoup manqué.

L'ironie dans sa voix est évidente.

Nyx s'installe à côté de Knox qui lui offre un sourire doux. Bon sang, même lui semble l'apprécier. Elle a réussi à mettre tous mes colocs dans sa poche en un claquement de doigts, c'est dingue.

Nous finissons par passer notre commande, et lorsque Nyx se décide pour un coca, je pousse un soupir de soulagement.

— Heureusement qu'ils ne servent pas de boissons alcoolisées, grommelé-je entre mes dents.

Elle pose sa carte sur la table et me scrute de ses grands yeux verts.

— Tu sais, tu devrais penser à consulter, rapport à tes fixations. Tu tournes en boucle.

— J'ai envie de vous mettre dans une cage et de prendre les paris sur lequel de vous deux en sortira vivant, s'exclame Dante, amusé. Y'a moyen de se faire un tas de fric.

Je jure entre mes dents, contrairement à Nyx qui semble trouver l'idée marrante.

— Partante ! Mais je veux un pourcentage.

Ils se tapent dans la main. Commençant à en avoir ma claque, je me lève pour aller aux toilettes. J'ai besoin d'un peu de calme, loin d'elle et de sa personnalité qui prend bien trop de place autour de cette table. À peine ai-je refermé la porte derrière moi qu'elle s'ouvre pour laisser apparaître Sander.

— Qu'est-ce qui se passe, mec ? T'as l'air de mauvaise humeur.

Tu m'étonnes ! Je me frotte l'arête du nez et réponds :

— Alors ça y est, elle fait partie de notre groupe ? Tu comptes la traîner partout ?

— C'est un problème ?

Je ne comprends pas ce qui l'attire, chez elle. D'habitude, il préfère rester loin des filles.

— Bien sûr que c'est un problème, elle est insupportable !

Mon ton commence à monter. Je serre les poings, réfrénant l'envie de les enfoncer dans quelque chose rien que pour me soulager.

— Je la trouve plutôt cool, moi. Et puis elle ne devait pas te sembler si insupportable quand tu l'as invitée dans ton lit.

— Je l'ai dépannée, putain !

Combien de fois vais-je encore devoir leur répéter ? Et depuis quand j'éprouve le besoin de me justifier ? Même si je l'avais baisée contre un mur, elle n'en serait pas moins restée cette fille qui a toujours réponse à tout et qui m'a gerbé dessus.

— À d'autres ! ricane Sander.

Je commence à en avoir ma claque. J'aurais dû la laisser errer sur le campus toute la nuit. Au moins, on m'aurait foutu la paix, et je n'aurais peut-être jamais plus entendu parler d'elle.

— Elle t'a fait rire, Len !

Je m'immobilise et cligne des paupières, essayant de comprendre où il veut en venir.

— J'ai bien vu ton regard sur elle ce matin-là au petit-déjeuner. Jamais t'as regardé qui que ce soit comme ça, même pas moi, alors qu'on sait tous les deux que tu rêves que je te baise.

Ses derniers mots n'ont pour but que de détendre l'atmosphère, et cela fonctionne, je ricane. C'est alors que je me souviens de nos joutes verbales, de la manière dont ses répliques m'ont autant contrarié qu'amusé. Sander a raison, elle m'a fait rire comme aucune fille avant elle. En fait, je crois que mon rire s'est éteint le jour où Joachim a vraiment merdé et que mon père a reporté tous ses espoirs sur moi, se fichant bien de mes rêves parce que seuls les siens comptent.

Sander passe un bras autour de mes épaules avant de serrer ma nuque dans sa grande main.

— Laisse-lui une chance. Pas besoin que ce soit le grand amour, mais rien ne vous empêche de devenirs potes, pas vrai ?

Je pousse un profond soupire avant de baisser les armes et de répondre :

— M'en demande pas trop.

Il m'offre un sourire et me relâche.

— Allez, viens. Il est temps d'arrêter de jouer les divas et d'agir comme un homme.

— Je ne suis pas une diva ! grommelé-je entre mes dents.

— Si. Mais c'est pas grave, on t'aime quand même.

Ouais, en attendant, j'aurais préféré que Sander jette son dévolu sur quelqu'un d'autre que cette fille-là. Apparemment, c'était trop demandé.

14

Nyx

En poussant les portes du *Sunrise Senior Living*, je me rends compte que je ne suis pas la seule à débuter mes heures de travail communautaire dans cette résidence pour personnes âgées. *Mais pourquoi fallait-il qu'on se retrouve ici ?*

— Vomito ! Encore toi ? Mais c'est pas possible ! Enlève-moi un doute, tu ne me *stalkes* pas ? Ça m'embêterait de devoir demander une ordonnance restrictive. Tu me diras, tu serais ma première fan harceleuse, c'est peut-être un signe de ma notoriété...

Du grand Leander ! Toujours aussi modeste...

— Tu devrais descendre de ton piédestal, Zeus, tu risquerais de te casser la gueule.

Il est sur le point de me balancer une réplique bien salée quand une femme nous interrompt avec un sourire en coin.

— Eunice ? Leander ? Je constate que vous vous connaissez déjà. Les résidents seront ravis de voir deux beaux jeunes gens comme vous. Je suis Mme Moreno. Si vous voulez bien me suivre. Je vais vous donner de quoi vous habiller et vous expliquer comment on fonctionne pour le repas.

J'emboîte le pas à celle qui doit être la responsable de la résidence. À mes côtés, Zeus retient difficilement son fou rire.

— Un problème ? le questionné-je alors que je sais pertinemment pourquoi il se marre.

— Aucun problème, chère Eunice ! C'est encore pire que Vomito. Si t'étais pas une chieuse finie, j'aurais presque pitié de toi.

Je n'ai pas le temps de lui répondre. Mme Moreno nous fait rentrer dans ce qui ressemble à un vestiaire.

— Nos bénévoles gardent leurs propres vêtements, mais nous vous demanderons de les recouvrir. Ici, vous trouverez les surblouses, les surchaussures et les charlottes. Tout est à usage unique, évidemment. Les gants sont sur le chariot de repas. Je vais vous laisser vous habiller et je vous montrerai la suite. Vous pouvez laisser vos effets personnels ici, cette pièce ferme à clé.

Elle sort, et j'accroche mon sac et ma veste sur un portemanteau tandis que Zeus recouvre ses cheveux blonds d'une charlotte. Discrètement, j'attrape mon téléphone que je déverrouille rapidement.

— Eh ! Zeus !

Il se retourne, une interrogation sur le visage, et j'en profite pour prendre deux ou trois clichés.

— Mais qu'est-ce que tu fous ?

— Si tu divulgues mon petit secret, je balancerai ces photos de toi avec ce magnifique chapeau !

— Non, mais de tous les étudiants de Saint-Charles, il a vraiment fallu que je tombe sur toi ici ! se désole-t-il.

— Alors, *deal* ?

— Comme si j'avais le choix !

Satisfaite, je range mon portable et m'habille à mon tour.

Nous rejoignons notre guide à l'extérieur, et elle nous présente à quelques-unes des infirmières en place qui dévisagent Leander avec intérêt. Même accoutré de cet ensemble ridicule, il reste ce type au physique de dieu grec et il le sait. Il suffit de le voir faire des clins d'œil à tout va. Il est à deux doigts de faire la roue comme un paon.

— Fais gaffe à tes chevilles, tu serais capable de faire exploser les surchaussures.

Il se rembrunit et finit par suivre les instructions de Mme Moreno avec plus d'attention.

Comme demandé, nous poussons le chariot dans la salle des repas où les résidents sont déjà installés.

— Pour servir le souper, c'est simple. Il vous suffit de faire correspondre les couleurs. Celle des chauffe-plats est accordée avec celle des verres des seniors. Vous prenez un plateau ici, posez l'assiette dessus et le dessert, toujours en fonction du code couleur.

Je m'attelle à la tâche, remplis les assiettes et sers des plateaux. Un petit mot gentil, une main sur l'épaule, travailler avec des personnes âgées, c'est comme la bicyclette, ça ne s'oublie pas. Zeus, lui, est un peu plus emprunté. Il dresse un plateau quand j'en prépare deux. Toutefois, je remarque que sa sociabilité ne s'arrête pas aux infirmières. Il prend son temps aux tables, parle avec les résidents. Il ne ressemble plus au joueur de foot au physique d'Apollon qui ne peut pas me voir en peinture. Je le découvre sous un autre jour et je ne peux pas dire que cette facette de lui me déplaise.

— On dirait que tu as fait ça toute ta vie, me lance-t-il alors que nous attendons dans un coin que les seniors aient terminé.

— Mes parents m'ont appelée Eunice. J'ai fait ça toute ma vie, crois-moi. Mais tu t'es pas mal débrouillé non plus.

Il me dévisage, l'air surpris que je puisse lui faire un compliment. Il ne répond rien et se replonge dans ses pensées jusqu'à ce que Mme Moreno nous fasse signe de desservir les tables.

Notre corvée accomplie, nous rapportons le chariot en cuisine où notre responsable nous attend.

— Bien joué, les jeunes. Tous les bénévoles ne sont pas aussi consciencieux que vous. À la semaine prochaine !

Elle déverrouille la pièce pour que nous puissions nous débarrasser de notre équipement et récupérer nos affaires.

Une fois sortie de l'établissement, je prends mon portable pour me renseigner sur les horaires de bus.

— Je vais te ramener, Nyx. Lincoln Hall, c'est ça ?

Je m'approche de sa Jeep, suspicieuse. Pas de Vomito ou d'Eunice, ça ne m'inspire rien de bon.

— Tu as appris le nom de mon dortoir par cœur ?

— Non, Vomito, certains ont de la mémoire, c'est tout.

Ah ! Voilà, je me disais aussi !

— Où sont les sacs à vomi, Zeus ? questionné-je en ouvrant la portière passager. Ton ego m'étouffe, ça me file la nausée.

Il grogne, et je me demande si on parviendra un jour à se retrouver dans une voiture sans se balancer des piques toutes les trente secondes. Alors, pour me prouver que je suis capable de mettre mes remarques sarcastiques de côté, je lui pose la question qui me trotte dans la tête depuis que je l'ai vu tout à l'heure.

— Pourquoi avoir choisi ce travail en maison de retraite plutôt qu'un autre ?

— Pourquoi pas ?

— Je t'aurais davantage imaginé donner des cours de soutien ou quelque chose du genre.

Il réfléchit un instant, avant de me jeter un rapide coup d'œil.

— Je pense qu'aider les gens qui ont perdu une partie de leur indépendance me parle, c'est tout.

Je le dévisage intensément, consciente que je viens d'entrevoir quelque chose de nouveau en lui. Comme si, pour la première fois, il m'avait permis d'accéder à qui il est au plus profond de lui-même. Incapable d'y faire face, je retrouve cependant vite mes habitudes.

— Hum... Avoue que tu aimes simplement faire craquer les petites vieilles ! Je suis certaine que les dentiers te font bander.

Il me lance un regard choqué alors que sa mâchoire se décroche, puis secoue la tête, désespéré par ma repartie.

15

Leander

Je suis lessivé. Mon corps est en sueur, mes muscles douloureux. Ce soir, j'ai tout donné. J'ai reporté tout mon agacement dans cet entraînement, et ça m'a fait du bien. Pourtant, maintenant que je peux enfin souffler, je me souviens de la raison pour laquelle je suis aussi en rogne. Je passe une main sur mon visage pour ôter la transpiration qui me pique les yeux et pousse un grognement. Je n'aurais jamais dû proposer de raccompagner Nyx, et la laisser galérer avec son bus. J'ai voulu me montrer serviable et, en retour, je n'ai eu droit qu'à des répliques sarcastiques. À croire qu'elle ne sait pas réagir autrement.

Le bras de Sander autour de mes épaules me fait cligner des paupières et revenir à la réalité. Lui aussi est en nage après ces deux heures intensives. En silence, nous nous dirigeons jusque dans le vestiaire, et je ne perds pas de temps avant de filer sous la douche. Je laisse l'eau tiède couler le long de mon corps, espérant apaiser la douleur de mes muscles et m'aider à me sortir de la tête cette fille qui semble déterminée à se mettre constamment en travers de mon chemin.

Je me savonne lorsque des coups sont frappés sur la porte de la cabine :

— Bordel, Len ! s'écrie Sander, sa voix étouffée par le jet d'eau. Qu'est-ce que tu fous ? Ça fait au moins quinze minutes que t'es là-dedans. T'attends que je vienne te rejoindre ?

Je ricane et secoue la tête. *Décidément, il ne peut pas s'en empêcher !* Je coupe le jet et entoure ma taille d'une serviette avant de pousser la porte pour faire face à mon colocataire. Ce dernier me détaille de la tête aux pieds sans prendre la peine de se montrer discret.

— Partez devant, lui annoncé-je. Je vous rejoins plus tard, j'ai besoin d'être un peu tranquille.

Sander fronce les sourcils, et même Knox, qui vient d'entrer dans mon champ de vision, semble perplexe.

— Qu'est-ce qui s'est passé ? C'est encore à cause de Nyx, pas vrai ? Chase m'a dit que tu l'as ramenée après que vous avez bossé tous les deux avec vos petits vieux. D'ailleurs, si c'est pas un signe du destin de vous retrouver tous les deux à faire ça...

C'est dingue, on ne peut rien garder pour soi, ici !

— Chaque fois que tu prononces son surnom avec cette pointe d'affection dans la voix, j'ai envie de t'arracher la langue, raillé-je.

— Je te le conseille pas, réplique Sander. Ma langue est responsable du bonheur de beaucoup de monde. On risquerait de venir s'en prendre à toi.

Je lève les yeux au ciel et passe devant lui sans plus rien ajouter, espérant qu'il comprenne que j'ai juste besoin d'être tranquille.

Une fois la porte refermée sur le dernier de mes coéquipiers, je m'habille et rejoins le parking. Quelques personnes traînent près des bagnoles, mais la plupart sont déjà parties. Au moins, je n'aurai pas à faire semblant d'être aimable avec qui que ce soit, ce soir.

J'actionne le moteur de ma Jeep et décide de faire un tour par la baraque où Jeremiah habite avec quatre de ses coéquipiers. Je préfère ne pas retourner à la coloc tout de suite. Je sais que je vais encore me faire charrier et je ne suis pas d'humeur à ça.

Je frappe à la porte de Jer' et entends sa grosse voix me hurler d'entrer. J'ouvre et m'avance dans le salon pour le découvrir, avachi sur le canapé en cuir qui a connu des jours meilleurs, ses doigts appuyant avec frénésie sur la manette de la PS5.

— Salut. Je peux squatter un peu ?

Il hausse les épaules sans même me jeter un coup d'œil, trop concentré sur sa partie. J'ai l'habitude avec lui, et, prenant ça pour un « oui », je me contente de m'affaler à mon tour sur le canapé et d'attraper la deuxième manette.

Nous enchaînons plusieurs parties, et je ne prends même pas la peine de vérifier les nombreux messages qui font vibrer mon portable. Les mecs sont clairement plus curieux qu'inquiets de savoir où je me trouve.

— C'est dommage, tu viens de louper Eva, elle est partie cinq minutes avant que tu débarques, m'informe Jer' sans quitter l'écran des yeux.

Tous les deux sont vraiment très amis et passent leur temps ensemble. Je suis sur le point de lui demander pourquoi elle s'est barrée si tôt, lorsque j'entends des bruits de pas dans l'escalier. Scott Thomas, le capitaine de l'équipe de hockey, me salue d'un signe de main tout en gardant son autre bras autour de la taille d'une fille échevelée.

Jeremiah me jette un coup d'œil et hoche la tête. Nous nous comprenons. Pauvre Eva. Honnêtement, j'ai de la peine pour elle. C'est une nana géniale, et elle ne jure que par Scott qui, lui, préfère se taper des groupies sans cervelle. C'est dans ces moments-là que je me dis que rien ne vaut le célibat. Et je ne comprends pas que tout le monde ne soit pas du même avis que moi. À quoi bon se faire du mal, à quoi bon vouloir souffrir, alors que tout le monde irait mieux en suivant mon exemple ? S'éclater, flirter, baiser, sans avoir de compte à rendre à personne, et sans finir avec un cœur brisé.

16

Nyx

Il y a des soirées qui n'en finissent pas. Celle-ci en fait partie. J'adore mon job, et je sais que j'aurais pu me faire des ampoules au pied en servant dans un *diner*. Mais ce soir, j'ai tellement l'impression d'être considérée comme une boniche que finalement, apporter des burgers à des clients affamés dans une tenue rose pastel ne me semble plus si rebutant.

Le responsable de mon humeur massacrante ? Lorette Sawyer.

J'aurais dû me douter de l'arnaque quand Loyd, mon boss, s'est enfermé dans son bureau avant que la starlette n'arrive, avec interdiction de le déranger sauf en cas d'urgence.

Quand je l'ai accueillie, Lorette m'a fait porter sa mallette de maquillage alors qu'elle voyage avec un staff digne des plus grands groupes. Elle a même un garde du corps, bien que je soupçonne fortement celui-ci d'être son cousin. Toujours est-il que le mec a des bras gros comme mes cuisses, il n'aurait pas pu porter ce foutu vanity ? Une fois dans sa loge, notre diva a voulu en changer parce que la déco ne comportait pas le pourcentage adéquat de rose framboise nécessaire à son bien-être. Quand je lui ai fait remarquer que c'était la plus grande et que les autres n'auraient pas plus la bonne couleur que celle-ci, elle a fondu en larmes contre le torse de son cousin-garde du corps. Un autre gros bras est sorti de nulle part avec une malle remplie de draps et de coussins dont la couleur flashy a manqué de m'abîmer définitivement la rétine.

Je passe sous silence la commande de salade sans sauce, sans fromage, sans viande, sans aliments rouges et sans gluten. Je tairai aussi la tête de Lorette quand je lui ai fait remarquer que ça s'appelait une salade verte. S'en est suivie une pléthore de demandes toujours plus loufoques : un ventilateur qui ne fait pas trop d'air, un parfum d'ambiance senteur fraîcheur des prés, de l'eau gazeuse à laquelle elle a exigé que je retire les bulles...

Elle est sur scène depuis une heure, et je sais que le répit que j'ai depuis est sur le point de prendre fin. Je m'assieds une minute sur un tabouret en coulisses en passant en revue les tâches dont je me suis acquittée en attendant que ma starlette autoproclamée « reine de la country » sorte de scène. C'est le moment que choisit le cousin-garde du corps pour s'approcher de moi. Et à voir sa tête outrée que je puisse prendre une pause, je redoute le pire.

— C'est déjà sa chanson de rappel, Lorette va bientôt avoir fini.

— Euh... oui, je suis au courant. Je peux faire quelque chose ?

Pourquoi je demande ça, moi ? Je tends le bâton pour me faire battre !

— Il faudrait aller tamiser la lumière dans la loge. Lorette a souvent très mal à la tête après ses représentations, et il faut qu'elle soit en forme pour les vingt minutes prévues pour les quatre personnes qui ont gagné les pass VIP.

— Je ne peux pas tamiser la lumière, juste l'éteindre, précisé-je.

— Débrouille-toi. C'est pour ça qu'on te paie, non ?

Il me balance ça comme si j'étais un cloporte. Son regard me signifie clairement qu'il se demande si je laisserais une tache sous sa chaussure s'il m'écrasait. Je suis à deux doigts de l'envoyer balader, mais même moi je ne fais pas la maligne avec les gros bras. *Respire, Nyx !* Je me détourne sans rien ajouter et me mets à la recherche de quelque chose qui me permettrait de diminuer la lumière dans la loge. Dans la réserve, j'examine une tenture en me demandant comment la faire tenir sur le plafonnier quand mon regard se pose sur une lampe halogène avec un bouton mitigeur. Sur son pied, un post-it avec des mots tracés de la main de Loyd : « Lampe spéciale Lorette Sawyer. » *Il n'aurait pas pu me prévenir ?*

Je cours avec ma lampe dans les bras, au risque de me casser la figure, et arrive juste à temps pour l'installer. Au moment où je tourne la molette en priant pour que ça marche, Lorette apparaît dans l'encadrement de la porte avec ses quatre groupies.

— Mesdames, cette jeune fille va vous amener des rafraîchissements, si vous le souhaitez. N'est-ce pas, *honey* ?

C'est à moi qu'elle s'adresse ? Apparemment, devant ses fans, je suis « *honey* », et plus « eh, toi, là-bas ».

— Bien sûr, réponds-je en énumérant les quelques boissons que nous gardons toujours en réserve.

Quand je leur rapporte leur commande, Lorette me gratifie d'un « merci, *honey* » – il va neiger – et me signifie d'un geste de la main que je peux disposer. La prochaine fois qu'elle vient, je lui achète une clochette.

Je ne m'éloigne pas beaucoup, au cas où Sa Majesté me sonne encore. Je ne peux de toute façon pas partir tant qu'elle est là. Les invitées VIP finissent par quitter les lieux, mais plus personne ne sort de la loge après ça. Les musiciens s'y réfugient, et au troisième qui entre avec une bouteille de bourbon, je comprends à quel point la soirée est loin d'être terminée pour Lorette.

Les minutes défilent, se transforment en heures. À minuit, je n'en peux plus de bâiller à m'en décrocher la mâchoire. Loyd n'est toujours pas sorti de son bureau, mais il est hors de question que je passe la nuit ici.

— Loyd ! crié-je en tambourinant à sa porte.

— Pas la peine de hurler, je ne suis pas sourd, me répond-il en ouvrant. Qu'est-ce que tu fais encore là ?

— Lorette n'est toujours pas partie...

— Ah ! Une fête improvisée, j'imagine. Rentre chez toi, Nyx. Je vais gérer la suite.

Je ne perds pas une minute, au cas où il change d'avis, et attrape mes affaires avant de me ruer jusqu'à la sortie.

Je cours jusqu'à l'arrêt de bus en vérifiant les horaires de passage sur mon téléphone. Je déchante vite : le dernier est parti il y a une vingtaine de minutes. Impossible de rentrer à pied, le *Lounge* est bien trop loin du campus. Avant d'appeler un taxi, je tente ma chance auprès de Dee. Si elle est avec Chase, peut-être qu'il pourra lui prêter sa voiture pour me tirer d'affaire.

— Dee ?

Je suis obligée de crier tellement il y a du bruit autour d'elle.

— Nyx ?

— Oui ! J'ai loupé le dernier bus, tu crois que Chase pourrait venir me chercher au *Lounge* ?

Vu la voix alcoolisée de mon amie, mieux vaut ne pas lui demander à elle.

— Évidemment, bichette !

— Tu es sûre ? questionné-je, soulagée. Sinon, je prendrai un taxi.

— Tututut ! Pas question. Bouge pas !

Je m'assieds sur le banc à côté de l'arrêt de bus et resserre ma veste en jean autour de moi. Fin septembre, les nuits commencent à être plus fraîches. Je pianote sur mon téléphone en attendant que Chase se pointe.

Je ne relève la tête que quand une voiture se range le long du trottoir. Ce n'est pas le SUV de Chase mais la Jeep de Leander. Dee veut ma mort, ou quoi ? Autant nous mettre dans une arène avec un glaive et une armure en cuir. Je fais néanmoins le tour du véhicule pour m'installer du côté passager.

— Tu as perdu quel pari pour récolter la corvée de venir me chercher ? le questionné-je.

— Bonjour, Eunice. Oui, je vais très bien, je te remercie. Quoi ? Mais non, voyons, aucun problème, je quitte la chaleur de ma maison pour te servir de chauffeur quand tu veux. C'est un plaisir, pas la peine de te perdre en remerciements sans fin.

Je crois que je l'ai bien cherché, celle-là ! Je ne m'attendais simplement pas à le voir débarquer.

— Pardon. Merci, Zeus. Dee m'a dit qu'elle envoyait Chase.

— Chase avait bu une ou deux bières de trop. Même ton super pote Sander avait trop picolé pour venir te sauver les miches. Je suis souvent le seul sobre dans cette baraque, de toute façon.

— Saint Leander. Et puis je suis sûre que tu les apprécies, mes miches, pour venir à mon secours.

Il grogne un truc incompréhensible. Ses pommettes ont pris une teinte rosée, et je ne peux pas m'empêcher de me demander si c'est l'effet de la mention de mes fesses ou le chauffage qu'il a poussé à fond dans la voiture. Je pose mes mains gelées sur une des bouches d'aération. Il faut que j'arrête de me montrer aussi acerbe avec lui. Après tout, sans lui, j'allais congeler sur place.

— Je savais pas que tu travaillais ici, change-t-il de sujet.

— Depuis juillet.

— Et en plus de deux mois, tu arrives encore à te perdre sur le campus ?

— Je n'avais pas accès au dortoir en juillet, Einstein.

Il soupire et tend le bras pour allumer son poste de radio. La voix de Katy Perry résonne dans l'habitacle.

« Kiss me, k-k-kiss me
Infect me with your love and fill me with your poison
Take me, t-t-take me

Wanna be a victim, ready for abduction[10] »

— Hum. C'est un message, Zeus ? raillé-je.

Il me regarde quelques secondes, se demandant sans doute de quoi je veux parler, avant d'éclater de rire. C'est tellement rare que j'en sursaute.

— Tu n'arrêtes jamais ?

— Quoi donc ?

— L'ironie ? Le second degré ? Tu étudies la psychologie, non ? Je ne t'apprends rien quand je te dis que c'est un mécanisme de défense assez évident.

— Merde, t'as un cerveau, en fait ?

Il a raison, je ne peux pas m'empêcher de le charrier. Je sais très bien que ce mec n'est pas idiot. Je l'ai compris dès le moment où Delilah m'a assommée avec des explications de techniques de match de foot compliquées. Leander est le capitaine de l'équipe, et rien que pour retenir toutes ces stratégies de jeu, il a toute mon admiration. Si je l'emmerde à ce point, c'est parce que c'est trop facile. Il démarre toujours au quart de tour. Mais pas cette fois. Plutôt que d'abattre sur moi sa colère divine, il profite d'un feu rouge pour se pencher vers moi, son visage à quelques centimètres du mien.

— Qu'est-ce que tu caches, Eunice ? demande-t-il doucement en attrapant une mèche de mes cheveux entre ses doigts.

— Dans mon placard ? Le corps des mecs qui ont osé m'appeler Eunice.

— Je trouverai, un jour.

— Bon courage, Zeus.

---

10. « ET (Futuristic Lover) », *Teenage Dream* (2010)
« Embrasse-moi, em-em-embrasse-moi
Infecte-moi de ton amour et remplis-moi de ton poison.
Prends-moi, p-p-prends-moi
Je veux être ta victime, je suis prête pour l'enlèvement. »

Il me scrute un instant, ses yeux bleus accrochés aux miens, avant de finalement reprendre sa place.

Après quelques minutes, il immobilise la voiture devant mon dortoir. J'attrape mon sac avant de descendre.

— Merci encore pour le trajet.

— Pas de problème, Nyx. Tu veux que je passe te chercher pour aller à la maison de retraite ?

Alors que je le fixe du regard en attendant de voir s'il va lui pousser une seconde tête, il ajoute :

— Ta résidence est sur mon chemin.

— OK. À jeudi, alors.

— Hé ! Vomito ! m'interpelle-t-il par la fenêtre.

— Quoi ?

— Le jour où je voudrai t'embrasser, je n'utiliserai pas une chanson pour te le dire.

Et il démarre sans me laisser l'occasion de rétorquer. Même si ça avait été le cas, aurais-je trouvé comment rebondir ? Leander a eu le dernier mot aujourd'hui, mais il ne faudrait surtout pas qu'il s'habitue.

17

Leander

— Alors, où est-ce que tu m'emmènes, cette fois ? Tu me déposes chez moi ou tu te transformes à nouveau en guide touristique ? demande Nyx après avoir grimpé sur le siège passager de ma voiture.

Je me mets à siffler tout en démarrant. Je ne prends en effet pas la direction de Lincoln Hall. À force de discuter avec Nyx lors de notre travail en commun à la maison de retraite, j'ai découvert qu'elle ne connaît quasi rien des alentours, hormis le campus et le *Bottom Lounge*. Lors de son arrivée, elle s'est contentée de faire un tour en ville sans chercher plus loin. Alors, la semaine dernière, une fois notre service terminé, j'ai décidé de faire un détour avant de regagner la fac. Ce n'était pas prévu, j'ai cédé à une impulsion, à l'envie de prolonger un peu le moment en sa présence. Je me suis d'abord dit que c'était pour apprendre à la connaître, histoire de comprendre pour quelles raisons Sander l'apprécie autant. Sauf que je me suis vite laissé prendre à mon propre jeu. Nyx est peut-être une emmerdeuse, mais elle est attachante, et à ma grande surprise, j'aime passer du temps en sa compagnie. Malgré ses piques constantes, la manière dont elle adore me mettre en boîte et me faire tomber de mon piédestal, elle me donne envie de creuser sous cette personnalité exubérante. En fait, je crois qu'elle m'intrigue, ce qui est une première. Hormis Eva, je n'ai jamais été très proche d'une fille. Sans doute parce que j'ai conscience que la plupart n'attendent qu'une chose : finir dans mon lit. Mais pas Nyx.

— Tu sais que te voir de si bonne humeur est carrément suspect. Tu envisages de m'emmener dans un cimetière pour te débarrasser de moi tranquillement ?

Elle n'est pas si loin du compte. Même si mon humeur ne dépend pas de sa disparition. Au contraire, je crois qu'elle serait capable de me manquer. J'ai simplement appris une bonne nouvelle ce matin. Enfin, une potentielle bonne nouvelle. Un espoir qui me file carrément le sourire. Cette année, Thanksgiving pourrait être le meilleur que j'aie jamais passé. Mais je ne dois pas m'emballer, c'est encore loin, et tout peut arriver d'ici là.

— Tu ne comptes pas me dire où on va, hein ! me relance-t-elle.

Je secoue la tête et profite d'être arrêté à un feu rouge pour me pencher vers elle et murmurer :

— Non, mais je peux te promettre une chose... tu vas frissonner.

Elle me dévisage un instant puis éclate de rire.

— Est-ce que ça fonctionne, ce genre de truc, d'habitude ? demande-t-elle.

— Bien plus que tu sembles le penser.

— Les filles aiment vraiment les types bizarres.

Je redémarre mais ne peux m'empêcher de lui jeter un regard en coin.

— Bizarre, c'est le mot que tu utilises pour sexy ? Parce que, dans ce cas-là, je le suis. Carrément, même.

— Tu es incroyable.

— Ça aussi, on me le dit souvent.

Elle ricane et se détend sur son siège. Elle tapote sur son portable pendant que je nous conduis à destination. Cette fois, j'ai prévu le coup. Je me suis même un peu pris la tête pour trouver quelque chose d'original à faire avec elle. Pour quelle raison, au juste ? Je préfère ne pas m'attarder sur cette question.

Le silence de l'habitacle est comblé par la voix d'Anthony Kiedis qui s'échappe des haut-parleurs. Je chantonne pendant que Nyx est toujours occupée à pianoter. Elle finit par pousser un soupir et se rencogne dans son siège.

— Tout va bien ?

Elle acquiesce.

— Oui. C'est Dee. Elle se prend la tête sur un cours de compta et me demande des conseils. Comme si je pouvais l'aider... Je suis tout aussi larguée qu'elle depuis le début de l'année. Voire plus. J'aurais carrément besoin de cours de rattrapage.

— Pourtant, la compta, ça n'a rien de sorcier.

Même si je suis concentré sur la route, je peux sentir le regard noir qu'elle me lance.

— Rappelle-moi comment toi et ton ego parvenez à passer les portes ?

Je secoue la tête et laisse un souffle exaspéré m'échapper.

— Contrairement à ce que tu sembles croire, « footballeur » ne rime pas avec « abruti ». Pour info, je ne fais pas que courir après un ballon. Je fais aussi des études de commerce. Ce qui implique des maths, de la finance et même des foutus cours de français.

— Je voulais pas...

— Si. Mais t'inquiète, j'ai l'habitude.

L'habitude qu'on nous considère comme des sportifs sans cervelle. J'aimerais bien voir Nyx essayer de se remémorer toutes les tactiques et les codes de notre *playbook*, je suis sûre qu'elle ferait moins la maline. En temps normal, je me moque de l'opinion des gens et des préjugés qu'ils collent sur moi, mais étrangement, pas avec Nyx. Ça me gonfle qu'elle me prenne pour un incapable.

Elle reste silencieuse si longtemps que j'ai le temps de me garer sur une place de parking avant d'entendre de nouveau le son de sa voix.

— Est-ce que je viens de ruiner mes chances que tu acceptes de m'aider ?

J'éteins le moteur et me tourne vers elle :

— Je pourrais encore l'envisager… À une condition. Que tu dises que je suis un type génial, carrément altruiste, et que tu as eu tort de me juger aussi rapidement.

J'attends qu'elle capitule, un sourire de vainqueur aux lèvres, mais c'est mal la connaître.

— N'en fais pas trop, Zeus. Je te propose plutôt un autre *deal* : tu m'aides avec mes cours de compta et, en échange, tu auras l'immense honneur de passer du temps avec moi. Beaucoup de gens tueraient pour être à ta place.

Alors que je fronce les sourcils, peu convaincu de l'équilibre du *deal*, sans me laisser le temps de répondre, elle saute hors de la Jeep et claque la porte. Elle ne risque cependant pas d'aller bien loin puisqu'elle ne connaît pas notre destination. À moins qu'elle me fausse compagnie pour avoir le dernier mot. Elle en serait capable.

Je la rejoins, lève les yeux au ciel et lui fais signe de me suivre. Je tiens ma langue durant la courte distance jusqu'à notre point de rencontre. Plusieurs personnes sont déjà arrivées et discutent avec notre guide.

Nyx jette un coup d'œil à la brasserie *Lemp* devant laquelle nous nous sommes arrêtés.

— J'espère que tu m'as pas amenée dans un club échangiste.

Quelques regards se tournent vers nous, et elle lance un sourire tandis que je dois me mordre les joues pour ne pas éclater de rire.

— Pas ce soir, je me suis dit que c'était trop tôt. Mais je garde ça en tête pour la prochaine fois.

Nyx me file un coup de coude dans les côtes, tandis que la voix de notre guide s'élève dans l'air.

— Bonsoir à tous. Je m'appelle Mark, je suis enquêteur paranormal et, aujourd'hui, je vais vous partager l'histoire méconnue de la brasserie *Lemp*. J'espère que vous n'avez pas peur des fantômes.

Des ricanements plus ou moins francs se font entendre autour de nous, et je sens le regard de Nyx sur moi. Je me tourne vers elle et lui souris de toutes mes dents.

— Alors, prête à frissonner ?

Elle semble se souvenir de mes paroles dans la voiture. *Eh oui, Eunice, ça t'apprendra à tout prendre au pied de la lettre !* Un sourire ourle ses lèvres, et ses yeux pétillent d'amusement.

— Carrément !

Elle glisse son bras dans le creux du mien, et je suis si surpris que mon cœur tressaute. Je décide de ne pas m'attarder sur ce geste anodin et la laisse nous entraîner à la suite du groupe dans l'un des lieux les plus hantés d'Amérique.

Durant tout le temps de la visite guidée, c'est à peine si Nyx se détache de moi. Je peux sentir la vibration de ses rires se répercuter sur ma peau, ainsi que ses frissons lorsque Mark partage les détails les plus sordides de l'histoire de la famille Lemp. Celle-ci est bien connue des natifs de Saint-Louis. Mon père me l'a racontée un nombre incalculable de fois. Au XIXe siècle, les Lemp ont importé la bière blonde à Saint-Louis, faisant au passage fortune. Mais la chance a fini par tourner pour eux, et quatre des membres de la famille se sont suicidés dans le manoir familial. D'après notre guide, ils hantent toujours les lieux.

— Est-ce que tu crois aux fantômes ? demande Nyx tandis que nous poursuivons la visite.

— Non. J'ai déjà suffisamment de mal à croire en certaines personnes encore en vie.

Nyx arque un sourcil interrogateur, et je hausse les épaules pour lui intimer de laisser tomber. Je ne sais pas ce qui m'a pris de lui sortir ça. Je ne suis pas du genre à m'étaler sur ma vie personnelle. Surtout que je ne suis pas à plaindre comparé à d'autres, mais parfois je me demande ce qui se serait passé si ma mère ne s'était pas barrée, et si mon père nous avait aimés, Joachim et moi, plus que son boulot.

— En tout cas, tu as tenu ta promesse, Zeus, déclare Nyx, me sortant de mes pensées.

— Ah oui ?

— Même si ça me fait mal de le dire, j'ai vraiment frissonné.

Je ris et lui lance un clin d'œil.

— Et dire que le meilleur reste à venir, annoncé-je sur le ton de la confidence.

Elle m'observe un long moment avant de répliquer :

— Je ne pensais pas le dire un jour, mais j'ai hâte de découvrir ça.

18

Nyx

— Je n'en reviens pas d'avoir réussi à me faire avoir aussi facilement, grommelé-je, le nez faussement penché sur mes cours.

Assise sur mon lit, du coin de l'œil, je vois Leander me lancer un regard amusé avant qu'un ricanement ne secoue le matelas sur lequel nous sommes installés.

— Qu'est-ce que tu ronchonnes encore, Eunice ? C'est quoi, d'ailleurs, ton deuxième prénom ?

Surprise par le changement de sujet, je tourne la tête vers lui.

— On peut savoir quel est le rapport ?

— Quand tu m'agaces, je pourrai te balancer tous tes prénoms à la tête.

Vexée qu'il me prenne encore pour une gamine capricieuse, je me détourne et replonge dans mes bouquins, la mine renfrognée.

— Ah ! Mademoiselle Daugherty boude ? Comme c'est surprenant ! C'est pas grave, je suis sûr que je peux deviner tout seul.

Il repose le livre de comptabilité sur le lit et prend un faux air concentré en se frottant le menton. Puis soudainement, il se redresse, le doigt levé comme s'il venait d'avoir un éclair de génie.

— Je sais ! Marybeth ! Bon, je ne suis pas certain que ça soit assez hideux, mais ça fera l'affaire. N'hésite pas à me le dire si je suis dans le vrai, hein.

S'il pense que je vais lui donner le moindre indice, il a tout faux. La réalité est bien pire que Marybeth. Parce que mes parents n'ont rien trouvé mieux que de m'appeler Eunice Magdalene. J'aimerais dire qu'ils ont rivalisé d'ingéniosité, mais à peu près tous mes frères et sœurs ont des prénoms aussi atroces.

Comme je ne réponds rien, Leander finit par se tourner de nouveau vers moi.

— Eunice Marybeth Daugherty ! Pourquoi tu ronchonnes encore ? grogne-t-il de cette voix grave que j'ai appris à apprécier bien plus que je ne le devrais.

Je ne me laisse pas démonter par son ton faussement paternaliste. Le révérend était bien plus fort que lui à ce jeu, et je n'ai jamais cédé.

— J'en reviens pas d'avoir accepté que tu viennes chez moi sous prétexte d'une soirée Netflix et qu'on se retrouve à faire de la compta ! C'est comme ça que tu emballes les filles ? À coups de bilan et de calculette ?

Il éclate de rire, ce qui est de plus en plus fréquent. Il faut dire qu'on partait de loin. Je crois que Leander s'habitue à mon ironie bon marché. C'est vrai que nous passons de plus en plus de temps ensemble, soit parce que j'accompagne Dee quand elle va à la coloc, pour traîner avec cette tripotée de mecs qui m'ont accueillie comme leur pote, soit parce que nous nous rejoignons après ses entraînements ou nos soirées à la maison de retraite. C'est d'ailleurs devenu un genre de rituel de faire quelque chose de spécial les jeudis après notre boulot. Sauf qu'il va quand même falloir qu'il comprenne que la compta n'a rien de réjouissant.

Son hilarité maîtrisée, il me scrute, un petit sourire en coin.

— Franchement, Vomito, comme si j'avais besoin de ça pour « emballer », lâche-t-il en mimant des guillemets. Mon charme naturel suffit.

— Ça et ton ego démesuré ?

Tout en parlant, il s'est rapproché. Son épaule est collée à la mienne, son visage à quelques centimètres du mien. J'ai un peu trop chaud tout à coup, mais je ne peux pas détourner mon regard de ses iris bleus plantés dans les miens. Son charme naturel ? Je crois que je vois ce qu'il veut dire. Même si Leander aura toujours trop la grosse tête à mon goût, ça ne m'empêche pas d'apprécier ce que j'ai sous les yeux.

— Si tu bouclais ce devoir de compta sans râler, on pourrait passer à autre chose, finit-il par reprendre après un long silence.

— Netflix et pizza, comme tu avais promis ? m'assuré-je.

— Netflix et pizza, confirme-t-il.

C'est bien plus motivée que je me penche à nouveau sur ce bilan fictif que je dois rendre pour mon cours de compta. J'ai beau étudier la psychologie, ma conseillère d'orientation m'a suggéré que c'était toujours utile. Si un jour je souhaitais ouvrir mon propre cabinet, avoir des notions de comptabilité ne me ferait pas de mal. Seulement, je trouve ça tellement ennuyeux que je n'arrive pas à m'y intéresser et à comprendre ce qu'on attend de moi.

Je m'attelle à la tâche avec autant de concentration que j'en suis capable. Je me perds régulièrement dans les explications de Leander qui est pourtant d'une patience hors du commun. Je n'aurais jamais attendu ça de lui, même si ça ne devrait pas me surprendre. Il est assidu et studieux dans tout ce qu'il fait. Je dois néanmoins lui demander à plusieurs reprises de mettre les sous-titres. J'ai l'impression d'écouter une série TV coréenne en VO.

Tant bien que mal, je parviens à terminer le travail que je dois rendre en classe et je ne peux que reconnaître que je n'y serais pas arrivée sans son aide.

— Merci pour le gigantissime coup de main, Zeus. Je ne suis pas sûre d'avoir tout pigé mais au moins, grâce à toi, je devrais avoir une note correcte, cette fois. Je peux t'amener avec moi le jour des exams ?

Il ricane et se lève de mon petit lit pour s'étirer. Son tee-shirt se soulève, et je fais semblant de ne pas remarquer sa musculature parfaite. Une drôle d'amitié basée sur les sarcasmes et le ronchonnement naît entre Leander et moi, et je ne voudrais pas la briser en nourrissant des pensées hors de propos pour lui. Ce n'est pas souvent que les mecs deviennent amis avec moi. En général, ils préfèrent me sauter dessus. Ce n'est pas le cas de Leander, ou alors il cache bien son jeu, et je n'ai pas envie de gâcher ça. C'est agréable d'avoir quelqu'un sur qui compter.

Mes affaires rangées, je me saisis de mon portable pour commander la pizza tant attendue.

— Qu'est-ce que tu aimes comme garniture ? Attention, ton choix peut avoir de vraies conséquences. Si tu me parles d'ananas, je serai obligée de te bannir de cette chambre à vie.

— C'est quoi, le problème, avec l'ananas ? demande-t-il avec un sourire en coin.

Je le dévisage, les bras croisés sur la poitrine.

— On ne plaisante pas avec ça. Une pizza, c'est très sérieux, Apollon.

— Prends ce que tu veux. J'aime tout... sauf l'ananas, bien sûr !

Il m'adresse un clin d'œil avant de sortir son ordinateur portable pour le poser sur une chaise juste devant mon lit. Je le vois se connecter à Netflix pendant que je pianote sur l'application Uber Eats.

— Tu veux regarder quoi ? Attention, ton choix peut avoir de vraies conséquences. Si tu me réponds *The Notebook*, je devrai te bannir de la coloc.

— Tu ne pourrais pas, asséné-je du tac au tac. Sander m'adore, il me ferait rentrer en douce. Mais bon, j'imagine que tu as du bol, je déteste ce film.

— Trop mielleux pour toi ?

Je secoue la tête en me remémorant la fois où Dee m'a forcée à le visionner.

— Trop triste. Je supporte pas de sangloter devant un film comme si c'était la fin du monde. Et crois-moi, c'est pas beau à voir.

Il me scrute un instant, comme pour s'assurer que je suis sérieuse, avant de rire. Je m'installe alors à côté de lui, et on finit par choisir *V Wars*[11], conscients tous les deux que cette série n'a pas de fin. Après tout, dans la vie non plus, on ne sait pas comment se passera la suite des événements, et c'est sans conteste ce qui rend notre existence plus vibrante.

La pizza arrive au moment où nous lançons le premier épisode. Je suis soulagée de constater que Leander est comme moi, il ne peut pas se retenir de commenter quand il regarde un film. Dee ne supporte pas cette habitude. Alors, ce soir, je m'éclate à critiquer le physique trop parfait de Ian Somerhalder – ce qui ne m'empêche pas de l'imaginer nu sous sa douche, évidemment – ou le scénario parfois un peu alambiqué.

Cela dit, c'est une super série, et les épisodes s'enchaînent sans que je voie le temps passer. Les heures défilent, et pas une fois je n'utilise mon moyen de défense favori, ce qui est assez rare pour le remarquer. Je ne suis pas pleinement à l'aise avec beaucoup de personnes, j'ai donc souvent tendance à me cacher derrière mes réflexions acerbes. Pourtant, épaule contre épaule avec Leander, je me sens en confiance. Aussi surprenant que cela puisse paraître après notre rencontre mouvementée. Je ne lui dirai jamais une chose pareille mais je sens comme un fil invisible qui nous relie. Une sorte de lien que j'ignorais jusque-là et qui s'impose à moi en se tendant au fur et à mesure que nous passons du temps ensemble.

---

11. Série d'horreur américaine de William Laurin et Glenn Davis.

19

Leander

Le rituel est toujours le même, chaque foutu troisième dimanche de chaque foutu mois. Deux heures trente de route pour me rendre à Marion, dans l'Illinois. Deux heures trente à serrer les dents, à subir les flashs qui me reviennent en mémoire, à me demander comment on a pu en arriver là. À me convaincre que tout finira par rentrer dans l'ordre, que notre famille pourra s'en relever, à me croire capable de tenir sur la durée.

Parfois, je voudrais rester sous ma couette et oublier. Ne pas y aller, ne pas faire face à la réalité. Mais Joachim n'a plus que moi. Mon père l'a abandonné à son sort depuis longtemps. Tout ce qu'il a fait pour l'aider, c'est se servir de son réseau pour lui éviter la haute sécurité. Shannon, sa copine depuis leur toute première année d'université, celle qu'il voulait épouser, l'a quitté à peine lui avait-on passé les menottes. Alors, j'affronte le trajet et le reste, parce qu'il le faut bien. Parce que je refuse de lui tourner le dos à mon tour.

Mes doigts se crispent sur le volant lorsque j'arrive près de la prison fédérale, située aux abords d'une forêt. Je refoule les larmes qui me montent aux yeux et serre les dents. *Allez, reprends-toi. Chialer comme un gamin ne rendra pas les choses plus faciles !*

Je devrais pourtant sourire. Aujourd'hui, Joachim est censé m'annoncer une super nouvelle. Une confirmation que j'attends avec impatience sans oser trop y songer : celle qu'il a obtenu une permission pour passer Thanksgiving en famille. Alors, aussi fort que possible, je m'accroche à cette perspective, à l'idée que d'ici peu de temps, nous aurons enfin l'occasion de nous voir en dehors de cette satanée prison, pour tenter de chasser mes sombres pensées.

Je passe une main dans mes cheveux et me gare sur un emplacement libre du parking. Plusieurs voitures sont stationnées là, des types discutent en fumant une clope, adossés contre leur carrosserie. Il pleut, ils sont mouillés mais ils s'en foutent.

Poussant un profond soupir, je m'extirpe de ma Jeep et avance jusqu'à l'entrée du pénitencier. Le vent me cingle le visage et me brouille la vue. Peu importe. Je suis venu tellement de fois que je pourrais me diriger les yeux fermés. Mes pieds me guident d'eux-mêmes, mes gestes sont automatiques. Passage d'un premier sas. Vérification de ma pièce d'identité et du formulaire de visite. Signature du registre. Contrôle via un portique de sécurité. Marquage par tatouage UV.

La première porte émet un bip strident lorsque le gardien nous guide, moi et deux autres personnes, à travers la première salle. Des frissons parcourent ma peau tandis que j'avance au rythme du cliquetis des clés, des chaînes et des menottes accrochées à la ceinture du type bedonnant devant moi. Déjà, j'ai l'impression d'avoir du mal à respirer. Ce froid, cette odeur métallique, ça me donne envie de m'enfuir en courant.

Nous passons une deuxième porte, traversons un couloir extérieur depuis lequel j'aperçois l'habituelle petite cour cernée de grilles hérissées de fils barbelés.

Une autre porte, et me voilà au parloir. Des gens y discutent avec un proche, prisonnier. D'autres attendent, un café ou un snack à la main. Je salue quelques personnes, qui me félicitent pour mon match de la semaine dernière. Tout le monde ici finit par se connaître, à force. La chaleur, les sourires, la vie qui imprègne cette pièce me font du bien, et je peux enfin respirer. Je vais jusqu'au distributeur pour acheter deux cafés et une barre chocolatée. Joachim les adore. Puis je m'assieds sur une chaise assignée par l'un des gardiens. Et j'attends.

Tapotant des doigts sur la table usée, je prie pour que la requête de Joachim ait été acceptée. Il ne demande pas grand-chose. Juste un week-end. Je prie très fort, parce que je ne supporte plus de ne le voir qu'une fois par mois pour un temps limité. Je veux retrouver mon grand frère, je veux retrouver le type qui m'a appris à jouer au football, qui me faisait rire et que je regardais avec des yeux emplis d'admiration. Un frère brillant, promis à un avenir radieux, et qui a tout foutu en l'air.

Je sens sa présence avant de le voir, et lorsque je lève la tête pour le regarder donner sa carte d'identité de prisonnier au gardien, tous mes espoirs s'effondrent, et j'ai envie de hurler.

Son visage arbore des ecchymoses, sa lèvre est fendue, et l'hématome sur son œil l'empêche de l'ouvrir en entier. C'est foutu. Je le sais. Il ne pourra pas fêter Thanksgiving avec nous cette année.

— Je suis désolé, petit frère.

Ce sont les premiers mots qu'il me souffle à l'oreille lorsqu'il me prend dans ses bras pour me saluer.

Lors de chaque visite, il me paraît plus mince que la fois précédente, mais toujours aussi musclé. Il sent le savon et la sueur, et je voudrais ne jamais le lâcher.

Nous nous asseyons chacun d'un côté de la table, et Joachim se mord les lèvres en me fixant du regard. Il sait que je lui en veux. Il sait que j'attendais ce moment avec impatience. Je ne lui demande pas ce qui s'est passé. Pas seulement parce que nous devons contrôler chaque mot qui sort de notre bouche, mais surtout parce que je m'en fous. Il n'a pas tenu sa promesse. Il m'a abandonné. Encore une fois.

La déception que je ressens me file la nausée, parce qu'elle entraîne avec elle un sentiment de culpabilité.

Je ne devrais pas être si égoïste, penser à mon petit bonheur personnel tandis que l'homme en face de moi en a pris pour vingt piges. Qu'il va passer ses plus belles années entre quatre murs puant la mort et le désespoir.

Je bois une gorgée de mauvais café et grimace en reposant mon gobelet. Mon frère m'imite et ne se fait pas prier pour dévorer la barre chocolatée. Au moins, il est là, devant moi, et je peux le toucher. S'il avait fini en isolement, j'aurais fait plus de deux heures de route pour une vidéovisite.

— Tu as bonne mine, constate-t-il, sa voix grave me filant des frissons.

Tu me manques, voudrais-je hurler. *Tu me manques tellement, putain !* Mais je ne lui dis pas, parce que ça ne changerait rien.

— Je peux pas en dire autant de toi.

Il sourit d'un air penaud, mais ce sourire me réchauffe le cœur. Je donnerais tout ce que j'ai pour revenir en arrière, pour l'obliger à arrêter ses conneries avant que tout parte en vrille.

— Comment ça se passe, à la fac ?

Toujours les mêmes questions, toujours les mêmes réponses... Comme une routine rassurante que rien ne pourrait ébranler.

Je finis par me détendre, et nous discutons longuement. Je lui parle des cours, des profs chiants, des matchs, de mes potes. Le sujet de Nyx arrive sur le tapis, je ne sais pas trop comment. Joachim répète combien il est fier de moi, combien il espère que j'irai loin, que je réaliserai mes rêves. Mes rêves, il les connaît, et il me pousse à les accomplir. Pour mon bonheur, mais aussi parce qu'ils sont à l'opposé de ce que mon père attend de moi.

Notre père. Le seul sujet que nous n'abordons pas. Le seul tabou. Ce n'est pas grave, nous avons tant de choses à nous raconter. Il me parle de son compagnon de cellule, de son boulot à la laverie, des livres qu'il a lus.

Le temps file à toute vitesse, et lorsque le gardien annonce que la visite est terminée, je ne suis pas loin de m'effondrer. Je voudrais le supplier de nous accorder un peu plus de temps, de me permettre de continuer à observer mon frère, à le voir me sourire et rire. Juste avant de nous lever, il attrape ma main posée sur la table et la serre fort dans la sienne. Si fort qu'une boule se forme dans ma gorge. Sa façon à lui de me remercier de ne pas l'avoir laissé tomber. De me dire qu'il m'aime et qu'il a déjà hâte de me retrouver.

Et c'est sans jamais me lâcher du regard qu'il recule jusqu'au mur du fond. Ses yeux deviennent aussi humides que les miens lorsque, du bout des lèvres, j'articule un « je t'aime » qu'il comprend.

La pluie a redoublé d'intensité lorsque je quitte la prison. Le temps de parcourir la distance jusqu'à ma voiture, je suis trempé. Je démarre le moteur et mets le chauffage à fond, espérant me réchauffer rapidement. Comme toujours, je reste un long moment, les mains sur le volant, à essayer de ne pas craquer. Je pensais que je m'y habituerais, que voir mon frère dans cet uniforme aussi gris et triste que les murs du pénitencier arrêterait de me bouffer et de me faire mal au cœur. Mais non. Chaque visite est toujours aussi éprouvante, chaque visite me laisse en miettes.

Rejetant la tête en arrière, je ferme les yeux et permets à mon cœur de retrouver des battements réguliers. Je finis par passer une main dans mes cheveux mouillés et récupère mon téléphone dans la boîte à gant. Je n'y découvre rien d'important, quelques messages de mes potes, qui me pensent en train de passer la journée avec mon père, et un de Nyx qui m'envoie juste une vidéo d'un mec complètement déchiré, cul nu, en plein milieu d'une route, rendant ses tripes sur le bas-côté. Ça ne vole pas haut mais ça me fait un bien fou. C'est devenu un jeu entre nous. À force de nous voir et de nous lancer des piques, nous nous sommes rapprochés, et aussi surprenant que ça puisse paraître, je crois que nous sommes devenus potes. Le genre de potes qui s'envoient des vidéos plus crades les unes que les autres.

Sur la route du retour, je fais une halte pour acheter un chocolat chaud au Starbucks. « Le chocolat guérit tous les maux », disait ma mère. On voit que ça fait longtemps qu'elle n'est pas venue rendre visite à mon frère. Ce n'est pas elle qui se demande régulièrement si son cœur finira par éclater de voir Joachim enfermé. J'aime beaucoup ma mère, mais elle préfère sa vie en Californie avec son nouveau mari. Celui que je blâme, au fond, c'est mon père. Il est la cause de leur divorce, et je crois qu'il est aussi indirectement responsable de ce qui est arrivé à mon frère.

Il n'est pas loin de vingt heures lorsque je regagne le campus. Il fait nuit, et je commence à avoir faim, mais comme tous les troisièmes dimanches de chaque mois, je vais aller me coucher sans rien avaler. J'aspire à m'endormir pour en finir avec cette journée.

À travers la pluie qui frappe contre mon pare-brise, je distingue les lumières allumées dans la maison. Les mecs doivent tous être dans le salon en train de jouer à la PlayStation, à se taper dessus et à se marrer. L'avantage, c'est qu'ils ont l'habitude de voir ma tête de déterré lorsque je rentre ces jours-là. Ils savent tous qu'entre mon père et moi, ce n'est pas le grand amour, mais comme ils pensent que je ne peux pas couper à ces repas dominicaux mensuels, en général, ils ne me font pas trop chier.

Je suis à peine sorti de ma Jeep que les appels de phares d'une voiture illuminent le bitume détrempé. Je plisse les yeux et reconnais la Toyota de Dee. Elle a dû passer la journée ici. Un coup de klaxon retentit, et je la salue d'un signe militaire lorsqu'elle me croise. J'aperçois Nyx sur le siège d'à côté. Nos regards se croisent brièvement, et je tente un sourire qui doit plus ressembler à une grimace. La voiture continue sa route jusqu'à ce que je sursaute en entendant un crissement de pneus. Je tourne la tête et vois Nyx sortir en trombe du véhicule immobilisé et courir vers moi. Je n'ai pas le temps de me poser des questions, son corps percute le mien, et elle referme ses bras autour de moi. Elle me sert, fort. Tellement fort. Comme si elle voulait me transmettre son courage. Comme si elle avait compris combien je suis en vrac. Elle ne parle pas, ne me pose pas de questions. Elle se contente de m'enlacer sous la pluie battante qui ne semble même pas la déranger.

La boule dans ma gorge est de retour, et cette fois, je ne lutte pas. Je laisse mes larmes couler tandis que je lui rends son étreinte. Je me penche et niche ma tête dans son cou, inspirant l'odeur de son shampooing et de sa peau. Elle raffermit sa prise, comme si elle voulait fusionner avec moi. Nous restons ainsi un temps infini, avec pour seul bruit celui de nos respirations.

20

Nyx

C'est le quatrième match de football auquel j'assiste, et même si je ne comprends pas grand-chose les trois quarts du temps, ce soir, il est assez clair que le jeu ne se passe pas comme prévu. Sous nos yeux, les Thunder perdent contre les Wildcats de Northwestern. Et perdre est un faible mot. Ils se font laminer.

La soirée avait pourtant commencé sur les chapeaux de roues. La fanfare, les feux d'artifice, les *cheerleaders* et l'arrivée des joueurs au son d'AC/DC. Le match aussi avait bien démarré, le premier quart-temps, en tout cas. Après, tout s'est gâté.

Je me suis prise au jeu au fil des semaines. Surtout à force d'apprendre à connaître ces mecs qui s'arrachent sur le terrain.

— Je ne sais pas ce qu'a Leander, mais il n'est pas dedans, me souffle Dee.

Elle a raison. Cette force charismatique que Zeus affiche d'habitude sur le terrain n'est pas au rendez-vous. Et je ne peux pas m'empêcher de me demander si ce qui l'a abattu dimanche dernier le préoccupe toujours. Cette lassitude que j'ai lue dans ses yeux alors qu'on était sur le point de rentrer au dortoir avec Delilah, ce qui m'a poussée à me précipiter hors de la voiture pour le serrer contre moi. Parce qu'instinctivement, je savais que c'était ce dont il avait besoin. Alors, je n'ai pas hésité, même si depuis je ne pense qu'à ça. À ses bras qui se sont accrochés à moi comme si sa vie en dépendait. À son corps qui tremblait contre le mien. À ses larmes silencieuses qui roulaient sur ses joues et que j'ai fait semblant de ne pas voir.

J'aurais pu lui en reparler jeudi quand il est venu me chercher pour aller au *Sunrise Senior Living*, mais il a fait comme si de rien n'était. Et je n'ai pas eu envie non plus de remettre sur le tapis ce moment de faiblesse partagé. À la place, je lui ai balancé une ou deux piques bien senties, comme si rien n'avait changé entre nous. Aujourd'hui, je regrette de ne pas avoir cherché à creuser.

Quand le match se termine, il n'y a pas d'explosion de joie. Pas de clameur à en faire trembler les gradins. Les supporters des Thunder sont silencieux, déçus de voir leurs idoles chuter. Moi, je suis surtout inquiète pour mes potes. Ces Brutus à gros bras que j'ai appris à apprécier plus que je ne l'aurais imaginé. Sander, ce grand nounours aux mains larges comme ma tête, incapable de tirer quelque chose d'artistique d'un bloc de glaise. Knox, le taciturne, et sa perspicacité hors du commun. Même Dante le Relou a un côté attachiant. Et bien sûr, Leander. Celui qui me reprochait de me planquer derrière mon ironie alors qu'il préfère dissimuler le vrai lui sous son armure de Dieu inaccessible pour le commun des mortels. Depuis quelques semaines, j'apprends à le découvrir entre deux ricochets sarcastiques. Par instants, il me laisse entrevoir un homme que j'apprécie bien plus que je ne suis prête à me l'avouer.

— Allô, Nyx ? Ici la Terre, appelle Dee.

— Hein ?

— Tu étais où, là ?

— Euh… pas très loin, réponds-je en fixant du regard le terrain qui se vide de ses joueurs.

— On y va ? Après le débrief, les mecs ne vont pas traîner dans les vestiaires. J'aimerais bien être là pour Chase. Il est toujours archi déprimé quand ils perdent un match.

— Comme tous, j'imagine, non ?

— Oui. Ils ne s'attendaient vraiment pas à perdre ce soir, en plus.

Je la suis en direction de la sortie. L'armée de fans traîne des pieds, et nous mettons un temps infini à quitter le stade.

Quand nous arrivons sur le parking, Chase est déjà assis dans son SUV. Une chape de plomb paraît peser sur ses épaules. Dee embrasse son petit ami qui ne décroche pas un mot en s'installant à ses côtés. Elle ne semble pas savoir quoi faire alors qu'elle a plus l'habitude que moi. Une seconde, l'éventualité de rentrer au dortoir et de laisser les mecs entre eux m'effleure l'esprit. Une seconde seulement. Ensuite, le souvenir d'un Leander terrassé par sa détresse dans mon étreinte me revient. Il me classe sans doute dans la catégorie des chieuses finies, mais je ne me vois pas le laisser broyer du noir tout seul.

À la coloc, pas de grosse fête comme la plupart des week-ends. Eva est assise sur les genoux de Dante et elle me fait un signe de tête quand j'arrive juste derrière Delilah et son homme. Jeremiah ne semble pas être de la partie. Il grimpe d'un cran dans mon estime s'il a compris qu'il ne valait mieux pas se pointer ce soir. Knox est dans son coin, comme à son habitude, et Sander me saute dessus à peine ai-je fait un pas dans le salon. Il me prend dans ses énormes bras et manque de m'étouffer.

— Je suis content de te voir, Moustique, lâche-t-il en me claquant une bise sonore sur le front.

— Je ne peux plus respirer, Brutus, soufflé-je.

— Pardon. Tu voudrais pas faire ta potion magique ? Je crois qu'on a tous besoin d'un petit remontant, ce soir.

Je hoche la tête et me dirige vers la cuisine. Parfois, je me demande si ces types ne m'apprécient pas seulement pour ma margarita qui déchire. Mais bon, il faut reconnaître qu'ils peuvent difficilement m'aimer pour mon caractère doux et aimable.

Je mixe rapidement les ingrédients en jetant des regards autour de moi.

— Où est Zeus ? questionné-je.

— Après un match pareil, sûrement dans sa piaule.

— Je lui monte un verre.

— Tu sais, si t'as envie d'aller le consoler, pas la peine de trouver des excuses, raille Sander.

Deux gobelets en plastique rouge en main, je me retourne :

— J'ai vraiment l'air d'être le genre de fille à chercher des excuses ?

— Tu as conscience que, dans l'état où il est, tu risques de débouler comme un chien dans un jeu de quilles ?

— T'inquiète, je suis une pro du bowling, lancé-je avec une assurance simulée en commençant à gravir les marches.

Le rire tonitruant de Sander me pourchasse jusqu'à l'étage et meurt alors que je m'avance vers la porte de la chambre de Zeus. Les deux verres en équilibre dans une main, mon poing heurte le battant de la porte. Une fois, deux fois, sans qu'aucune réponse ne me parvienne. J'hésite. *Mais depuis quand je frappe poliment aux portes ?* Je tourne la poignée en m'attendant presque à ce que ça soit verrouillé. Ce n'est pas le cas. Leander ne pensait pas que je viendrais l'emmerder jusque-là. Il faut croire qu'il ne me connaît pas encore assez bien.

Quand j'entre, il est allongé sur son lit, un bras en travers des yeux. L'autre repose sur son abdomen. Son tee-shirt est légèrement remonté et laisse apparaître ses muscles tendus. L'image m'hypnotise un instant, mais je culpabilise ensuite en prenant conscience que je le mate sans vergogne alors qu'il semble au fond du gouffre.

— Zeus ? Tu dors ?

— Tu t'es trompé de porte, Vomito. La salle de bains, c'est en face.

— Je croyais que ça t'avait passé, cette obsession. Je suis venue voir comment tu vas, ajouté-je en m'approchant. Et t'apporter un petit remontant, aussi.

Je pose une fesse sur le bord du lit alors qu'il a enlevé son bras pour m'observer comme si j'appartenais à une espèce en voie de disparition.

— Je ne suis pas sûr de supporter ton ironie et tes répliques acerbes ce soir, Nyx.

Je sais que je mérite sans doute qu'il m'envoie balader. Après tout, c'est moi qui ai instauré cette espèce de ping-pong verbal entre nous. Mais quelque part, ça fait quand même mal qu'après ces quelques semaines, il me voit toujours comme la chieuse de service.

— J'arrive à me contrôler quand il le faut. Promis. Et j'ai une offrande de paix.

Je lui tends un verre qu'il ne prend pas. Il le regarde comme si j'essayais de l'empoisonner.

— C'est juste de la margarita, je n'ai pas mis de GHB dedans.

— Pas de sarcasmes, hein ?

— C'était juste de l'humour.

— Je ne bois pas, Nyx.

— Ah !

Je pose les deux gobelets sur la table de chevet et me tourne vers lui. Il s'est de nouveau caché derrière son bras.

— Tu ne bois jamais, ou juste pas ce soir ?

— Une bière, très exceptionnellement... Dans ma famille, on gère très mal les addictions, je préfère m'abstenir.

Je ne sais pas quoi faire de cette information. J'aimerais creuser un peu, mais quelque chose me dit que ce n'est pas le bon moment. Cela dit, je comprends mieux pourquoi il n'a jamais vu d'un bon œil mes excès du week-end.

— Fais-moi une place, lui lancé-je en tapotant sa cuisse pour lui faire signe de se pousser.

— Tu comptes finir par me virer de mon lit ? grogne-t-il en obtempérant néanmoins.

— Nope. Ton pieu perd tout son intérêt si tu n'es pas dedans.

Un son s'échappe de ses lèvres, il se marre. C'est déjà pas mal si j'arrive à le faire rire avec mes conneries. Nous restons un moment à regarder le plafond, chacun dans nos pensées. Enfin, moi, je pense surtout à lui. Je me rends bien compte qu'il ne va pas bien et que ça va beaucoup plus loin qu'un simple coup de déprime post-défaite. Mes réflexes de futur psy sont en alerte, sauf que c'est casse-pieds d'avoir une pote qui essaie de vous psychanalyser, alors je m'abstiens.

— Ça aurait été cool de coller un truc sympa au plafond. Je sais pas, moi : un joli paysage. Ou des photos de toi à poil sous la douche après l'entraînement. Les trucs classiques, quoi.

Cette fois, son rire secoue carrément le lit. Si je ne peux pas lui demander ce qui ne va pas, je peux essayer de le lui faire oublier. Pendant quelques minutes, au moins.

— Je vais songer aux photos, finit-il par répondre. Je suis sûr que Sander serait ravi de me mitrailler sous toutes les coutures.

— Je veux bien me dévouer aussi. Je veux dire, si ça peut rendre service.

Brusquement, sa main entre nous attrape la mienne. Ça me surprend tellement que je ravale la connerie que j'avais sur le bout de la langue. J'apprécie beaucoup trop pour mon propre bien la sensation de nos doigts entrecroisés. Je ne bouge plus, ne respire plus, pour faire durer ce moment un peu plus longtemps.

— Nyx ?

— Hum ?

— Merci. Pour dimanche dernier. Et pour ce soir aussi. Et surtout, merci de ne pas me poser de questions.

— Si tu as besoin de parler, je suis là. Ce soir ou un autre jour, peu importe.

Il resserre sa prise autour de ma main et la pose avec la sienne sur son ventre avant de fermer les yeux dans un soupir à la limite du soulagement. Je clos mes paupières à mon tour. Juste pour tenter d'ignorer les battements anarchiques de mon cœur qui essaie de s'échapper de ma poitrine.

21

Leander

Je n'aurais jamais pensé que rester allongé sur un lit avec quelqu'un, sans rien dire, serait aussi agréable. En fait, je crois qu'il n'y a que Nyx pour rendre ça si... paisible. Ses doigts entrelacés aux miens, j'écoute le bruit de sa respiration.

J'ignore combien de temps nous restons ainsi, à regarder le plafond. Elle a raison, il est tristement blanc.

— Des étoiles, finis-je par dire.

— Hein ?

— Sur le plafond. Des étoiles. Comme celles qu'on met dans nos chambres quand on est gosse.

Ma mère en avait collé à l'époque, et mon frère et moi passions des heures à les regarder en nous racontant nos secrets. Des secrets d'enfants, sans importance, mais qui me donnaient l'impression d'être son confident. J'appréciais qu'il passe du temps avec moi. À ce souvenir, une boule me noue la gorge, et je déglutis dans l'espoir de la faire partir. Savoir que je n'aurai pas la chance de le retrouver pour Thanksgiving m'a foutu un sacré coup. Ce soir encore, alors que j'aurais dû entièrement me focaliser sur le match, Joachim ne cessait d'accaparer mes pensées...

— J'aimerais autant une photo de toi à moitié nu, mais c'est toi qui décides.

Je tourne la tête pour découvrir que Nyx m'observe, un léger sourire aux lèvres. C'est plus fort que moi, je souris en retour. En quelques mots, elle est parvenue à refouler mes angoisses.

— Même moi, je suis pas aussi narcissique que ça.

— Mouais... réplique-t-elle en esquissant une moue pas convaincue.

J'éclate de rire. *Décidément, j'aime vraiment bien cette fille !*

Je me tourne complètement vers elle, et son corps imite le mien. Ma main ne lâche jamais la sienne, qui repose désormais entre nous. Mes doigts caressent distraitement le dos de sa paume. Je porte ma main libre à son visage pour ôter une mèche qui tombe sur sa joue.

— Je te l'ai déjà dit, Vomito : t'as qu'à le demander, si tu veux me voir à poil, raillé-je en laissant la pulpe de mon index caresser sa joue.

Ses yeux s'écarquillent. Je suis certain qu'elle est plus surprise de sentir mon doigt s'attarder sur elle que de ma repartie. Je le suis autant qu'elle, mais ce soir, je n'ai pas envie de me poser de questions. J'ai envie de profiter de sa proximité, du contact de sa peau contre la mienne

— Je t'ai déjà vu à poil, je te signale. Et puis ça n'a aucun intérêt si je peux pas toucher.

— Je suis pas sûr d'avoir envie de me faire palper comme un morceau de viande, grogné-je.

Elle lève les yeux au ciel et ricane.

— Arrête, je suis certaine que tu adores ça.

Je sais qu'elle se fout de moi. Et je ne peux pas lui en vouloir. La vérité, c'est que je suis loin d'aimer ça. Chaque fois que je suis en soirée et que je sens des mains inconnues sur moi, ça me met mal à l'aise. Je sais que mon poste de *quarterback* attire les filles. Je ne vais pas nier que je m'en suis souvent servi, parce que c'est tellement plus facile. Aucun effort à faire. Si je veux baiser, je n'ai qu'à tendre les bras. Comme tout le monde, j'en ai profité, surtout la première année. Les filles ont défilé dans mon lit, et j'adorais ça. Je prenais tout ce qu'elles avaient à m'offrir avant de les abandonner pour une autre. J'étais un connard, et ça me plaisait. Mais ce n'est plus le cas.

Je ferme brièvement les yeux, et le visage de Sydney me revient en mémoire.

— Tu t'es perdu dans tes fantasmes de mains parcourant ton corps, Zeus ? me demande Nyx, voyant que je suis resté silencieux.

Je pousse un soupir et rive mon regard au sien. Bizarrement, ça ne me met jamais mal à l'aise.

— Il y avait cette fille, l'an dernier. Elle... Elle était folle de moi.

— N'est-ce pas le cas de tout le monde ? raille-t-elle.

— Non. Et j'en ai la preuve juste devant moi.

D'ailleurs, c'est ce que je préfère chez elle. Elle ne cherche pas à me plaire. Elle reste elle-même, sans faux-semblants.

Nyx sourit et me tire la langue. Je ricane et secoue la tête. Mon index dévie vers sa mâchoire, sa gorge, avant de tracer des cercles sur son épaule.

— Raconte-moi l'histoire de cette fille, souffle-t-elle, m'obligeant à revenir au sujet que j'étais sur le point d'aborder.

Je pousse un soupir, essayant de faire refluer les mauvais souvenirs que cette histoire ravive en moi. Je ne sais pas pourquoi j'ai commencé à lui raconter ça, je crois que j'ai envie que Nyx sache que je ne suis pas le type qu'elle imagine. Je suis loin d'être un enfant de chœur, certes, mais je ne suis pas non plus un enfoiré.

— Elle s'appelait Sydney. On avait un cours d'économie internationale en commun. Elle était douce et gentille, et on passait pas mal de temps ensemble, pour bosser.

Je me tais, m'attendant à ce qu'elle m'interrompe pour se moquer, mais rien ne vient, alors je poursuis mon histoire.

— On s'est... un peu laissé emporter. Un soir, on a trop bu et on a baisé. Pour moi, ce n'était qu'une fille de plus, un bon moment à passer. La nuit en elle-même reste floue dans ma mémoire, parce que j'étais défoncé...

Chose qui ne s'est plus reproduite depuis, parce que je me tiens à l'écart de tout ce qui pourrait altérer mon jugement ou ma façon de me comporter.

— Quelque chose me dit que ça va mal finir, souffle Nyx.

Elle ne croit pas si bien dire !

— Dès le lendemain, je suis passé à autre chose. À une autre fille. Mais elle a débarqué dans ma piaule et...

Mon cœur bat un peu plus vite lorsque je me rappelle son air dévasté, la douleur qu'elle a dû ressentir.

— Elle était vraiment folle amoureuse de toi, pas vrai ?

Je hoche la tête. Pourtant, en y repensant, ce n'était pas de l'amour, c'était plus proche de l'obsession. Un sentiment malsain et destructeur.

— Ouais. Et... elle était vierge.

— Merde, soupire Nyx.

— Elle m'a couru après pendant des semaines. Elle m'envoyait des lettres, campait devant la maison... Elle s'en est même prise à Eva, une fois. Alors que je couchais même pas avec elle à cette époque-là.

Si je me concentre assez fort, je peux presque me souvenir des mots écrits dans ses lettres. Des mots de désespoir, vraiment noirs, et assez violents. Je les ai brûlés depuis longtemps, mais parfois, quand je couche avec une fille que je ne connais pas, je me souviens de cette histoire, des conséquences que ça a eues, et je flippe un peu.

— Elle... Elle me harcelait, vraiment. Ça allait de plus en plus loin. C'était même carrément flippant, pour être honnête.

Heureusement, les choses se sont plutôt bien terminées. Elle a été prise en charge par un psy et a demandé à être transférée dans une autre fac. Avant de quitter Saint-Charles, elle s'est même excusée, et je crois que j'avais besoin de l'entendre, de m'assurer que je n'étais pas un putain d'enfoiré.

— Bref, reprends-je. Ça m'a vacciné. Depuis, je fais plus attention aux filles avec qui je passe du bon temps, parce que j'ai pas du tout envie de revivre une expérience pareille. Et puis, je ne veux pas être ce mec-là. Je ne veux pas être un type qui passe son temps à sauter tout ce qui bouge et se fout pas mal de leurs sentiments.

Je ne sais pas pourquoi je lui confie tout ça. En fait, je crois que j'ai envie qu'elle connaisse le type qui se cache sous son masque de footballeur adulé. J'ai envie qu'elle en apprenne plus sur le vrai moi, et qu'elle se rende compte que je ne suis pas le connard sans cœur que certains s'amusent à dépeindre.

— Ce n'est pas ce que je pense, murmure-t-elle. Je sais que tu n'es pas Dante.

Je ris, et elle s'approche de moi pour poser son front contre le sien. Je sens son souffle tiède, aromatisé de tequila, contre ma peau. Inconsciemment, mon pouce glisse jusqu'à ses lèvres. Elles sont douces et pulpeuses, et s'entrouvrent légèrement sous mes caresses. Je me demande si son cœur aussi a commencé à s'emballer.

Je recule pour pouvoir verrouiller mon regard au sien. Je glisse ma langue sur mes lèvres, et doucement, très doucement, je me penche vers elle, avec l'envie subite de goûter les siennes. Ses yeux papillonnent, ses doigts toujours entrelacés aux miens me serrent plus fort. Nous sommes à un souffle de la bouche de l'autre.

Soudain, un poing qui s'écrase contre la porte nous fait sursauter. Nous nous éloignons d'un coup, comme si nous venions de nous brûler, et je me redresse.

Nous tournons tous deux la tête vers la source du bruit, et je fronce les sourcils. Sans prendre le temps d'attendre une réponse, Sander passe sa grosse tête dans l'entrebâillement, un immense sourire aux lèvres.

— Moustique ! On a besoin de toi. On n'a plus de potion magique.

Je me laisse retomber sur mon lit et pousse un profond soupir tandis que Nyx éclate de rire.

— Sauvés par le gong, on dirait, souffle-t-elle, hilare.

Sans plus de cérémonie, elle saute du lit, et moi, je me sens con d'être apparemment le seul déçu par cette interruption.

22

Nyx

Alors que je redescends l'escalier, je suis obligée de me retenir à la rampe. Mes jambes semblent faites de coton, comme à la sortie d'un grand huit à la fête foraine. Mes montagnes russes s'appellent Leander.

Dans la cuisine, Sander le Trouble-fête m'appelle à cor et à cri pour que je prépare de nouveaux pichets de margarita. Je sors tout ce dont j'ai besoin, tout en râlant :

— Tu aurais quand même pu presser les citrons, Brutus. Je te promets, c'est pas sorcier. Et avec tes gros bras, tu ne devrais même pas avoir besoin de presse-agrumes.

— Tu grognes, Moustique ? Je t'ai dérangée, peut-être ?

Je le scrute, envisageant une seconde de le laisser en plan avec ses citrons et sa tequila, juste pour lui faire regretter son petit sourire en coin et son air entendu.

Absolument pas. Qu'est ce que tu vas imaginer ? Tu connais, Zeus ! Je l'écoutais juste faire sa *drama queen.*

— Avec sa main dans la tienne ? J'aime bien ta technique, mais je me sens grugé. Quand je supporte Leander, il ne me tient jamais près de lui comme ça. Je pense que je vais être obligé de me plaindre.

Je ne réponds rien. Si j'ouvre encore la bouche, je suis sûre de m'enfoncer davantage.

Je m'active en silence devant le blender et prépare deux pichets, histoire de ne pas devoir recommencer toutes les cinq minutes. Un verre à la main, je vais m'installer dans le sofa près de Dante et Eva alors que Sander s'installe dans le fauteuil juste à côté.

— Comment va Leander ? me questionne Eva.

— Bof ! Un peu déprimé. Comme tout le monde ici, je crois, ajouté-je en jetant un coup d'œil autour de moi.

— Oui, nous aussi ça nous plombe, une défaite pareille, acquiesce Dante.

Le silence se fait de nouveau dans le salon. Tout le monde semble perdu dans ses pensées ou dans son verre de margarita. Je n'ai même pas touché au mien. Je n'ai pas vraiment la tête à faire la fête. Je me demande même si mon esprit a vraiment quitté cette chambre à l'étage. J'ai beau avoir fait mine d'être soulagée quand Sander nous a interrompus, j'ai du mal à déterminer ce que j'ai ressenti au fond de moi. Être dans le flou ne me ressemble pas. D'habitude, je décrypte plutôt bien ce qui se passe dans ma tête.

— Tu penses que je devrais aller le voir ? reprend Eva.

— Dis tout de suite que tu t'emmerdes avec moi, s'écrie Dante sur les genoux duquel elle est toujours assise.

Eva se contente de lui mettre un coup de coude dans l'abdomen en continuant à me regarder. Je prends conscience que c'est à moi que la question s'adressait et qu'elle attend d'ailleurs toujours ma réponse. Pourquoi moi, franchement ? Pourquoi pas les meilleurs potes de Zeus qui le connaissent bien mieux que moi ? Et pourquoi elle veut monter le voir, d'ailleurs ? *À ton avis, Nyx ? Pas pour jouer aux cartes, c'est évident. Ou alors au strip-poker, peut-être...* Est-ce que j'ai vraiment envie de rester assise comme une conne dans ce sofa alors que Zeus s'envoie en l'air avec Eva ? Cela devrait me faire ni chaud ni froid. Mais autant me l'avouer, ce n'est pas le cas. Pas depuis que ses lèvres se sont retrouvées à quelques centimètres des miennes.

— Il s'était endormi quand je suis descendue. Mieux vaut le laisser pioncer. Il était déjà d'une humeur de merde, autant ne pas l'aggraver.

J'espère que je mens mieux que quand j'avais 16 ans. Sander affiche un sourire ridicule et m'adresse un clin d'œil. S'il continue, c'est lui qui va tout faire foirer.

— Ouais, tu as raison. Mieux vaut pas réveiller l'ours qui dort, ajoute Eva.

— Oui, c'est une question de survie avec Leander. Dis-moi, Moustique, tu l'as bordé avant de redescendre ?

Je m'étouffe dans mon verre. *Brutus, tu es un homme mort !*

Je respire un bon coup quand je remarque que personne n'a relevé son allusion. C'est tellement le bordel dans mon cerveau que toute ma repartie s'est envolée.

Je me lève pour ramener mon verre à la cuisine et en jette le contenu dans l'évier. Sur un coup de tête, je décide de laver le mixeur, et je finis par faire toute la vaisselle qui traîne dans l'évier. Je ne suis pas une fée du logis, mais c'est une bonne excuse pour éviter de retourner au salon et dire de nouvelles conneries aussi grosses que moi.

— Tu boudes, Moustique ? m'interpelle Sander en me faisant sursauter.

— Nope. Je nettoie votre bordel, c'est tout.

— Je vois bien que tu es perturbée depuis que tu es descendue. Quoi qu'il se passe entre Leander et toi...

— Il se passe rien du tout, le coupé-je bien trop vite pour que ça ne soit pas suspect.

— Peut-être pas encore. Mais vous avez une connexion, tu ne peux pas le nier.

Je hausse les épaules. Je n'ai pas envie d'argumenter alors que je ne comprends pas ce qui se passe dans ma tête.

— Tu veux que je t'appelle un taxi ? Je crois que Chase et Dee sont allés se coucher et je vais faire pareil. Je suis mort.

— Je vais probablement squatter votre chambre d'ami.

— Bonne idée, me répond-il en m'attirant pour une accolade dans laquelle je me perds. Bonne nuit, Nyx.

— Bonne nuit.

Je n'ai en réalité aucune envie de dormir dans la chambre d'ami. La seule chose à laquelle j'aspire, c'est de regagner la place que j'ai quittée quand Sander m'a appelée, à proximité de Leander et de sa chaleur.

Le salon est presque désert, je me faufile donc discrètement à l'étage. Après un passage rapide par la salle de bains, je me glisse dans la chambre de Zeus qui semble dormir pour de bon.

Dans la pénombre, je me déshabille et passe le tee-shirt imprégné de son parfum musqué qui traînait sur la chaise. Je me coule sous la couette en essayant de ne pas le réveiller. Peine perdue !

— T'as encore perdu l'adresse de ton dortoir ? me questionne-t-il.

— Non. Je n'ai juste pas envie de rentrer.

— Donc tu colonises mon lit, tu voles mes vêtements et...

Il s'approche un peu plus, immobilisant son nez à quelques millimètres de ma bouche.

— Et tu m'as piqué ma brosse à dents !

— Possible.

Il se déplace légèrement, et je sens son souffle balayer mes lèvres. Sa main glisse sur ma taille et s'y agrippe comme pour m'empêcher de m'éloigner. Les battements de mon cœur s'affolent, et je me demande s'il peut entendre son rythme effréné dans le silence de la chambre.

— Qu'est-ce que je vais faire de toi ?

— Je sais pas, Zeus.

Il soupire et se remet sur le dos. Je n'ai pas le temps d'analyser le vide que je ressens qu'il glisse un bras derrière mon dos pour m'attirer contre lui. Je pose ma tête sur son torse et me cale dans son étreinte comme si j'avais fait ça toute ma vie. La chaleur de sa main au creux de mes reins, le rythme lent de sa respiration, la douceur de sa peau sous la pulpe de mes doigts, son parfum puissant me procurent une sensation de bien-être inédite, et je m'endors en quelques secondes.

23

Leander

La première chose que je fais en me réveillant est de chercher la chaleur dégagée par Nyx. Cette fille est un vrai radiateur, et je voudrais en profiter encore un peu. Mais je me rends rapidement compte qu'il n'y a plus personne dans mon lit. Je cligne des paupières et me frotte les yeux en me redressant. Scannant la chambre, je remarque que le tee-shirt avec lequel elle a dormi a repris sa place sur la chaise et que ses fringues ont disparu. Avec un soupir, je me laisse retomber sur le matelas. *Qu'est-ce qui ne va pas chez moi ?* La pointe de déception que je ressens m'agace, et je tente de l'ignorer, observant le plafond comme s'il pouvait m'aider.

Mon estomac gargouille et me force à me lever. Je traîne des pieds jusqu'à la salle de bains et me brosse les dents avant de descendre au rez-de-chaussée. Lorsque la voix de Nyx me parvient, je ne peux m'empêcher de sourire comme un idiot. *Elle n'est pas partie très loin, finalement !*

Personne ne fait vraiment attention à moi lorsque je prends place autour de la table de petit-déjeuner. Ils sont tous occupés à se gaver et à discuter. Je ne prends pas part à la conversation, et tous savent parfaitement qu'il vaut mieux ne pas m'adresser la parole avant que j'aie avalé mon café.

Mine de rien, j'observe Nyx chahuter avec Sander et éclater de rire. J'adore son rire, il n'est pas vraiment élégant mais il est toujours franc. Cette fille pétille de joie de vivre. Nos regards se croisent à plusieurs reprises durant le repas, et je ne peux m'empêcher de répondre à ses sourires, les battements de mon cœur s'accélérant. Même si elle me gonfle souvent, je me sens bien quand elle est là. Hier soir, elle a réussi à m'apaiser, encore une fois. Quand elle est partie préparer sa tequila, je n'ai pas osé lui demander de revenir passer la nuit avec moi. Mais quand son corps s'est blotti contre moi, que l'odeur de sa peau et de son parfum m'a envahi, j'ai eu l'impression que c'était sa place. Je ne comprends pas les sentiments que je commence à développer pour cette fille, et même si ça me fait flipper, je crois aussi que ça me plaît.

Une fois le petit-déjeuner terminé et tout le monde prêt à partir vaquer à ses occupations, je prends Nyx dans mes bras pour lui dire au revoir et dépose un baiser sur le sommet de son crâne. Je sens les regards sur nous et je sais que tout le monde est surpris, mais je m'en fous.

— On se voit jeudi ?

— Compte sur moi. J'essaierai de protéger ta vertu contre ces vieilles perverses.

J'éclate de rire et, après un dernier signe de la main, je la regarde s'éloigner jusqu'à la voiture de Dee. Lorsque je me retourne, je découvre quatre paires d'yeux qui me scrutent avec un air ahuri.

— Vos gueules. Je veux pas entendre un mot, grogné-je à l'adresse de mes colocs.

Je me dépêche de grimper l'escalier, essayant d'ignorer les ricanements qui s'élèvent derrière moi.

Une fois dans ma chambre, je me laisse tomber sur le lit et pousse un profond soupir. Nyx m'embrouille le cerveau. J'ai besoin de relâcher cette tension et ce désir refoulé qui n'arrête pas d'enfler en moi. Et surtout, j'ai besoin de me sortir cette fille de la tête. Ça tombe bien, je connais le moyen parfait pour ça.

Attrapant mon ordinateur, je le pose sur mes cuisses et m'allonge sur mon lit. Après quelques clics, un site porno apparaît. Je ne prends pas le temps de choisir ma vidéo, n'importe laquelle me conviendra, surtout si elle débute dans le vif du sujet. Ce qui est le cas. Je baisse le son au maximum et glisse une main dans mon boxer. Sans jamais quitter l'écran des yeux, je commence à me caresser. Ma queue ne tarde pas à gonfler entre mes doigts, et je me mords les lèvres en augmentant la cadence de mes va-et-vient. Des petits cris s'échappent de la vidéo et m'excitent encore plus. Je ferme les yeux et ne pense plus à rien tandis que ma main coulisse sur mon sexe. Je me perds dans l'extase lorsque le bruit de la porte de ma chambre qui s'ouvre me fait sursauter. Pris de panique, j'abaisse l'écran de mon ordinateur et n'ai pas le temps de bouger tandis que je découvre Nyx, immobilisée sur le seuil. *Pris la main dans le sac !* Ou sur ma queue. *Merde !* Je la retire en vitesse, mais il est trop tard. Nyx m'observe en plissant les yeux, et un sourire étire ses lèvres lorsqu'elle demande d'une voix bien trop amusée.

— Qu'est-ce que tu faiiiiis ?

— Je me muscle le bras, grogné-je en sortant la main de mon boxer.

J'espère qu'elle n'entend pas mon cœur battre à mille à l'heure, même si la chaleur sur mon visage doit montrer combien je suis gêné.

— Ah ! Moi qui pensais que tu te paluchais, réplique-t-elle en haussant les épaules, sans se départir de son foutu rictus démoniaque.

— Bordel, Nyx !

Cette fille n'a vraiment aucun filtre. Ni aucun savoir-vivre, vu qu'elle se permet de débarquer dans ma piaule sans prendre le temps de frapper.

— Quoi ? Non, mais continue, te gêne pas pour moi. Je viens simplement récupérer mon portable.

Elle est sérieuse ? Non, elle plaisante, c'est évident.

— Dégage de là, sifflé-je entre mes dents.

Elle n'en fait évidemment rien. Elle referme au contraire la porte et avance dans la chambre.

— Tu sais, la masturbation, ça a pour but de détendre. Apparemment, ça ne fonctionne pas chez toi. Peut-être que tu ne sais pas t'y prendre correctement.

— Je m'y prends très bien, putain. J'ai fait ça toute ma vie.

Mais qu'est-ce que je raconte ? Que quelqu'un me fasse taire ! Ou plutôt, que quelqu'un vire Nyx de là avant que je devienne taré.

— Moi aussi. Si tu veux des conseils...

Oh ! Seigneur, elle vient vraiment de dire ça ? Foutue Nyx ! Ça ne va pas m'aider à me la sortir de l'esprit. Bon sang, si je n'étais pas en caleçon avec une érection douloureuse, je me serais levé pour aller l'étrangler.

— Nyx...

— Oui ?

— Va-t'en.

Elle soupire et grommelle un « t'es vraiment pas marrant » avant de contourner le lit pour récupérer son portable.

Elle est sur le point de partir – enfin – lorsqu'elle se tourne vers moi.

— Je pourrais peut-être prendre une photo et la vendre au plus offrant ? Je suis certaine qu'un tas de gens paieraient cher pour te voir avec la main sur ta queue...

— Nyx !

— Quoi ? On pourrait s'associer. On gagnerait un paquet de fric !

Cette fois, ça suffit ! Vu qu'elle ne semble pas comprendre mon embarras – ou n'en avoir rien à foutre, au choix – je décide qu'il est temps de retourner ça contre elle. Je prends une profonde inspiration pour me calmer et, après avoir ôté mon tee-shirt, je verrouille mon regard au sien, glisse la main le long de mon torse jusqu'à l'intérieur de mon boxer et recommence à me caresser. Ses yeux s'écarquillent, et je la vois déglutir. *Merci, mon Dieu, j'ai apparemment trouvé le moyen de la faire taire !*

— En fait, c'est un subterfuge pour ajouter cette photo à ta collection perso, pas vrai ? la questionné-je, malicieusement.

Elle ouvre la bouche, la referme, et son attention se perd le long de mon corps nu jusqu'à mon entrejambe.

— Comme si j'avais besoin de ça.

Sa voix est devenue bien trop rauque pour être honnête, et je vois sa respiration s'accélérer.

— Arrête un peu. Je suis sûr que ça te plaît, de me mater me branler.

— C'est vite dit. Je veux juste m'assurer que tu fais ça correctement...

Je ricane et baisse carrément mon boxer pour libérer ma queue. Un halètement s'échappe de ses lèvres, et je n'ai jamais été aussi content de moi. Je reprends mes mouvements, doucement, agrippant mes bourses pour les serrer entre mes doigts. Elle croise les bras et secoue la tête. D'un geste lent, je laisse tomber mon sous-vêtement le long de mes jambes jusqu'à me retrouver complètement à poil devant elle.

— Ton souffle qui s'accélère, ton visage qui rougit... Allez, Nyx, avoue que ce que tu vois te plaît. Je suis sûr que tu mouilles.

Écartant légèrement les cuisses, je serre ma queue dans mon poing et bouge mon bassin.

— T'as qu'à venir vérifier par toi-même... déclare-t-elle.

Je m'immobilise. C'est dingue, quoi que je fasse, elle pousse toujours le vice un peu plus loin. Elle déteste de toute évidence perdre, mais sur ce terrain, je la bats.

Un sourire ourlant mes lèvres, je me lève et avance d'un pas décidé jusqu'à elle. Pas trop vite, pour lui offrir tout le loisir de reluquer mon corps nu. Je sais que mon physique fait saliver la plupart des gens, et ce n'est que justice, vu le mal que je me donne pour l'entretenir. Une fois devant elle, je me penche et souffle à son oreille.

— Si tu veux revenir sur ta décision, c'est maintenant, Eunice.

Un frisson parcourt sa peau, et mes lèvres effleurent sa mâchoire. J'attends qu'elle recule, qu'elle me dise de m'arrêter, mais aucun son ne sort de sa bouche. Je libère ma main et déboutonne son jean avant de baisser la fermeture Éclair.

— Dernière chance.

Elle ne bronche pas. Décidément, elle tient vraiment à avoir le dernier mot. Ou peut-être a-t-elle envie que je la caresse, et c'est tout ce qu'elle a trouvé pour y parvenir. Ce qui m'arrangerait, parce qu'alors, je ne serais plus le seul à crever d'envie de ce contact.

Avec lenteur, sans jamais détourner le regard, je glisse ma main à l'intérieur de son jean. Plus bas. Toujours plus bas. Mon pouce frôle quelque chose qui ne ressemble en rien à la peau que je suis censée effleurer. Mes yeux s'écarquillent, et Nyx sourit de toutes ses dents.

— Surprise, souffle-t-elle.

Un piercing. Cette fille a un piercing sur le clito ! Bon sang. Si je n'étais pas capable de me contrôler mieux que ça, je pourrais jouir sur-le-champ.

Je décide de ne pas me laisser démonter. Ma main s'aventure plus bas et se faufile entre ses cuisses. C'est à mon tour de sourire, cette fois.

— On dirait que j'avais raison, la provoqué-je en plongeant légèrement mon doigt en elle à travers le tissu de sa culotte.

Elle gémit en réponse, et je me débarrasse du barrage qui me sépare de sa peau, passant mon index et mon majeur sur sa chatte humide. C'est tellement bon de savoir que je l'ai mise dans cet état. Enfonçant ma main plus profondément, je la pénètre doucement tout en titillant son clitoris de mon pouce.

— Alors, prête à avouer que je t'excite ? la questionné-je en continuant à la caresser.

Ses lèvres sont entrouvertes, sa respiration est erratique, et ses yeux voilés me prouvent que je ne me suis pas trompé.

— Ça te ferait trop plaisir.

— Allez. Arrête de jouer, Nyx.

— Si je le fais, ton ego va tellement gonfler que tu risques d'exploser. Ça ferait désordre.

Je voudrais la faire taire d'un baiser. Je voudrais lécher sa bouche et continuer à la caresser jusqu'à ce qu'elle jouisse sur ma main. Mais c'est hors de question. D'un geste brusque, je retire mes doigts, et elle se mord les lèvres, sans doute pour ravaler son gémissement de frustration.

— Qu'est-ce que tu fais ? demande-t-elle en fronçant les sourcils.

— Mon ego et moi, on va aller s'allonger tranquillement sur le lit et finir de se branler en matant un porno.

— T'es sérieux, là ? Tu comptes même pas terminer ce que tu as commencé ?

Le petit jeu de Nyx se retourne contre elle, et c'est foutrement jouissif.

— Pour quoi faire ? Si avoir mes doigts en toi ne te fait pas suffisamment d'effet, autant ne pas perdre de temps.

Je vois à sa mine renfrognée qu'elle se fait violence pour ne pas me sauter dessus et me frapper. Finalement, elle secoue la tête et reboutonne son jean en souriant.

— T'as raison. Je crois que je vais aller rendre visite à Dante. Je suis certaine qu'il sera ravi de s'occuper de moi.

À ces mots, ma mâchoire et mes poings se contractent. Un instinct de possessivité que j'ai du mal à refouler s'empare de moi. À toujours vouloir avoir le dernier mot, cette fille finira par avoir ma peau.

— Fais donc ça, je t'en prie.

Je pensais qu'elle resterait pour voir si j'allais changer d'avis, mais non. D'un geste vif, elle ouvre la porte et sort dans le couloir. Elle se retourne et m'offre un signe de la main en s'exclamant :

— Si tu veux, je te raconterai.

Je passe mes doigts dans mes cheveux et pousse un juron. *Bordel, c'est hors de question !*

— D'accord, tu as gagné ! crié-je. Tu as gagné, putain !

L'espace de quelques secondes, seul le silence me répond. Puis sa tête apparaît dans l'encadrement de la porte. Elle me sourit de toutes ses dents et réplique :

— Vraiment ?

C'en est trop ! Toute patience m'a déserté. Je décide de faire ce dont je rêve depuis bien trop longtemps maintenant. L'attrapant par la taille, je l'attire vers moi, la plaque contre le mur et écrase ma bouche sur la sienne.

24

Nyx

Alors que les lèvres de Zeus me dévorent, je retiens un soupir de soulagement. Je n'avais aucune envie d'aller voir Dante, mais je déteste ne pas avoir le dernier mot. Surtout avec lui. Plus qu'avec aucun autre, je suis sur la défensive. Sauf depuis l'instant où il a hurlé sa défaite dans le couloir. Au moment où il m'a attrapée par la taille pour plaquer sa bouche contre la mienne, j'ai laissé tomber toutes mes barrières.

Coincée entre le mur et son corps massif, je frissonne alors que nos langues entament un long ballet sensuel. Ses doigts s'emmêlent à quelques mèches de mes cheveux dont il se sert pour faire basculer davantage ma tête en arrière. Mes mains quittent ses épaules auxquelles je m'étais accrochée pour parcourir son dos. Mes paumes glissent sur ses fesses musclées, et je les agrippe pour le coller un peu plus contre moi, son érection prisonnière entre nos deux corps. Ma bouche avale le grognement que je réussis à lui soutirer, et je ne peux m'empêcher de sourire contre ses lèvres.

— C'est d'avoir eu le dernier mot qui te fait marrer ? lâche-t-il en se détachant.

Je secoue la tête sans bouger mes mains d'un centimètre. Si je n'étais pas aussi chieuse, je reconnaîtrais que je fantasme sur son corps d'Apollon depuis quelques semaines.

— Non, ce que je trouve comique, c'est que tu aies vraiment cru que j'allais retrouver Dante dans sa piaule.

— Tu ne l'aurais pas fait ?

Il a sincèrement l'air surpris. Il va falloir que j'arrête d'être invivable, pour mon propre bien.

— Non. Je trouve Dante très sympa, mais ce n'est pas avec lui que je suis allée dormir hier soir.

Sur la pointe des pieds, je me serre davantage contre lui, ma bouche à quelques millimètres de son oreille.

— Et ce n'est pas lui qui m'a fait mouiller ce matin, chuchoté-je.

Alors que son regard bleu accroche le mien, je jurerais y voir des éclairs. Dans un bruit proche du grondement, il capture de nouveau mes lèvres avant de souffler un « accroche-toi » contre ma bouche. Ses grandes mains empoignent l'arrière de mes cuisses, et j'enroule instinctivement mes jambes autour de sa taille. Sa queue pulse entre nous, et le changement de position lui arrache un gémissement. Mon corps n'est pas en reste. La bille de mon piercing appuie contre mon clitoris gonflé, et je me retiens de me frotter davantage contre Leander.

Je déteste la sensation de manque qui m'assaille quand il me dépose au sol, mes fesses en appui contre le bois de son bureau, et qu'il s'écarte d'un pas. La lueur dans ses yeux me fait frémir, j'ignore s'il compte m'étriper ou m'embrasser de nouveau. Peut-être les deux en même temps.

Ses iris arrimés aux miens, mon souffle s'étrangle dans ma gorge quand ses doigts s'activent à défaire de nouveau le bouton et la fermeture Éclair de mon jean. Je peine à prendre ma respiration et observe avec une pointe d'émerveillement cet homme au physique de dieu grec crocheter ses doigts à mon pantalon et à mon sous-vêtement pour les faire glisser d'un même mouvement le long de mes cuisses. À genoux devant moi, il finit de me déshabiller.

— C'est très agréable de t'avoir à mes pieds, je pourrais m'y faire.

Je suis incorrigible. Mais contrairement à ce que je pensais, Zeus ne bronche pas. Il me sourit avec l'air du chat qui vient de bouffer la souris et s'approche davantage, la pulpe de ses doigts effleurant doucement mes mollets, mes cuisses et enfin mes hanches, qu'il finit par agripper. Son visage repose sur le haut de ma jambe, et il hume mes chairs trempées comme on sent un parfum délicat. Je sens son souffle me frôler et j'arrête de respirer un instant. Le bout de sa langue passe sur le bijou qui orne mon entrejambe, juste une fraction de seconde avant que Leander ne se relève complètement.

— Non. Pas aujourd'hui. Tu n'as pas mérité ça !

Je râle de frustration, imaginant un instant qu'il a l'intention de me laisser en plan une seconde fois. Ses lèvres reprennent leur place sur les miennes, et j'ai la sensation qu'il essaie surtout de me faire taire. Je suis sur le point de l'envoyer balader quand la sensation de ses mains qui se faufilent sous mon débardeur me coupe la parole. J'oublie même ce que j'allais lui balancer quand il tire sur la pointe d'un de mes seins.

— Tu avais envie de dire quelque chose, Eunice ?

J'ouvre la bouche, mais rien n'en sort. Ma célèbre ironie s'est fait la malle avec quelques-unes de mes cellules cérébrales. Je gémis même sans retenue quand il empoigne une de mes cuisses pour la hisser à hauteur de sa taille. Mes mains s'accrochent au bord du bureau pour maintenir mon équilibre.

J'ai la sensation que toute mon intimité vibre de désir et d'anticipation. Impossible de retenir un cri quand son pouce se pose sur mon clitoris qui ne demandait que ça.

— Ce truc me rend dingue, grogne-t-il en jouant avec la bille de mon piercing.

C'est lui qui me rend folle. Je dois me mordre les lèvres pour ne pas faire trop de bruit quand deux de ses doigts me pénètrent. Il m'inflige un lent va-et-vient tandis que son pouce continue son petit manège avec mon bijou.

En quelques secondes, je suis sur le point de basculer et je n'essaie même plus de retenir mes gémissements sonores. À l'instant, tout le campus pourrait m'entendre que je n'en aurais rien à faire.

— Plus fort, réclamé-je.

Intensifiant sa prise sur ma cuisse, il accélère le rythme de ses caresses. Je me perds dans la sensation de ses doigts qui s'enfoncent en moi, dans le bruit de nos respirations erratiques qui résonnent dans sa chambre, dans les battements de mon cœur qui semble vouloir s'échapper de ma poitrine.

Je relève la tête et ancre mon regard au sien avant de crier mon orgasme. Je laisse tomber mon front contre le sien. La sensation d'être enveloppée dans du coton est écrasante. Heureusement que Leander me tient toujours, parce que même avec le bureau derrière moi, je ne suis pas sûre que mes jambes m'auraient portée. Je ne bouge pas, même quand ma respiration se calme enfin. L'air entre nous semble plus électrique que jamais.

— Tu es belle quand tu jouis.

— Seulement quand je jouis ?

— Non. Pas seulement.

D'un mouvement qui m'arrache un petit cri de surprise, il me soulève pour me faire tomber sur son lit. Sans se détacher de moi, il m'allonge sur le matelas, ses mains désormais libres déjà à la recherche de mes courbes. Nos iris ne se sont toujours pas quittés, et c'est le moment où je sais que je vais sortir une connerie. J'en ai besoin pour alléger cette atmosphère entre nous que je ne sais pas gérer.

— Eh bien, c'était sympa. On s'appelle ? lancé-je en faisant mine de me relever.

En appui sur les coudes, je regarde le visage de Zeus traverser toutes sortes d'expressions. De l'incrédulité à la colère en passant par la frustration.

— Tu déconnes, non ?

— Oui. Mais t'imagine pas tremper ton biscuit juste parce que tu m'as fait jouir avec tes doigts.

— Mon biscuit ? s'étrangle-t-il. Tu me tues, bordel.

— Oh ! Ça va, c'est une façon de parler. Je voulais juste que tu comprennes que je ne suis pas du genre à coucher au premier rencard.

— Mais te faire doigter, ça passe ? Et puis, excuse-moi, Eunice, mais débarquer dans ma chambre et me surprendre en train de me branler, ça n'a rien d'un rencard.

J'ai profité de son petit laïus pour le repousser sur le dos afin de m'installer au-dessus de lui.

— Tu fabriques quoi, là ? reprend-il, une expression incertaine sur le visage.

En appui sur mes genoux, mon intimité trempée de mon orgasme frôle son sexe tendu. Un sifflement s'échappe de ses mâchoires serrées par la tension, et je prends le temps de dégager quelques mèches de son front avant de lui répondre.

— Je suis peut-être une chieuse, Zeus, mais je ne suis pas sans cœur. Je ne vais quand même pas me barrer en te laissant dans cet état.

Je ne lâche pas son regard et me fais glisser un peu plus bas. Son sexe qui pulse d'anticipation à portée de ma bouche. Un sourire aux lèvres, je le lèche sur toute la longueur avant de reprendre ma position initiale.

— Nope. Pas aujourd'hui, lâché-je en reprenant ses mots.

Il grogne de frustration et me fait basculer à mon tour sur le matelas. Il me domine, sourcils froncés, bouche entrouverte, comme s'il était sur le point de dire quelque chose. Je ne lui en laisse pas le temps et attrape sa verge érigée dans ma main. Je commence un lent mouvement de va-et-vient. J'imite le rythme langoureux qu'il a employé tout à l'heure avec moi et me délecte de l'image de cet Apollon, les yeux mi-clos, les dents qui s'enfoncent dans sa lèvre inférieure.

— Plus vite, exige-t-il.

Une fois n'est pas coutume, je ne me fais pas prier et accélère le mouvement sur sa queue en continuant à l'observer. Ses doigts se crispent dans mes cheveux, et il s'empare de nouveau de ma bouche dans laquelle il gronde alors que son sperme gicle sur mon ventre découvert. Ses lèvres ne quittent pas les miennes quand il se laisse retomber contre moi. Sa langue danse avec la mienne, me goûte, me tire de nouveaux gémissements. Ce n'est pas un simple baiser, c'est le prolongement de ce moment d'intimité que nous venons de partager.

Il finit par se décaler suffisamment pour ne pas m'écraser et fourre son nez dans mon cou et mes cheveux. Nous sommes peut-être collants de sueur, mais je n'ai absolument plus aucune envie de bouger ou de parler. Comme quand je l'ai serré dans mes bras sous la pluie, comme hier soir sur son lit et comme cette nuit dans son étreinte, je ne me suis jamais sentie autant à ma place qu'à cet instant. Et même si je sais que ça finira par m'effrayer, ce matin, j'ai juste envie d'en profiter.

25

Leander

Les bras de Nyx refermés autour de mon corps, nos souffles erratiques emplissant la pièce, enveloppé par l'odeur de sexe et de nos peaux moites, je ferme les yeux, profitant du silence, parce qu'avec elle, je sais que ça ne va pas durer. J'attends qu'elle ouvre la bouche, préparé à recevoir un autre commentaire sarcastique, mais elle ne dit rien. Ses mains se perdent le long de mon dos, caressant distraitement ma colonne vertébrale.

Je finis par lever la tête pour croiser ses yeux clairs. Elle me sourit doucement, et je me penche pour poser ma bouche sur la sienne. Ma main enveloppe sa joue, et j'approfondis notre étreinte, léchant sa lèvre inférieure gonflée de nos baisers.

— Eh bien, c'était... commence-t-elle, son souffle contre moi.

— Sympa et on se rappelle, c'est ça ?

Elle laisse échapper un rire nerveux. Nyx ne m'a jamais fait l'effet d'une fille qui peut facilement être déstabilisée, pourtant, en cet instant, j'ai la nette impression que c'est le cas.

— J'allais dire « un bon moyen de relâcher la pression ».

Je la scrute un instant, ravalant la déception que je sens poindre. C'est tout ? Relâcher la pression ?

— Aussi, oui, me contenté-je de répondre, me déplaçant pour la libérer.

Notre bulle d'intimité vient d'exploser, et pour être honnête, c'est dur à accepter. J'étais bien au creux de ses bras.

— Zeus... murmure-t-elle, sans doute consciente de mon agacement lorsque le surnom absurde qu'elle m'a donné claque dans l'air.

Je n'ai jamais été très doué pour faire semblant.

— Vomito.

Retour au point de départ.

Je quitte le lit, récupère mon boxer que j'enfile avant de passer une main dans mes cheveux. Je n'ai pas le temps de me retourner que Nyx m'a rejoint. Ses bras s'enroulent autour de ma taille, et elle pose ses lèvres contre ma clavicule. Je pousse un soupir et recouvre ses mains des siennes.

— C'était génial, Leander, vraiment.

— Mais...

Parce qu'il y a toujours un « mais » quand les phrases commencent de cette manière.

— Mais je veux simplement que tu saches que je n'attends rien de plus que ça.

Mon cœur rate un battement, et ses paroles me font tressaillir. Avant, j'aurais sauté sur l'occasion. Parce que c'est ce que j'ai toujours attendu de mes partenaires. Du sexe. Rien que du sexe.

Je me tourne pour observer Nyx, lui offrant un sourire doux. Pour la rassurer, pour lui montrer qu'elle n'a pas à s'inquiéter.

— Tant mieux.

— Vraiment ? demande-t-elle en fronçant les sourcils.

— Ouais... Non. J'en sais rien.

Elle s'esclaffe, et je me renfrogne. Je me demande si elle aussi a senti cette connexion entre nous, ce crépitement dans l'air tandis que nous nous caressions, que nous nous embrassions, que nous nous faisions jouir mutuellement. Cette fille a beau m'exaspérer la plupart du temps, lorsqu'elle laisse tomber son masque, c'est impossible de ne pas s'attacher. Parce que oui, je suis attaché à elle. Même si elle me rend dingue et que souvent je voudrais la bâillonner, je l'aime bien.

— Écoute, Nyx, toi et moi, c'était bon. Vraiment.

Elle acquiesce, et son souffle s'accélère lorsque ma paume descend le long de son ventre nu et que j'enduis le bout de mes doigts des restes de mon orgasme.

— Et pour être honnête, je ne serais pas contre le fait qu'on continue à s'amuser.

Je remonte ma main jusqu'à sa bouche et plonge mon index et mon majeur entre ses lèvres. Les mêmes que j'ai enfouis en elle, pour qu'elle découvre nos saveurs mêlées. Son regard ancré au mien, sa langue s'enroule autour de mes doigts, et bordel, c'est tellement sexy que je pourrais bander de nouveau.

— Mais... dit-elle à son tour lorsque je libère sa bouche.

Je ris et me penche pour l'embrasser.

— Mais rien. On n'est pas obligés de se prendre la tête, pas vrai ? On peut juste se laisser porter. Comme avant, finalement.

— Donc on continue à se rendre dingue, mais dans tous les sens du terme, à partir de maintenant, c'est ça ?

Cette fois-ci, j'éclate franchement de rire et frotte mon nez contre le sien.

— C'est ça. *Deal* ?

Elle remonte les bras pour agripper mes cheveux. Sa bouche est de nouveau sur la mienne, douce et gonflée. Puis elle pose son front contre le mien et répond :

— *Deal.*

Je souris et suis sur le point de sceller ce pacte par un nouveau baiser lorsque des bruits derrière la porte m'arrêtent.

— C'était quoi, ça ? demande Nyx.

— Je crois avoir ma petite idée, maugréé-je.

Pas la peine d'être devin pour deviner que certains de mes colocs nous épient derrière le battant. Faisant signe à Nyx de se taire, j'avance silencieusement jusqu'à la porte et l'ouvre d'un coup sec.

— Bordel de mer...

La fin du juron de Sander est étouffée par sa tête qui percute le sol. Dante, lui, a tout juste le temps de se raccrocher à l'encadrement pour ne pas suivre son frère dans sa chute.

Bras croisés, je toise Sander d'un regard noir.

— Ça va, les gars ? demande-t-il, pas le moins du monde gêné, sans même prendre la peine de se relever.

— Ça ira mieux une fois que je t'aurai enfoncé mon poing dans la gueule, grogné-je.

— Je préférais que tu me l'enfonces ailleurs, mais bon, c'est toi qui vois.

Il ne peut vraiment pas s'en empêcher ! Dante émet un bruit de dégoût tandis que derrière moi, Nyx éclate de rire. Sander lui fait un clin d'œil accompagné d'un sourire coquin, heureux de constater qu'il a une alliée. Ces deux-là s'entendent beaucoup trop bien pour notre tranquillité d'esprit. Je sens qu'un jour, ça va nous péter à la gueule.

— On peut savoir depuis combien de temps vous êtes là ? me renseigné-je, histoire de mettre un terme à cette scène.

— Cinq minutes ? Peut-être moins ? Le temps qu'il t'a fallu pour jouir, à mon avis, donc ça doit pas faire bien longtemps, compte tenu de ton endurance.

Parfois, je me demande pourquoi je m'inflige ça. Je devrais déménager et aller habiter dans un appartement, tout seul, peinard.

— Il n'est peut-être pas très endurant mais il est très doué de ses mains, renchérit Nyx.

Elle a décidément une capacité inégalée pour faire des compliments qui sont aussi des critiques.

— Je te crois sur parole, déclare Sander.

— De toute façon, t'as pas le choix.

Il fronce le nez et me lance un regard attristé. Il est parfaitement conscient que ses fantasmes resteront ce qu'ils sont, mais je sais aussi que jamais il ne se lassera d'essayer.

— À la base, on est simplement venu voir ce qui se passait. Dee attendait que Nyx revienne pour la raccompagner, mais elle a fini par se barrer quand on lui a dit ce que vous trafiquiez.

Donc ils sont là depuis le début ! Je voudrais me taper la tête contre le mur jusqu'à oublier les dernières minutes.

— Mince ! J'ai complètement oublié de la prévenir de partir sans moi.

— Ouais, ricane Dante. À croire que tu avais la tête ailleurs… ou les mains occupées.

Je lui assène un coup dans le ventre qui lui coupe le souffle et, tentant de conserver le peu de patience qu'il me reste, déclare :

— Ça suffit. Tout le monde sort de cette piaule. Tout de suite.

Je me tourne ensuite vers Nyx.

— Je vais te raccompagner. Je t'aurais bien proposé de rester mais j'ai une tonne de trucs à réviser.

— Moi aussi. Viens chez moi, si tu veux. On bossera ensemble.

Je prends le temps de la réflexion. Ce qui doit durer trop longtemps à son goût vu qu'elle finit par enfoncer son coude dans mes côtes.

— Je t'offre une échappatoire, là, Zeus, dit-elle en avisant les jumeaux du menton.

Elle a carrément raison. Elle me propose une solution idéale pour échapper à la Gestapo. L'espace de quelques heures, du moins. Ni une ni deux, je me rhabille, fourre mes affaires dans mon sac, attrape la main de Nyx et l'attire à ma suite, souriant des éclats de rire qui s'échappent de ses lèvres tandis que nous dévalons l'escalier et sortons de la baraque comme si nous avions le diable aux trousses. Ce qui n'est pas si éloigné de la réalité. Nous en avons même deux pour le prix d'un.

Tandis que Nyx se laisse tomber sur le siège passager, essoufflée, les cheveux ébouriffés et les joues rouges, je dois me faire violence pour ne pas l'embrasser à nouveau. Je me contrôle, démarre la Jeep et m'éloigne rapidement de la maison.

Une fois sur la route principale, et presque inconsciemment, je pose ma main sur la cuisse de Nyx et la serre doucement tout en restant concentré sur la route, pas certain d'avoir envie de découvrir sa réaction. Pour autant, elle ne l'enlève pas. Au contraire, elle enroule ses doigts autour des miens, et nous ne nous lâchons pas durant tout le trajet, partageant quelques trop brèves minutes d'un silence complice et apaisant.

26

Nyx

Alors que je passe la porte du *Sunrise Senior Living*, le vent s'engouffre sous ma petite veste en cuir, me faisant frissonner. Il va vraiment falloir que j'investisse dans quelque chose de plus chaud. Même si je ne regrette pas la décision de mettre autant de distance entre ma famille et moi, je ne peux pas nier que la chaleur de l'Alabama me manque. Surtout quand je dois poireauter pour attendre le bus. Je vais sans doute perdre un orteil ou deux.

Mes pieds ne risqueraient rien si Zeus était là pour me ramener, comme d'habitude. Monsieur s'est fait porter pâle. Enfin, si je dois être tout à fait honnête, l'entraînement des Thunder a été décalé exceptionnellement, et les horaires ne collaient donc plus.

Je trottine jusqu'à l'abri de bus en espérant pouvoir me protéger un peu du froid.

Je ne suis assise que depuis quelques secondes, la tête baissée, emmitouflée dans mon écharpe, quand un coup de klaxon me fait sursauter. Leander me fait signe depuis l'habitacle de sa Jeep. Je suis tellement surprise de le voir ici que je ne réagis pas. Je ne m'attendais pas à ce qu'il vienne me chercher et je ne sais pas ce qui m'effraie le plus : qu'il l'ait fait, ou que ça me plaise plus que ça ne le devrait.

Alors que je reste immobile, il se penche pour ouvrir la portière passager depuis sa place.

— Tu crois que je vais rester planté là en attendant que tu veuilles bien poser ton cul bandant dans ma caisse ?

Il hurle pour couvrir le bruit du vent, et la femme qui attendait déjà le bus avant que j'arrive me lance un regard réprobateur en s'agrippant à la croix qu'elle porte autour du cou. *En voilà une qui s'entendrait bien avec mes parents...*

Je sors enfin de ma torpeur et cours me réfugier dans la douce chaleur de la voiture de Leander. Ce dernier adresse de grands sourires hypocrites à la dame qu'il vient de choquer.

— Mais t'as fini, oui ? La pauvre, je crains déjà qu'elle s'en remette pas.

— Je ne comprends pas, d'habitude, les femmes m'apprécient. Je suis sûr que les petites mamies de la résidence m'ont réclamé à cor et à cri.

— Ah ! ça, je ne peux pas dire le contraire. Ça leur a manqué de ne pas pouvoir te mettre la main aux fesses. D'ailleurs, certaines t'appellent Zeus. Je ne comprends pas comment ça a pu arriver.

Il éclate de rire tout en continuant à se concentrer sur sa conduite. Moi, je grelotte et n'arrive pas à me débarrasser de cette sensation de froid et d'humidité. Me voyant ainsi, Leander attrape ma main et laisse échapper un grognement réprobateur.

— Tu vas choper la mort, si tu t'entêtes à porter cette petite veste. On n'est pas dans le Sud, ici.

Il ne lâche ma main qu'une seconde pour attraper une veste en laine qui reposait sur un siège arrière.

— Tiens, couvre-toi, m'ordonne-t-il.

Je m'exécute et m'emmitoufle dans le vêtement saturé de ce parfum racé que j'adore sentir au creux de son cou.

Après un moment, je me rends compte que Leander tourne dans la rue de la coloc. Il me surprend pour la deuxième fois de la soirée en me ramenant chez lui plutôt qu'en me déposant à mon dortoir.

— C'est pas chez moi, ça.

— Je savais que tu progresserais vite, avec toutes ces soirées de révisions, me charrie-t-il. Tu sais désormais reconnaître l'endroit où tu vis !

Je lui tire la langue, ma tête dépassant sans doute tout juste de sa veste dans laquelle je suis toujours enveloppée quand il se gare devant la maison.

— Chase est avec ta coloc, Dante et Sander avaient un truc de famille, et Knox est à un mystérieux rendez-vous dont j'ignore tout. On a la maison pour nous.

— Je vois. Tu t'es dit que tu allais profiter de l'innocence et de la fragilité d'une demoiselle en détresse ?

Son sourire illumine ses yeux bleus. Je n'arrive même plus à le faire enrager avec mon ironie à la noix.

— Nyx ?

— Oui ? questionné-je en papillonnant des cils comme une idiote.

— Innocence ? Demoiselle en détresse ?

— J'abuse, c'est ça ?

— Si peu... Et puis, on avait dit qu'on bossait ensemble ce soir, non ?

Je secoue la tête en riant et ouvre ma portière. Je redoute d'affronter le vent glacial après l'habitacle douillet de la Jeep, mais il va bien falloir y passer.

— Oui, on avait dit ça. Comme avant-hier. Et le soir d'avant. Et celui d'avant. Je vais finir par croire que tu ne peux plus te passer de moi.

Je cours à sa suite jusqu'à la maison, le laisse déverrouiller la porte et entre alors qu'il marmonne. Je suis presque sûre d'avoir entendu « c'est le cas », mais je me persuade que mes oreilles m'ont fait défaut.

Je pose mes affaires sur le sofa du salon et me débarrasse de ma veste pour réenfiler celle de Leander sur moi. Je m'assieds en tailleur sur le canapé, des bruits de casseroles provenant de la cuisine. J'attends un instant en me demandant ce que peut bien fabriquer Leander.

Quand il ne réapparaît toujours pas dans le salon, je finis par me lever. Je le retrouve, coupant des oignons dans la cuisine, et je me demande si je ne suis pas tombée dans une autre dimension. Dans ma famille, les hommes ne s'approchent pas de cette pièce, et j'ai été élevée dans le principe que c'est aux femmes de nourrir le monde.

— Tu fais quoi ? cherché-je à savoir, un peu abasourdie.

— Je tricote un pull-over, Eunice, tu ne vois pas ?

— Merde, je t'ai contaminé avec mon ironie bon marché.

— Il a bien fallu que j'apprenne à me défendre, répond-il en s'attaquant à une branche de céleri. Je me disais que tu aurais peut-être faim. Et là, je prie pour que tu ne sois pas végétarienne.

Leander et moi avons peut-être passé beaucoup de temps ensemble ces dernières semaines, mais le dîner faisait rarement partie du programme.

— Je ne suis pas végétarienne, non. Mais surprise de te voir derrière un fourneau, ça, oui. Tu arrives à couper les légumes avec tes gros bras ?

— Qu'est-ce que tu crois ? Il faut bien nourrir les autres gros bras qui logent ici, ajoute-t-il en versant de l'huile dans la sauteuse qu'il a posée sur le gaz.

— Je me disais d'ailleurs que la maison paraît bien grande quand tes colocs ne sont pas là pour prendre tout l'espace.

— Et silencieuse, aussi.

Je souris de l'entendre s'agacer du caractère turbulent de ceux qui, je le sais, sont comme des frères pour lui. Je me hisse sur le comptoir pour le regarder s'affairer et lui vole un morceau de carotte sur la planche à découper. Il se tourne vers moi après avoir jeté les légumes dans l'huile brûlante et se fait une place entre mes jambes. Ses mains se glissent sous ma veste, puis sous mon tee-shirt, frôlant ma peau et déclenchant de nouveaux frissons qui n'ont plus rien à voir avec le froid. Nous ne sommes ni l'un ni l'autre très démonstratifs quand les autres sont dans le coin, mais ce soir, personne ne peut être témoin de ces moments que nous n'échangeons habituellement que dans l'intimité.

Il se serre davantage contre moi, enfouit son nez dans mon cou, sa bouche effleurant tout juste le haut de ma poitrine, ma clavicule, la ligne de ma mâchoire. J'enfonce mes mains dans ses cheveux, me délecte de leur texture et finis par approcher mes lèvres des siennes. Il grogne quand nos langues se rejoignent, et je soupire de bien-être. Je n'attendais que ça depuis que je l'ai vu devant l'abribus. M'en rendre compte pourrait m'effrayer et me faire fuir, mais les sensations que je ressens dans les bras de Leander apaisent mes doutes.

C'est lui qui finit par rompre notre étreinte, et je comprends pourquoi quand il se précipite pour réduire la puissance du feu sous la casserole.

— Quelques minutes de plus et on pouvait se faire livrer une pizza. Arrête de me distraire, Nyx !

— Je te distrais, moi ? m'exclamé-je avec un faux air outragé. Tu m'as sauté dessus, Apollon !

— Ah ! Tiens, tu penses faire tous les dieux de l'Olympe ?

— Selon les circonstances, ça pourrait être marrant, répliqué-je en descendant de mon piédestal.

— Dommage, je crois que je m'étais habitué à être le dieu suprême.

Je ris en secouant la tête et décide de mettre la table quand je remarque qu'il a bientôt fini de préparer ce que je devine être une sauce bolognaise. Leander a beau parfois revêtir ce masque de type imbu de lui-même, je sais maintenant que sa vraie personnalité est tout autre.

Le dîner prêt, nous nous asseyons face à face, et je dévore sans complexe les pâtes recouvertes d'une sauce à damner un saint. Dans la vie, en général, je suis quelqu'un d'extraverti, et les repas ne font pas exception. Je savoure le plat concocté par Zeus depuis quelques minutes quand je constate qu'il me dévisage, la bouche entrouverte, cette lueur de désir que je sais maintenant reconnaître dans le regard.

— Quoi ? demandé-je, alors que je sais pertinemment que je devais faire des bruits à la limite de la décence.

— Je suis presque jaloux de ma bolognaise, là.

Je ne réponds rien et lui balance un clin d'œil en continuant mon petit show. Alors que je mime l'orgasme culinaire, je me débarrasse de mes boots sous la table et glisse mon pied le long du mollet de Leander, puis de sa cuisse, avant de l'installer confortablement contre son entrejambe. Je culpabilise une seconde quand il manque de s'étouffer avec ses spaghettis, mais je me réjouis quand même de réussir à le déstabiliser à ce point.

Je replonge le nez dans mon assiette et émet un petit cri quand il repousse ma chaise avant de m'attraper derrière les cuisses pour me porter contre lui. Je ne l'ai même pas vu se lever.

— Qu'est-ce que tu fabriques ? Il me restait un peu de sauce à lécher, mens-je en retenant mon fou rire.

Il se jette sur mes lèvres pour me faire taire et se précipite dans l'escalier.

La porte de sa chambre est ouverte, il se dirige à grandes enjambées vers son lit avant de me déposer dessus. C'est quand je le vois grimacer de douleur et se figer, une main en appui sur le matelas, que je me rends compte que quelque chose ne tourne pas rond.

— Ça va ?

Il secoue la tête, la mâchoire serrée, et reste silencieux en essayant de s'allonger sur le lit. La douleur a fait perler quelques gouttes de sueur le long de ses tempes, et je suis suspendue à ses lèvres en attendant qu'il me réponde.

— Rien de grave.

— Ça n'a pas l'air si anodin, pourtant.

Une inquiétude dont je n'ai pas l'habitude me tord l'estomac.

— Je me suis déplacé une vertèbre à l'entraînement. Ce n'est pas inhabituel. Le kiné me l'a remise en place, mais je ne devais pas forcer. Laisse-moi récupérer et je m'occupe de toi.

Il me sourit, mais ses yeux ne s'illuminent pas comme ils en ont l'habitude avec moi.

— Hors de question, monsieur McNeil. Tu vas me laisser te masser et dormir. Point. Bouge pas.

— Moi qui pensais aller faire un dix kilomètres.

Je lève les yeux au plafond en me dirigeant vers la salle de bains. Je déteins de plus en plus sur Zeus, c'est inquiétant.

Dans l'armoire à pharmacie, je parcours les étagères jusqu'à trouver un baume relaxant pour les muscles que je me doutais pouvoir dénicher dans une maison remplie de sportifs de haut niveau.

De retour dans la chambre, je constate que Leander n'a pas bougé d'un centimètre. Sans un mot, je l'aide à se débarrasser de son jean et de son tee-shirt en prenant garde qu'il ne fasse pas de faux mouvement.

— Tu pourrais te mettre sur le ventre ?

— Tu essaies de me torturer, en fait ? C'est pas comme ça que j'imaginais la fin de la soirée, maugrée-t-il.

— J'essaie surtout d'être la plus attentionnée possible.

Il finit par se tourner face au matelas, et je m'installe à genoux à ses côtés. Je commence à le masser en partant du bas de son dos et en remontant en cercle. Ça fait longtemps que je n'ai pas fait ça, mais apparemment, c'est comme la bicyclette, ça ne s'oublie pas. Bientôt, des sons proches de ceux que je produisais en mangeant mes spaghettis s'échappent de sa bouche. Ses yeux sont fermés, comme s'il voulait profiter au maximum de la sensation de mes mains sur lui.

— Je sais pas si tu fais du bien à mon dos, souffle-t-il, mais ma queue apprécie beaucoup.

— Pense à autre chose. Tiens, tu as prévu quoi pour Thanksgiving ?

— Je dois voir mon père. Comme d'hab. Rien de transcendant. Et toi ?

C'est malin, Nyx. Pourquoi tu lui poses des questions perso, si tu ne veux pas qu'il te retourne la pareille ?

— Probablement rien.

Je me leurre en imaginant que Leander se contentera de ça.

— C'est dans moins d'un mois, Nyx. Tu sais sûrement si tu rentres chez toi, non ? Ou ta famille vient peut-être te voir ? Une sœur ou un frère, si tu en as...

À ces mots, j'éclate de rire et interromps un instant mon massage. Sous mes mains immobiles, Zeus tourne la tête et me regarde avec curiosité. Évidemment, cette fois, impossible de ne rien dire de plus.

— Des frangins et frangines, j'en ai des tas. Ma famille ne quittera probablement jamais l'Alabama, et je ne vais pas là-bas pour Thanksgiving parce que je ne m'entends plus avec eux. Je suis venue ici contre leur volonté, et même si ma mère continue de m'appeler de temps en temps, mon paternel m'a sûrement rayée de l'arbre généalogique.

Le silence se fait dans la chambre, et je termine mon massage avant de m'allonger aux côtés d'un Leander qui ne dit toujours rien. Je vois pourtant dans ses yeux qu'il aimerait en savoir plus. Il aimerait prolonger ce moment d'une intimité particulière. Le genre que je fuis à tout prix. Alors, pour l'empêcher de poser plus de questions, je l'embrasse avec toute la tendresse dont je suis capable avant de me nicher contre lui et de fermer les yeux.

27

Leander

À peine ai-je ouvert notre porte d'entrée que je me fais agresser par une toile d'araignée.

— Vous êtes obligés de la mettre ici ? râlé-je sans savoir si quelqu'un est là pour m'entendre.

— Ça y est, monsieur Grincheux est arrivé ! s'esclaffe Sander depuis l'escabeau lui permettant d'accrocher une sorcière sur son balai.

— J'espère que tu vas te casser la gueule et te briser le coccyx.

Il éclate de rire, et je me libère de la décoration d'un geste agacé pour avancer dans le salon. Comme l'an dernier, les mecs ont vu les choses en grand. Le rez-de-chaussée est transformé. D'autres toiles avec de petites araignées en plastique décorent les murs, un squelette aux yeux rouges me salue depuis la porte de la cuisine. Des citrouilles transformées en *Jack O'Lantern* et des fantômes suspendus au plafond semblent me scruter de manière angoissante. Au fond de la pièce, un bar improvisé est recouvert d'une nappe décorée de têtes de mort. Il croule sous les bouteilles, les bonbons et tout un tas d'autres merdes qui font éclater mon cholestérol rien que de les voir.

Au moins, cette fois, ils ne m'ont pas demandé de participer à l'organisation de la fête. Les soirées déguisées, très peu pour moi.

Je grimpe l'escalier quatre à quatre pour rejoindre la tranquillité de ma chambre. Dans ma précipitation, je manque de peu de percuter Eva, qui sort de celle de Dante. Je hausse les sourcils, un sourire aux lèvres, et la scrute de la tête aux pieds sans même me cacher.

— *Wonder Woman*, hein ? Remarque, c'est le minimum pour supporter Dante aussi souvent.

— Jaloux ? demande-t-elle en riant.

— Même pas.

C'est la vérité. La jalousie ne fait pas partie de mes défauts. Je ne me suis jamais suffisamment attaché à qui que ce soit pour en éprouver ne serait-ce qu'une étincelle. Pas jusqu'à récemment, du moins.

— Tu es canon, en tout cas.

Elle l'est. Avec son corps tonique et élancé de sportive, ce costume lui sied à merveille. Sa taille fine est accentuée par la large ceinture et sa jolie poitrine mise en valeur par son corset.

— Merci. Mais attends de voir ton coloc. Je viens de finir de le maquiller, et il est... indescriptible.

Sa remarque pique ma curiosité, et au lieu d'aller me cacher dans ma piaule, j'entre sans frapper dans celle de Dante. Je reste quelques instants immobile, ahuri par le spectacle devant moi.

— Quoi ? grommelle mon pote. T'as jamais vu une reine égyptienne avant ?

— Pas avec une aussi grosse queue, c'est sûr.

Sérieux. On ne voit que ça. Sous sa robe blanche pourtant pas vraiment moulante, son érection est parfaitement discernable. Apparemment, Eva l'a laissé en plan.

— Merci pour le compliment. Et pour ta gouverne, je vais ajouter une ceinture pour cacher cette « très grosse queue ».

— Tu aurais pu finir ce que tu as commencé, reproché-je faussement à Eva. Regarde dans quel état tu l'as laissé.

— C'est ce que j'étais sur le point de faire, raison pour laquelle j'étais en chemin vers la salle de bains.

Il semblerait que j'ai interrompu une séance de maquillage torride.

— C'est sur cette information que je n'avais aucune envie de connaître que je vais vous laisser à votre... peu importe. À plus.

Sans demander mon reste, je fais volte-face et quitte la chambre, sous les éclats de rire des deux autres.

Voilà deux heures que je tente de bosser. Les invités ont commencé à débarquer, et je peux entendre la musique filtrer depuis le rez-de-chaussée. J'avance péniblement sur un devoir lorsque des coups se font entendre à ma porte. Je soupire et me lève pour aller ouvrir. Je découvre Sander, les yeux déjà brillants et les joues un peu rouges.

— *Ave*, César. Ceux qui vont s'ennuyer à mourir te saluent, déclaré-je.

Je devine qu'il est venu me débusquer. À croire qu'ils ne peuvent pas faire la fête sans moi. Ils savent tous pertinemment que me bourrer la gueule et danser ne sont pas ma tasse de thé, mais selon eux, « c'est important de se sociabiliser, c'est comme ça qu'on arrive à baiser ».

— Ha, ha, ha ! Hilarant. Allez, prépare-toi et bouge ton cul, on te réclame en bas.

— Pourquoi est-ce que je dois me taper cette soirée alors que même Knox a fui ? râlé-je.

— Je pourrais te citer un tas de bonnes raisons, mais je préfère te dire que Nyx est arrivée et qu'elle remue son joli petit cul en compagnie d'Eva sous les regards intéressés d'un tas de mecs bavant de manière répugnante.

— D'accord, tu as gagné. J'arrive.

Sander reste sur le pas de la porte pendant que j'échange mon short contre un jean déchiré et que j'enfile une paire de Converse. À croire qu'il a peur que je me volatilise s'il se détourne une seconde.

Quand je referme la porte derrière moi, Sander ricane.

— Je sais vraiment comment te prendre, pas vrai ?

— Ça, on ne le saura jamais, rétorqué-je avec un clin d'œil.

Il éclate de rire, passe un bras autour de mes épaules en murmurant un « hélas » et ne me lâche que lorsque nous descendons les marches.

Nous venons tout juste d'arriver en bas lorsqu'une furieuse envie de m'enfuir me saisit. Il y a des gens partout. Affalés sur les canapés, discutant en petits groupes ou déchaînés sur la piste de danse improvisée.

Je cherche Nyx des yeux, espérant la trouver rapidement et la supplier de me sortir de cet enfer. Sauf qu'elle n'est nulle part en vue. Bien décidé à partir à sa recherche, j'avance à travers la foule et me fais aussitôt alpaguer par une jolie fille déguisée en Ariel. Sa longue perruque rousse tombe le long de ses épaules, ses seins ne sont dissimulés que par un maillot de bain en coquillages et une longue jupe moulante lui sert de queue de sirène. J'ai toujours l'impression qu'Halloween est l'occasion pour tout le monde de s'exhiber dans les costumes les plus sexy possibles.

— Salut, toi, murmure-t-elle d'une voix suave en posant ses mains sur mes pecs. On danse ?

Je secoue la tête et attrape doucement ses poignets pour l'obliger à me lâcher. Elle ne semble pas trop vexée et jette son dévolu sur un autre type.

Il n'y a pas si longtemps, j'adorais voir ces filles se prosterner à mes pieds. J'adorais les voir se presser autour de moi après chaque match pour me féliciter. J'adorais n'avoir qu'un geste à faire pour qu'elle finisse par se tortiller sous moi. Mais depuis ce qui est arrivé, je suis bien plus méfiant. Et depuis que Nyx fait partie de l'équation, je n'ai plus vraiment envie d'aller chercher ailleurs. Bien sûr, avec Nyx, nous ne nous sommes rien promis, à part de passer du bon temps. Sauf qu'elle me suffit. Et rien que l'idée qu'elle puisse coucher avec d'autres mecs me fout un peu les boules.

Je continue ma traversée jusqu'à ce que j'aperçoive une fine silhouette, gobelet à la main, riant en compagnie d'un gars déguisé en flic. Plus façon strip-teaseur que force de l'ordre. Et je déteste la manière qu'il a de reluquer Nyx. Cette dernière a beau être affublée d'une perruque noire, je reconnais sa manière de se tenir, sa gestuelle.

Décidant d'arrêter de me faire du mal pour rien à continuer à les regarder flirter, je m'avance vers eux et pose ma main sur la nuque de Nyx. Elle sursaute et se tourne vers moi, m'offrant un sourire lumineux quand elle découvre que c'est moi.

— Hey, Zeus ! s'exclame-t-elle en entourant ma taille de ses bras pour une accolade rapide.

Trop rapide. J'ai à peine pu sentir l'odeur de sa peau qu'elle recule pour m'expliquer :

— Je disais à David que je venais de voir une Cléopâtre d'un mètre quatre-vingt-dix et autant de kilos plaquer l'une des multiples Harley Quinn contre un mur. C'était... inattendu.

Le sourire qu'elle m'offre me donne envie de la bouffer tout cru. Je me marre, devinant qu'elle veut parler de Dante et de sa conquête de la soirée.

— Tu veux boire un verre ? Tu as les mains vides. Un peu de bière ? me demande-t-elle en me tendant sa bière.

— Non, merci.

— Allez, Zeus. Une gorgée. Pour me faire plaisir, essaie-t-elle de m'amadouer avec sa moue bien trop adorable.

— Tu m'incites à picoler, madame Wallace ?

— Oh ! Tu as saisi la référence. Heureuse de trouver enfin quelqu'un de cultivé par ici. J'ai dû expliquer à beaucoup trop de monde que je suis déguisé en Mia.

— *Pulp Fiction* est un film culte, Vomito.

Et elle, elle est magnifique, avec sa perruque noire et sa tenue simple et sobre. J'aime qu'elle n'ait pas fait comme les autres, qu'elle soit restée elle-même et n'ait pas profité d'Halloween pour dévoiler son corps au monde entier. Parce que ce corps, je veux être le seul à pouvoir l'admirer, et surtout, à pouvoir le toucher.

Elle acquiesce puis me reluque de la tête aux pieds.

— Par contre, désolée, mais... tu es déguisé en quoi ?

Je me penche vers elle et déclare :

— En Leander McNeil. Je me suis dit que ça ferait un carton, comme tout le monde adore ce type.

Elle lève les yeux au ciel et réplique :

— Ce n'est pas faux. Et tu sais pourquoi, selon moi ?

Ses jolis yeux sont ancrés aux miens, et je suis soulagé de constater qu'apparemment, David a cessé d'exister.

— Parce que je suis un dieu au pieu ? tenté-je, faisant remuer mes sourcils.

Elle éclate de rire et secoue la tête.

— Non. Parce que ce type a beau être adulé par toute une université, il garde les pieds sur terre et sait rester humble.

Elle m'attrape par la nuque pour m'obliger à me mettre à sa hauteur. Son souffle est chaud contre mon oreille qu'elle mordille avant de murmurer :

— Pour ce qui est d'être un dieu au pieu, jusque-là, tu te débrouilles pas trop mal. Mais pour certains détails, je ne peux que te croire sur parole. À moins que...

Bon sang, elle sait comment me rendre dingue et me donner envie de ramper !

— À moins que quoi ? soufflé-je, emprisonnant sa nuque de ma main pour l'empêcher de se détacher de moi.

J'aime sentir son corps contre le mien, son parfum emplissant mes narines. J'aime cette proximité, même si nous sommes entourés d'un tas de personnes et que je sens des regards rivés sur nous.

Elle relève la tête pour verrouiller son regard au mien. Je me laisse happer par ses yeux verts avant de dériver vers sa bouche pulpeuse que je crève d'envie d'embrasser. Je sais que je ne devrais pas, pas ici, pas alors que tout le monde peut nous voir. Les marques d'affection en public, nous les évitons, pour éviter les allusions, pour éviter nos illusions. Celles d'être davantage que ce que nous sommes. Le pire, dans tout ça, c'est que j'ai le sentiment que ces illusions ne viennent que de moi. Que Nyx reste un électron libre alors que je voudrais qu'elle ne gravite qu'autour de moi.

— À moins que tu me prouves que ton statut de dieu au pieu inclut toute la prestation.

Elle n'a pas besoin de préciser sa pensée, je vois très bien de quoi elle parle. Et j'en rêve depuis des jours. Sa langue passe sur ses lèvres, parce qu'elle sait l'effet que ça me fait, et qu'elle adore me rendre fou. Ni une ni deux, je l'attrape par la main, la forçant presque à courir pour rester à ma hauteur tandis que je fends la foule pour nous diriger vers l'étage. Elle rit à gorge déployée, ses doigts entrelacés aux miens.

À peine avons-nous franchi la porte de ma chambre que je la plaque contre le mur.

— Ma bière ! gronde-t-elle.

Je baisse les yeux pour constater qu'elle a éclaboussé sa main. Je la lui retire et la pose sur mon bureau avant de porter ses doigts à mes lèvres pour les lécher.

— Voilà, je bois, finalement.

Son rire est plus rauque que tout à l'heure, et elle observe ma langue glisser sur sa peau.

Elle rit et m'attrape par la nuque pour écraser sa bouche sur la mienne. Je grogne et l'embrasse furieusement, retrouvant sa saveur sur ma langue qui danse avec la sienne. Chaque fois que je l'embrasse, ma peau crépite et mon cœur bat un peu trop vite. C'est dingue, ce pouvoir qu'elle exerce sur moi.

— Pas de margarita, cette fois, constaté-je en léchant sa lèvre.

— Je me suis fait kidnapper avant d'en arriver là.

Je laisse ma bouche dériver sur sa joue, son menton, sa gorge. Mon corps plaqué contre le sien, mon début d'érection frotte contre son entrejambe. Je ramène ses poignets au-dessus de sa tête et les emprisonne d'une main. Je laisse glisser l'autre entre ses seins pour déboutonner sa chemise blanche.

— Tu veux que je te libère, peut-être ? soufflé-je avant de reprendre sa bouche, insinuant mes doigts sous son débardeur pour caresser sa peau.

Elle halète et secoue la tête. J'ancre mon regard au sien tandis que ma main remonte jusqu'à son soutien-gorge. Je caresse sa poitrine par-dessus le tissu puis remonte son sous-vêtement pour titiller ses pointes durcies, laissant ses tétons rouler sous mon pouce.

— Tu es sûre ? murmuré-je, continuant ma délicieuse torture.

Elle se cambre contre moi, cherchant le contact de ma queue durcie contre sa chatte. Je niche ma tête dans le creux de son cou, plante mes dents dans sa gorge et, sans jamais la libérer, je finis par déboutonner son pantalon d'un geste expert. Mes doigts se perdent sur son ventre, puis plus bas, contre sa culotte humide. De mon index, je déplace son sous-vêtement et titille le piercing sur son clitoris.

— Ce truc va vraiment me rendre dingue...

Elle sourit. Agrippant ses fesses, je la soulève pour la plaquer contre moi. Ma queue est tellement dure que c'en est douloureux. J'ouvre mon jean pour la libérer. Attrapant mon érection, je la fais glisser entre les replis de son sexe. Je veux qu'elle me sente, je veux qu'elle voie l'effet qu'elle me fait.

— J'ai tellement envie de toi, soufflé-je contre sa bouche avant de l'embrasser de nouveau.

Ses ongles se plantent dans mes épaules, et elle bouge contre moi, embrasant mes sens.

Sans jamais la lâcher, je nous entraîne jusqu'au lit où je la dépose sans trop de douceur. Elle lâche un petit cri de surprise mais sourit en tendant le bras vers mon sexe.

— Viens là, murmure-t-elle d'une voix rauque, les yeux brillants de luxure.

Je ne me fais pas prier pour obéir. Je me déshabille rapidement, appréciant la manière dont elle me mate au fur et à mesure que mon corps nu apparaît, et retrouve sa chaleur.

— Baise-moi, Leander, réclame-t-elle.

J'adore qu'elle me parle comme ça. Je finis de la dévêtir, puis me redresse pour l'admirer. Sa peau claire, son ventre rond, ses seins pointés vers le ciel.

— Tu es magnifique, soufflé-je en laissant courir ma paume le long de son sternum jusqu'à son entrejambe.

Elle écarte les cuisses, et je me penche avec pour idée de la déguster. Elle se tortille sous moi et gémit.

— S'il te plaît...

Ce soir, elle n'a pas envie de longs préliminaires. Nous avons déjà donné de ce côté-là et avons soif d'autre chose. Je ris contre sa peau avant de me redresser.

— Il faut que j'aille chercher une capote. Je te propose de me montrer comment tu te caresses, comme ça, tu resteras mouillée jusqu'à ce que je revienne.

Elle rit et passe sa langue sur ses lèvres.

— Ou tu pourrais juste prendre mon sac à main et sortir celle qui est dedans.

L'espace d'un instant, je reste interdit, surpris par ses mots. C'est ridicule, quand on y pense. Pourquoi ce serait toujours aux mecs de tout prévoir, après tout ?

— Si je ne te connaissais pas aussi bien, je me dirais que tu avais tout planifié, finis-je par déclarer d'une voix amusée.

— Moi ? Si douce et innocente ? répond-elle d'un air outré.

Je ricane et ne peux m'empêcher d'appuyer de nouveau mes lèvres contre les siennes.

Je finis tout de même par l'abandonner pour récupérer son sac posé près de la porte. Je fouille rapidement à l'intérieur pour en extirper un préservatif. Lorsque je me retourne, je la découvre, une main entre ses jambes, en train de se toucher. Jamais vision n'a été plus érotique que de voir Nyx, jambes écartées, reins cambrés, se caressant.

— Si je n'étais pas sur le point d'exploser, je te demanderais de continuer jusqu'à te voir jouir.

Elle sourit et répond :

— On gardera ça pour une prochaine fois, dans ce cas.

Oh ! putain, ouais, carrément !

Je me laisse tomber sur le lit et attrape ses jambes pour les passer autour de ma taille. Je déroule la capote sur mon érection avant de presser ma queue contre sa chatte.

— Arrête de jouer les allumeurs, Zeus. Il est temps de me prouver qu'il n'y a pas qu'au foot que tu es doué.

Je ris et, sans plus attendre, je m'enfonce en elle. Nous poussons tous les deux un gémissement sonore. Un frisson de désir s'empare de moi lorsque je la sens se refermer autour de ma queue. J'entame des va-et-vient, aimant bien trop fort la sensation de son corps autour du mien. Nous ondulons en rythme, bercés par nos soupirs et nos halètements.

Sa main caresse mon dos, mes hanches, et elle se cambre à ma rencontre lorsque mes coups de reins se font plus violents. Nos peaux en sueur semblent vouloir s'unir pour se fondre l'une dans l'autre. Mon pouce trouve son clitoris que je ne cesse de titiller tandis que le plaisir grimpe. Elle gémit et capture ma lèvre entre ses dents pour la sucer. Nous ondulons de plus en plus vite, au fur et à mesure que le plaisir s'intensifie.

Nous nous abandonnons à l'extase de l'instant, nous gorgeons des soupirs et des gémissements que l'autre nous offre.

Sa peau se couvre de chair de poule, et elle tremble entre mes bras. Je titille son clito toujours plus vite, conscient qu'elle est proche de la délivrance. Mes mouvements deviennent frénétiques.

Elle est la première à jouir, dans un cri qui résonne dans la pièce et suffit à me faire perdre pied. Je nous laisse tomber sur le lit et m'enfonce de nouveau en elle. Quelques coups de bassin suffisent pour que mes muscles se crispent et que l'orgasme me percute de plein fouet.

Le souffle court, épuisé, je me laisse tomber contre elle. Nous restons un long moment sans parler, recouvrant nos respirations, puis Nyx cherche mon regard, un sourire plaqué sur ses lèvres gonflées.

— Tu sais quoi ? finit-elle par dire.

Je frotte mon nez contre le sien et demande :

— Quoi ?

— Jamais je n'aurais pensé qu'un type déguisé en Leander McNeil puisse me faire autant de bien.

J'éclate de rire et la serre plus étroitement contre moi avant de déposer un baiser sur sa tempe.

— Et il est prêt à recommencer chaque jour que Dieu fait. Encore et encore, sans jamais se lasser.

Au moment où ces mots sortent de ma bouche, je me rends compte que c'est la vérité. Je suis devenu un peu trop accro à Nyx, et même si ça me fait flipper, même si j'ai conscience d'être plus attaché à elle qu'elle ne l'est à moi, ce n'est pas grave. Parce que je vais faire tout mon possible pour qu'à son tour, elle ne puisse plus se passer de moi.

28

Nyx

Il n'est pas loin de cinq heures du matin quand je me faufile hors de la chambre de Leander sur la pointe des pieds. Les morceaux de pizza et la bière que j'ai ingurgités hier soir avant que Zeus ne me kidnappe m'ont donné soif au point de m'empêcher de dormir.

Je descends prudemment les marches, tâchant d'éviter celles qui grincent. Je n'ai pas envie de réveiller toute la maison, même si c'est hautement improbable, vu que la petite fiesta d'Halloween vient à peine de prendre fin.

Je me glisse dans la cuisine en priant pour ne croiser personne. J'ai enfilé un tee-shirt de Leander, mais vu son gabarit, le vêtement bâille partout. Ce n'est clairement pas la tenue la plus décente qui soit. Le rez-de-chaussée est heureusement complètement vide.

J'ouvre un placard pour prendre un verre, mais cela s'avère plus difficile que prévu. Je me hisse sur la pointe des pieds avant d'abandonner et de prendre une chaise pour pouvoir attraper ce que je veux sur l'étagère la plus haute. Est-ce que les mecs vont se foutre de ma gueule si je leur réclame un marchepied pour enfant ? Au pire, je pourrai sans doute les menacer de les priver de margarita pour qu'ils acceptent.

Mon verre en main, je laisse couler l'eau froide quelques secondes avant de me servir. Je bois une gorgée, le regard perdu sur le morceau de jardin qu'on aperçoit depuis la fenêtre de la cuisine. Une évidence me percute alors : ce n'est pas la soif qui m'a empêchée de trouver le sommeil. « *Et il est prêt à recommencer chaque jour que Dieu fait. Encore et encore, sans jamais se lasser.* » Ce sont les paroles de Leander qui tournent encore et encore dans ma tête depuis tout à l'heure.

Depuis ce fameux dimanche matin où les choses ont dérapé, tout semblait clair entre nous. Nous avions convenu de passer du bon temps sans nous prendre la tête. Et ne pas se prendre la tête, chez moi, ça veut dire pas d'attache, pas de sentiments et, surtout, pas de promesses. Or, les paroles qui résonnent dans ma boîte crânienne depuis qu'elles ont quitté sa bouche ressemblent fortement à ça : des promesses. Ces mots qui engagent pour toute une vie sont bien trop lourds de sens pour moi. « *Chaque jour que Dieu fait.* »

Une relation sérieuse, ce n'est pas ce que je voulais au départ. Et maintenant ? Je suis complètement larguée. Je déteste me prendre le chou avec ce genre de considération et, s'il s'était agi de n'importe quel autre mec, j'aurais sans doute fui sans me retourner. Mais Leander McNeil n'est pas n'importe quel mec pour moi... Plus maintenant. Plus depuis les soirées à étudier, les repas cuisinés quand ses potes ne sont pas là et tout le reste. Le sexe avec Zeus est digne de sa réputation, et encore, je pèse mes mots. Mais je ne peux pas faire l'autruche, lui et moi, c'est devenu beaucoup plus qu'un simple plan cul. Est-ce que ça n'a pas toujours été davantage ? Avant même qu'il ne se passe quoi que ce soit entre nous, il était déjà ce type que je ne pouvais pas m'empêcher d'emmerder.

La lumière des phares d'une voiture vient interrompre cette intense réflexion qui ne menait nulle part.

Je me fige quand une clé tourne dans la serrure de la porte d'entrée, mais je connais tous les mecs qui habitent ici et je ne pense pas que l'un d'entre eux puisse vraiment être choqué par ma tenue. Et puis, il faut être réaliste, si c'était un cambrioleur, il n'aurait pas les clés. Je respire tout de même un peu mieux en apercevant la carrure de Knox qui se découpe dans le chambranle. C'est vrai que je ne l'ai pas aperçu, ce soir.

Quand il fait quelques pas dans le salon, je remarque qu'il se tient la tête et comprends rapidement que quelque chose cloche. J'allume le néon qui clignote faiblement au-dessus de l'évier et sors rapidement de l'ombre pour qu'il ne me prenne pas pour une intruse.

— Nyx ?

— Oui, c'est moi.

— Désolé, je t'ai pas réveillée, si ?

— Non, j'étais debout.

Dans la lueur qui brille maintenant dans la cuisine, je remarque qu'il tient un genre de mouchoir au-dessus de son œil gauche et que le tissu est couvert de sang.

Il me regarde un instant, incertain, comme s'il ne savait pas comment justifier sa blessure. Je comprends qu'il a sans doute décidé de ne rien dire quand il commence à bifurquer en direction de la montée d'escalier.

Je fais quelques pas et attrape son bras qui ne tient pas son bandage de fortune.

— Où est-ce que tu vas, Musclor ?

Il m'observe d'un air vaguement amusé malgré le sang qui coule sur le côté de sa tête.

— Musclor ? C'est vraiment ton truc, les surnoms, hein ?

— Ce sont tes potes qui ont commencé avec Vomito et Moustique, je te signale. Je trouve que ça vous va bien, non ?

Il hausse les épaules comme s'il n'avait pas vraiment d'avis sur le sujet. Plus taciturne que Knox, tu meurs.

— En attendant, tu n'as pas répondu à ma question, fais-je remarquer.

— J'allais me coucher. Ça me paraissait évident.

Je le tire davantage par le bras et l'entraîne dans la cuisine. S'il ne voulait pas me suivre, jamais je n'aurais eu le dessus, mais il se laisse faire.

— Tu as vu ta tête ? Tu ne vas pas aller te coucher comme ça.

— C'est pas très méchant.

— Pas méchant ? On dirait que tu t'es déguisé en punching-ball pour une soirée d'Halloween !

Je m'empare de sa main qui tient le morceau de tissu pour essayer de voir ce qui se cache dessous. Il résiste un instant, et encore une fois, ce n'est pas comme si je faisais le poids physiquement pour l'obliger à obtempérer.

— Allez, Musclor, montre ton bobo à tatie Nyx.

— Si je n'avais pas un putain de mal de crâne, je serais tenté de rire.

Il a débité ça d'un ton blasé mais baisse tout de même sa main pour me laisser voir sa blessure. Il n'avait pas menti, la plaie n'est pas trop méchante, même si le sang continue à couler. J'en essuie une partie avec un morceau de Sopalin avant d'inciter Knox à s'asseoir.

— Parce que ça t'arrive ? continué-je comme si de rien n'était.

— Quoi ?

— De rire ? Je crois bien que je ne t'ai jamais vu faire ça.

Il hausse les épaules sans répondre. Ce type reste un mystère, et ce n'est pas mon job de le faire parler de ses problèmes, ni de la raison pour laquelle il se retrouve un samedi soir avec l'arcade sourcilière éclatée.

Je me retourne pour attraper la trousse de secours sous l'évier. Je sors quelques compresses et du désinfectant pour nettoyer l'entaille. Il ne tressaille même pas quand je tamponne son arcade sourcilière. Ces types sont les plus résistants à la douleur que je n'ai jamais vus, mais c'est sans nul doute à force de se prendre des coups à chaque entraînement et à chaque match.

Je me tais pendant quelques instants, mais je finis par craquer après quelques minutes de ce silence plus que pesant.

— Je sais que ça ne me regarde pas, mais si tu veux parler, n'hésite pas, OK ? À moi ou à tes potes, d'ailleurs.

Jamais ils ne te jugeront. Je suis certaine que tu le sais. Mais parfois, c'est bon de le rappeler.

Il me dévisage alors que je fouille dans la trousse de secours à la recherche de strips pour fermer proprement sa plaie. Son regard ne me lâche pas, je le vois du coin de l'œil. Il ne me détaille pas comme s'il me trouvait à son goût ou comme s'il me prenait pour une cinglée, mais plus avec curiosité.

— Tu as l'air surpris, déclaré-je en m'affairant de nouveau.

— Oui, affirme-t-il après avoir réfléchi. Je crois que personne me pousse jamais vraiment à me confier.

— Je pense que c'est parce que c'est implicite pour tes potes. Moi, je sais ce que c'est de ne pas avoir envie de se livrer sur des trucs qui ne regardent personne. La plupart du temps, si on ne me cuisine pas, je ne dis rien.

— Même à Leander ?

Je laisse tomber mes mains, soudainement muette. Je n'avais jamais pensé à ça. Je ne parle pas facilement de moi et je me cache derrière une armure de sarcasmes. Avec Zeus, j'ai laissé tomber l'ironie – enfin, plus ou moins –, mais je ne lui ai pas vraiment parlé de moi. À part jeudi dernier, quand je lui ai expliqué que je n'avais que peu de contact avec ma famille. Il ne sait par exemple pas pourquoi j'ai fui l'Alabama sans me retourner.

— Non, même pas à Leander, j'imagine. Ce n'est pas que je n'ai pas confiance en lui, mais c'est devenu comme un réflexe.

— Une seconde nature, finit-il à ma place.

Il semble presque surpris d'avoir ouvert la bouche, et je garde le silence en terminant de panser sa plaie.

— Voilà, comme neuf ! J'ai mis une crème antibio, parce que ça serait quand même con que ça s'infecte.

Il porte la main à sa tête pour effleurer du bout des doigts le pansement qui orne désormais le dessus de son œil.

— Merci, finit-il par dire. On dirait que tu as fait ça toute ta vie.

— Une partie de ma vie, oui. Je suis la troisième d'une fratrie de dix-huit enfants. Ça fait des tas de bobos à soigner…

— Dix-huit ?

— Yep. Mes parents sont… Bref, ils sont ce qu'ils sont. J'ai une grande famille.

Il se met debout, et j'en ai presque le vertige. Il commence à faire un pas en direction de l'escalier avant de se tourner vers moi de nouveau.

— Merci encore…

— De rien. Pense à trouver une excuse plausible, parce que tes potes laisseront pas passer ça.

— Je passais devant un bar gay, et un couple se faisait casser la gueule par des connards homophobes. Je suis juste allé leur donner un coup de main.

Je m'arrête un instant de ranger les pansements et désinfectants dans la petite boîte.

— C'est la vérité ou celle que tu as arrangée ?

Il hausse les épaules et, sans un mot, se retourne pour regagner l'étage. Je reste un instant immobile dans le silence et la quasi-obscurité de la cuisine à ressasser ses dernières paroles. À penser à celles de Leander, aussi.

Je ne sais pas combien de temps il me faut pour me rendre compte que je suis ridicule. Lui et moi, nous ne nous sommes rien promis, et je ne vais pas me priver de ces moments que nous passons tous les deux pour une phrase qu'il a lancée dans l'euphorie de l'après-sexe.

Je termine rapidement mon verre d'eau et regagne ensuite l'étage et la chambre de Leander qui ne s'est pas réveillé. Je me coule sous les draps et contre cet homme avec lequel je me refuse de penser à l'avenir. Pourtant, impossible de le nier, à ses côtés, mon cœur bat toujours un peu plus vite.

29

Leander

La foule survoltée hurle dans les gradins. J'observe les supporters arborant leurs tenues or et noir, et un frisson parcourt mon corps. Jamais je ne me lasserai. Cette adrénaline, ce soutien, cet amour que je ressens jusqu'au fond de mes tripes, c'est inégalable.

Plusieurs de mes coéquipiers me sautent dessus, me filent des tapes dans le dos. Moi, je ne peux pas m'arrêter de sourire. Ce que ça fait du bien ! Cette victoire, je n'y croyais plus. Après notre défaite contre l'équipe de U Pen et notre retour morose en avion la semaine dernière, je suis heureux de constater qu'on a réussi à reprendre le dessus. Ce soir, on a tout donné, on s'est battus comme des malades pour avancer, yard après yard, pour aller chercher chaque but.

Alors que la chanson « Thunder » s'élève de nouveau à travers les haut-parleurs, l'équipe des *cheerleaders* envahit le terrain, sous les acclamations enragées venant des spectateurs. Knox s'approche de moi pour me taper dans la main.

— Bien joué, capitaine ! s'exclame-t-il en souriant.

Je l'attrape et le serre contre moi. Je sais qu'il déteste ça, raison de plus pour l'obliger à m'étreindre. Nous sommes trempés de sueur, mais peu importe. J'aime cette connexion entre nous, exacerbée lors de chaque victoire. Sander ne tarde pas à nous rejoindre et nous saute dessus avec tant de force que nous manquons de basculer. J'éclate de rire pendant que Knox grogne et tente de se libérer. Nous finissons par nous détacher les uns des autres pour regagner les vestiaires, saluant la foule en chemin. Presque inconsciemment, je cherche Nyx du regard, sachant pertinemment que c'est impossible de la trouver parmi tout ce monde.

Sous la douche, tout le monde crie, rit, chahute. Nous sommes survoltés. Même les remontrances de notre *head coach* et de nos coordinateurs sur les erreurs que nous avons commises pendant le match n'entachent pas notre bonne humeur.

Une fois propre, je récupère mon portable dans mon casier et découvre un message de Nyx.

NYX : BIEN JOUÉ. CHAMPION. HÂTE DE FÊTER ÇA AVEC TOI :)

Mon cœur bat un peu trop vite. Cette fois, ça n'a rien à voir avec notre victoire. Cette fille me fait perdre la tête. Je me demande si elle s'en rend compte. Je tente de le cacher, par crainte de ce que je pourrais ressentir quand elle flashera sur un nouveau mec et qu'elle se désintéressera de moi. Plusieurs fois, j'ai hésité à lui demander ce qu'elle penserait d'officialiser notre relation, mais je n'ai pas osé.

— C'est quoi, ce sourire crétin sur ta figure ? Tu sais que mater du porno devant tout le monde n'est pas une super idée.

Je me tourne vers Sander pour lui lancer un regard noir.

— Ce serait pourtant le seul moment où tu aurais la chance de voir ma bite en érection, rétorqué-je.

Mon pote éclate de rire et baisse la tête vers mon entrejambe, uniquement dissimulé par une serviette.

— Ça m'intéresse que si je peux t'aider à t'en débarrasser, mec.

Je ricane et range mon portable, le temps de me changer. J'hésite à confier mes doutes à Sander mais je renonce vite en pensant qu'il se foutrait sûrement de ma gueule. Je l'entends déjà. « Tu t'es cru dans *Sex and the City* ? Je suis qui, moi, Samantha ? » Ouais, il serait définitivement une Samantha, aimant faire la fête et séduire tous les mecs du campus.

Nous finissons par quitter le stade, et à peine ai-je mis un pied sur le parking qu'une minuscule tornade or et noir me fonce dessus. Nyx passe ses bras autour de ma taille et m'enlace fermement.

— Je comprends pas encore toutes les règles de ce foutu sport, mais tu étais carrément bon, ce soir, murmure-t-elle contre moi.

Je souris et dépose un baiser sur sa tête. Je voudrais l'embrasser devant tout le monde, que l'univers voie que je lui appartiens et combien j'ai de la chance d'avoir attiré l'attention de cette fille, mais je me contrôle et me contente de lui rendre son étreinte.

— Je ferais mieux de te libérer, je peux sentir les regards noirs sur moi. Ça me brûle de l'intérieur.

J'éclate de rire et me détache d'elle. Elle a raison, un groupe de filles nous scrute en échangeant des mots que je ne veux certainement pas entendre.

Ma main frôle celle de Nyx lorsque nous avançons vers ma voiture, et je dois me faire violence pour ne pas la prendre et entrelacer mes doigts aux siens. De toute façon, elle ne m'en laisse pas le temps, elle m'abandonne pour se précipiter sur Sander qui la fait tournoyer. Je suis un peu jaloux de leur relation, ce qui est complètement débile, mais c'est plus fort que moi. Leur complicité semble sincère et acquise, alors que de mon côté, si tout devait se terminer demain, je ne suis pas sûr que nous resterions amis.

Un garçon d'une dizaine d'années vient timidement vers moi avec un maillot floqué à mon nom et un stylo. Normalement, le public n'a pas accès à cette zone, sinon nous serions vite envahis, mais il doit s'agir de la famille d'un joueur ou d'un membre de l'équipe de *cheerleading*. Je me baisse pour être à sa hauteur et attrape le feutre et le maillot. Sa mère se tient juste derrière lui et l'observe avec un air empli d'amour. Mes parents ne m'ont jamais regardé comme ça. Je signe rapidement son maillot et le lui tends avant de lui ébouriffer les cheveux. Le petit n'a pas parlé, c'est sa mère qui m'a dit son prénom, mais ça arrive souvent. Moi aussi, à l'époque où mon frère m'amenait rencontrer les joueurs, je devenais écarlate et j'étais incapable de prononcer le moindre son, trop timide, trop impressionné.

— Merci beaucoup, déclare sa mère en m'offrant un sourire chaleureux. Il vous adore. Il ne loupe aucun de vos matchs.

Je hoche la tête et fais un dernier geste de la main au gamin pour le saluer avant de me diriger vers ma caisse.

— Quoi ? questionné-je Nyx qui me fixe du regard, les yeux brillants.

— Rien du tout, réplique-t-elle en haussant les épaules.

Je la toise en plissant les yeux, me demandant à quoi elle pense, mais elle ne semble pas vouloir s'en ouvrir à moi.

— Pose ton joli petit cul dans cette voiture avant que je te laisse sur le parking, la titillé-je plutôt que de chercher à approfondir.

— Tu sais quoi, Zeus ? Je me demande si c'est pas uniquement pour ton amabilité que j'ai craqué pour toi.

— J'ai dit « joli », je trouve ça plutôt aimable, répliqué-je, essayant de ne pas m'attarder sur ses derniers mots.

— Encore heureux. Vu le temps que tu passes à le reluquer.

Je me demande ce qui me retient de la plaquer contre ma caisse et de ravager sa bouche insolente.

— Tu perds vraiment rien pour attendre, grogné-je entre mes dents.

Elle m'adresse un clin d'œil pour toute réponse et s'engouffre dans la voiture, sans jamais que son sourire ne quitte ses lèvres.

***

Assis au bord du lit, je fais tourner mon portable entre mes doigts tout en ruminant ma dernière conversation avec mon père. Il m'a appelé pour s'assurer que je serais bien de retour à la maison pour Thanksgiving, parce que « tu comprends, fils, c'est la tradition ». La tradition de me retrouver dans une maison froide, à subir les reproches de mon père, tandis que mon frère est enfermé entre quatre murs parce qu'il n'a pas réussi à se tenir suffisamment tranquille pour obtenir la permission de passer deux jours avec nous.

Je tressaille en sentant un visage se nicher contre mon cou. Les lèvres de Nyx parcourent ma nuque tandis qu'elle passe un bras autour de ma taille. Sa chaleur m'enveloppe aussitôt, et j'attrape son poignet pour nouer mes doigts aux siens.

— Salut, murmure-t-elle, sa voix vibrant contre ma peau.

— Salut.

Je tourne la tête pour déposer un baiser sur sa mâchoire. Même si je ne lui avoue pas, j'adore qu'elle soit là. J'aime m'endormir avec elle, son corps collé au mien, ses pieds glacés contre mes mollets. J'adore ses petits ronflements, son odeur qui s'attarde sur les draps, même quand elle n'est plus là.

Nous passons de plus en plus de temps ensemble : nous étudions dans ma chambre, elle reste à côté de moi pendant que je cuisine et hurle comme une folle quand elle perd contre les jumeaux à la PlayStation.

— Tout va bien ? T'as l'air pensif, ça me fait peur.

— Ha, ha, très drôle.

Je crois qu'elle ne se lassera jamais de se foutre de moi, et c'est ce qui me plaît le plus chez elle.

— Raconte tout à tatie Nyx.

Je ris et l'embrasse brièvement sur les lèvres.

— C'est rien. J'ai... J'ai juste reçu un appel de mon père.

En fait, si je n'arrête pas de penser à cette conversation, c'est aussi parce que je voudrais que Nyx m'accompagne chez mon père pour Thanksgiving. Je me dis que ce sera moins terrible, si elle est là pour me soutenir.

— Et ? Il s'est passé un truc ?

Je me tourne complètement vers elle et l'attire contre moi avant de me laisser tomber sur le matelas. L'espace de quelques instants, j'observe le plafond tout en caressant ses cheveux.

— Mon père et moi... on s'entend pas très bien. Il insiste pour que je vienne le voir, comme tous les ans, mais...

Je déglutis, ne sachant pas comment présenter les choses. Je ne devrais pas me plaindre. J'ai du fric, une carrière pro quasiment écrite, un physique loin d'être dégueulasse. Je n'ai pas besoin de bosser pour m'en sortir, contrairement à Nyx. Mais ma famille est un sujet que je préfère éviter.

— Mais quoi ? finit-elle par s'impatienter.

— Je sais pas. Je l'ai pas vu depuis des mois et j'ai peur que ça parte en vrille. Comme d'habitude.

Nyx se relève si brusquement que je sursaute et me redresse à mon tour. Elle me scrute, bouche entrouverte, la surprise visible dans ses yeux.

— Comment ça, depuis des mois ? Mais je croyais que tu l'avais vu récemment...

Quel con ! Je n'arrive pas à croire que je me sois vendu si facilement. Voilà pourquoi je devrais arrêter de mentir, ça me revient toujours en pleine gueule.

— Peut-être que j'ai raconté n'importe quoi...

Elle ne répond rien, mais son visage se ferme. Apparemment, elle attend une explication. Je baisse les yeux, par honte, par peur aussi. Je n'ai pas envie d'affronter son regard, et la déception qu'il me renvoie. Et surtout, je ne sais pas comment lui avouer la vérité. *Bien joué, mec. T'as assuré, sur ce coup-là !*

— Leander ?

Voyant que je n'ai pas l'intention de parler, elle se détache de moi et saute du lit avant de commencer à s'habiller. Elle va se barrer, je le sais, et s'il y a bien un moment où je n'ai pas envie qu'elle s'en aille, c'est maintenant.

— Qu'est-ce que tu fais ? questionné-je, même si je connais déjà la réponse.

Mais ce silence est trop pesant. C'est la première fois que je me sens si mal à l'aise en sa présence, et je déteste ça.

— Je descends prendre mon petit-déjeuner, répond-elle en se dirigeant vers la porte.

— Attends !

C'est tout ce qui me vient à l'esprit pour tenter de la retenir.

— Attendre quoi, Leander ? Que tu me fasses suffisamment confiance pour me dire la vérité ? Ou attendre que tu m'expliques pourquoi tu mens à tout le monde ?

Elle est vraiment en colère, cette fois. Je n'ai pas envie qu'on s'engueule. Et encore moins envie qu'elle croie que je ne lui fais pas confiance.

Si elle franchit la porte qu'elle ouvre à l'instant, je devrai ramer pour qu'elle accepte mes excuses. Alors, sans réfléchir davantage, au risque de me dégonfler, je pousse un soupir, me redresse et déclare :

— C'est pas mon père que je vais voir tous les mois mais mon frère. Il est... Il est en taule.

30

Nyx

— Mon frère est en taule.

Les paroles de Leander résonnent entre les murs de sa chambre. Ma bouche reste entrouverte, je suis choquée par ce que Leander vient de m'avouer. Lui a gardé la tête baissée, les yeux rivés au sol, comme s'il avait honte. C'est finalement de le voir ainsi qui me fait réagir. Il est hors de question qu'il ait honte de sa famille, surtout pas devant moi. Je suis la preuve vivante qu'on ne choisit pas les personnes avec lesquelles on partage des liens du sang.

Je referme la porte – je n'avais même pas conscience que mes doigts étaient toujours agrippés à la poignée – et j'approche timidement de lui. J'ai conscience que devoir s'ouvrir comme ça a dû mettre un coup à son ego. Et je dois reconnaître que je me sens un peu coupable. Quand j'ai réalisé qu'il me cachait quelque chose, j'ai imaginé une autre fille ou un truc à la con du même genre. Même si je n'ai aucun droit de ressentir de la jalousie, Leander et moi n'avons en effet jamais parlé d'exclusivité.

J'emprisonne son visage entre mes paumes et le force à rencontrer mon regard.

— Ce dimanche-là, sous la pluie, c'était à cause de ton frère ?

Il hoche la tête mais ne décroche toujours pas un mot. Cette fois, je n'ai pas envie de le pousser dans ses retranchements. J'aurais dû lui foutre la paix dès le départ. Mais non, il a fallu que je creuse à coups de pelle.

Ce n'est pas comme si je lui racontais ma vie ! Comment pourrais-je lui reprocher de ne pas se confier sur des sujets aussi intimes ?

Je me débarrasse de mes boots d'un coup de talon et reprends la place sur le lit que je n'aurais jamais dû quitter. Je m'empare de sa main et l'attire à mes côtés. Il ne résiste pas, s'installe contre la tête de lit et m'attire dans son étreinte.

— Je suis désolée. Je n'aurais pas dû te forcer à te confier. Après tout, ça ne me regarde pas, et on ne devrait jamais être forcé à aborder des sujets aussi difficiles.

Encore une fois, je parle en connaissance de cause. Ma famille n'est pas un sujet que j'aborde facilement. Voire pas du tout.

Contre moi, Zeus soupire et raffermit un peu plus son étreinte.

— Non, tu as eu raison de le faire. Je ne me suis jamais livré à personne. Mon père a étouffé l'affaire, et aucun de mes potes n'était à Saint-Charles quand c'est arrivé. Et souvent, je me dégoûte de faire comme mon paternel. De ne pas parler de Joachim. Comme s'il n'avait jamais existé. Seulement, j'ai peur du regard des gens. On m'a élevé comme ça. Faire bonne figure et donner l'image d'une famille bien sous tous rapports est tout ce qui a toujours compté pour mes parents.

— Personne ici ne pensera jamais que tu as caché ton frère comme si tu en avais honte. Tes amis te connaissent mieux que ça. Sous-estime pas l'attachement qu'ils ont pour toi. Ou le mien.

Il se fige un instant, et je l'imite. J'ai peur d'être allée trop loin. Depuis ses paroles, prononcées dans l'obscurité de sa chambre le soir d'Halloween, nous n'avons pas abordé ce genre de sujet. Mes mots ont peut-être dépassé ma pensée, mais je ne peux plus nier que je suis attachée à Leander. Nous n'avons peut-être jamais abordé cette histoire d'exclusivité, mais je suis certaine d'une chose : je ne veux aucun autre homme que lui.

— Il est beaucoup plus vieux que toi, ton frangin ? demandé-je pour détourner mes pensées de ce constat me fichant une trouille bleue.

Il me fait face autant que notre position le lui permet. Dans ses yeux se lit la surprise, sans doute celle de m'entendre lui poser une question anodine. Il finit par me répondre, presque timidement, en hochant la tête :

— Cinq ans de plus. C'est un gros écart, mais on s'est toujours bien entendus. Joachim ne fait pas partie de ces grands frères qui te pourrissent la vie. On est devenus vraiment proches quand il a commencé à Saint-Charles, bizarrement. Il rentrait que rarement, mais il prenait toujours le temps de venir me chercher à l'école, de m'emmener au ciné et de venir voir mes matchs de foot. C'est lui qui m'a appris à jouer, tu sais ?

Je ne réponds rien. J'ai un pincement au cœur en l'entendant parler de ses rapports avec son frère. Ses yeux brillent, et on voit très bien que quoi que ce type ait fait, il sera toujours le héros de Leander. Chez les Daugherty, il y a une règle : diviser pour mieux régner. Et évidemment, le souverain de ce petit royaume n'est autre que mon paternel, alias le Révérend. Il a toujours tout fait pour créer des dissensions entre mes frères et sœurs et moi. C'est une des raisons pour lesquelles j'ai quitté l'Alabama sans un regard en arrière.

— Est-ce qu'il jouait, lui ? relancé-je la conversation.

— Oui. Et il était vraiment doué. Il s'est blessé gravement une semaine après avoir débuté sa première année de fac ici. Il jouait dans l'équipe de foot, évidemment. *Quarterback*. Tout s'est effondré. Les médecins lui ont dit qu'il ne retrouverait jamais son niveau. Son muscle était trop atteint. Envolés, ses rêves de carrière. Cette blessure a tout foutu en l'air. Ça a été le début de la descente aux enfers qui l'a conduit en prison.

— Il est dans quel établissement ?

Contre moi, Leander soupire. Il se donne du courage.

— Dans la prison d'État de Marion, à deux heures de route d'ici. C'est la seule chose que mon père a faite pour lui. Ils voulaient le mettre dans une prison de haute sécurité. Du jamais vu ! Joachim n'avait aucun casier, mais ils voulaient en faire un exemple. Tu imagines, le fils d'une fortune de Saint-Louis... Les relations de mon père ont au moins permis de lui éviter ça et de le garder à proximité de nous, même si je suis le seul à lui rendre visite.

Entendre ça me brise le cœur. Comment des parents peuvent-ils laisser leur fils en prison avec pour seules visites celles de son petit frère ? Ça me tue de savoir qu'une fois par mois, il fait ce long trajet seul pour une visite qui doit le déprimer.

— J'irai avec toi, moi, si tu veux.

— Nyx, je ne peux pas te demander ça. La taule, c'est glauque à souhait.

— Tu ne me le demandes pas, je propose, c'est différent.

Il me dévisage, interloqué. Il attend un instant, sans doute pour voir si je vais me rétracter.

— Tu ne sais même pas pourquoi il est enfermé... Il pourrait avoir violé quelqu'un ou être un tueur en série...

— Déjà, si c'était un tueur en série, je préfère croire que ton père n'aurait pas pu lui éviter la prison de haute sécurité. Ensuite, tu as dit que sa blessure était liée à son incarcération. Je ne suis pas un génie, mais je me doute que ça doit avoir un lien avec une surconsommation de produits en tout genre.

De nouveau, il me scrute comme si je le surprenais. Ça va finir par devenir vexant.

— C'est exactement ce qui s'est passé. Son épaule a salement morflé, et il a été placé sous oxycodone pendant un moment. Il n'a jamais décroché. Quand le médecin a refusé de continuer de lui en prescrire, il a frappé chez un autre praticien moins regardant. Il s'est vite rendu compte que s'il faisait la même chose chez plusieurs médecins, il pourrait distribuer ce qu'il consommait pas. Quand il est arrivé en troisième année, son business était devenu très rentable. Sa fraternité était connue pour ses fêtes déjantées, et un soir, la fiesta a tourné au cauchemar.

Il fait une pause, le regard perdu dans ce passé dont je ne connais rien. Le sien, celui de son frère. Un destin brisé qui a éclaboussé tout le monde autour.

— Tu étais où quand c'est arrivé ?

— Chez un pote de lycée. Mon père est venu me chercher le lendemain. Il m'a expliqué que Joachim avait distribué du fentanyl dans une de leurs sauteries et qu'un des types de la fraternité était mort. Un hockeyeur qui avait un avenir tout tracé chez les pros. Ensuite, tout est parti en vrille. Le procès, la sanction pour l'exemple, la prison...

Quand il arrête de parler, je me rends compte du courage qu'il a dû trouver pour me raconter cette partie de son histoire qui le hante.

— Je suis désolée que tu aies dû porter ça sur tes épaules pendant tout ce temps. Merci de me l'avoir expliqué.

— Tu ne fuis pas ? demande-t-il avec un rire cynique.

— Quels que soient les chefs d'accusation de ton frère, je ne serais allée nulle part.

— Tu le pensais vraiment quand tu as dit que tu viendrais avec moi ou c'était juste pour la forme ? Parce que si tu étais sérieuse, il va falloir que je m'occupe de la paperasse, et je n'aimerais pas faire ça pour rien.

Il a la voix de quelqu'un qu'on a beaucoup déçu. Je peux voir qu'il n'attend pas grand-chose des gens, et ça me serre le ventre.

— Occupe-toi de ces foutus papiers, Leander, parce que quand je dis quelque chose, ce ne sont jamais des paroles en l'air.

Un sourire naît sur ses lèvres, timide, mais je ne peux pas le louper. Leander et moi, nous ne nous sommes peut-être rien promis, mais je veux qu'il sache qu'il pourra toujours compter sur moi. Je pose de nouveau ma tête sur son torse et me laisse porter par les battements réguliers de son cœur. Comme d'habitude quand je suis dans ses bras, le mien danse la java. Je n'ai même plus envie de descendre déjeuner. Je n'ai pas envie de quitter la douceur de ce cocon que nous avons tissé autour de nous ce matin.

31

Leander

Les paroles de Nyx tournent dans ma tête depuis plusieurs jours. Elle a raison, ce n'est pas juste pour Joachim de prétendre qu'il n'existe pas simplement parce qu'il a fait une connerie et que les choses ont mal tourné.

— À quoi tu penses ? m'interroge Knox, assis en face de moi à l'une des tables de la cafétéria.

Il me dévisage, sourcils froncés, tout comme Chase, qui a arrêté de manger pour m'observer. Je n'avais même pas remarqué que j'avais arrêté de parler pour me contenter de jouer avec ma purée. Encore une fois, les mots de Nyx résonnent dans mon esprit. Peut-être que ce serait le moment idéal pour aborder le sujet de Joachim, leur avouer à tous que je leur mens depuis un paquet de temps. Je prends une profonde inspiration et suis sur le point d'ouvrir la bouche pour répondre, mais Nyx et Dee déboulent à notre table. Cette dernière saute aussitôt sur les genoux de Chase, et je grimace en les voyant se bouffer le visage. *Un peu de retenue, ça les tuerait ?*

— Les jumeaux sont pas là ? demande Nyx à peine s'est-elle affalée sur la chaise à côté de la mienne.

— Salut à toi aussi, Vomito. Ravi de voir que notre présence suffit à te combler.

J'espère que l'ironie suffira à noyer mon envie d'imiter le couple en face de moi et d'attraper Nyx pour l'embrasser. Dès qu'elle est là, je dois me faire violence pour ne pas la toucher. Je n'ai jamais eu autant besoin de contact avant elle. Ça ne semble pourtant pas réciproque. De toute évidence, Nyx se fout pas mal de mes petits gestes d'affection. Là, tout de suite, elle préférerait voir Sander, apparemment.

Elle se tourne vers moi et m'offre un de ces sourires désabusés dont elle seule a le secret.

— Pardon, Zeus. J'oubliais que le monde tournait uniquement autour de toi et que je devrais m'agenouiller devant ta grandeur pour te remercier d'avoir la bonté de m'accepter à ta table.

Ce que je ne ferais pas pour pouvoir la faire taire en posant ma bouche sur la sienne ! Au lieu de quoi je me penche vers elle et murmure tout contre son oreille :

— Si tu veux vraiment t'agenouiller devant ma grandeur, ce sera avec plaisir.

Elle a beau lever les yeux au ciel et soupirer, je ne rate pas le léger frisson qui parcourt sa peau sous mon souffle. Au moins, je lui fais toujours de l'effet, je suppose que je devrais me réjouir. Knox ricane – apparemment, je n'ai pas parlé suffisamment doucement – et répond :

— Ils ont préféré rester à la baraque et jouer à la PS4 que d'aller en cours.

Nyx soupire.

— Moi aussi, j'aurais dû être footballeur. Ça m'aurait évité de devoir me farcir ce satané cours de compta.

Je ne peux pas dire le contraire, jouer dans l'équipe universitaire nous offre de sacrés passe-droits. Même si on ne se pointe jamais en classe, nos profs nous font réussir nos examens. C'est l'avantage de ramener autant de fric à cette école.

— Tu manques de muscles, réplique Knox avec un clin d'œil.

— Et d'une bite, ajouté-je.

Nyx se tourne vers moi et me lance un regard noir.

— C'est vrai que c'est vachement utile pour jouer au foot.

— Non, mais c'est une condition *sine qua non.*

— Pas d'eunuque dans le football, alors ?

— Pas que je sache. Mais je passe pas mes journées à mater les queues de mes coéquipiers.

— Menteur, souffle-t-elle.

Bon, OK, ça m'est arrivé, parce que comme tous les mecs, j'ai parfois envie de comparer. C'est dingue comme notre ego et notre confiance en nous peuvent dépendre de la taille de notre sexe. Heureusement que le mien est d'une dimension tout à fait respectable.

— Mais c'est vrai ! Dis-lui, Knoxy !

Knox secoue la tête en soupirant et gronde :

— Arrête de m'appeler comme ça.

— Jamais ! D'ailleurs, tu me mets le doute, Nyx. Si j'ai jamais vu la queue de Knoxy, c'est peut-être qu'il n'y a rien à voir... Je vais revoir ma position sur les eunuques dans le football !

Je lui offre mon sourire le plus diaboliquement mignon. Il hausse les yeux au plafond et souffle bruyamment.

— Allez, je me tire, ça vaut mieux.

Il se lève avec son plateau sans attendre que je réplique et s'en va.

— Tu crois que je l'ai vraiment vexé ? demandé-je à Nyx.

Elle hausse les épaules.

— J'en sais rien. Mais j'espère que vous ne finirez pas par vous taper dessus. C'est pas que j'aime pas soigner vos bobos, mais...

— Comment ça « vos » ? Tu joues les infirmières avec d'autres que moi, Eunice ?

Elle grimace, comme souvent lorsque je l'appelle par son prénom. Et, non, ce n'est pas de la jalousie mais de la simple curiosité.

— Ouais. Mais tu restes celui que j'aime le plus faire souffrir avec l'antiseptique.

Je me penche de nouveau vers elle et, cette fois, je ne résiste pas à inspirer l'odeur de sa peau mêlée à celle de son parfum.

— Est-ce que ça fait de moi quelqu'un de masochiste si j'ai soudain très envie de t'embrasser ?

Je me fous de sa réponse, je voudrais juste l'entendre me dire de ne pas me réfréner. Je voudrais que le monde entier sache qu'elle passe la majorité de ses nuits dans mon lit, qu'elle me fait rire, qu'elle me fait du bien, qu'elle m'apaise et qu'elle me rend heureux. Je voudrais qu'elle accepte d'être vue avec moi parce qu'elle serait fière, comme je le suis chaque jour que Dieu fait, d'avoir attiré l'attention d'une fille comme elle.

— J'en sais rien, répond-elle, mais si tu veux, il nous reste cinq minutes pour trouver un coin tranquille. On pourra reparler de cette histoire de m'agenouiller devant ta grandeur.

Oh ! Seigneur ! Entre sa phrase et son sourire coquin, il ne m'en faut pas plus pour commencer à bander. Cette fille finira par me tuer un jour, c'est certain.

Je me racle la gorge et prends ma voix la plus détachée avant de répondre :

— J'adorerais. Mais j'ai un truc à te demander et, si je ne me lance pas tout de suite, j'ai peur de me dégonfler.

C'est une idée à laquelle je n'arrête pas de penser depuis l'autre jour. J'ai longtemps hésité à lui en parler, surtout par crainte qu'elle refuse.

— Dis-moi...

Je croise son joli regard vert, pétillant et doux, et je me mords les lèvres, sans savoir comment lui poser la question. Nyx me sourit et attrape ma main pour serrer ses doigts autour des miens.

— Je... Je voulais savoir si tu serais d'accord pour venir avec moi chez mon père pour Thanksgiving.

Je débite ma tirade d'une traite et retiens mon souffle tout en scrutant son visage pour cerner ses réactions. Elle ne répond rien pendant si longtemps que je suis sur le point de me rétracter et de lui dire que ce n'est pas grave si elle refuse et que je m'en sortirai sans elle.

— Compte sur moi.

Surpris et soulagé, je la prends dans mes bras et l'enlace fort. Elle ne me repousse pas, ce que j'apprécie, et je niche ma tête dans son cou en murmurant un « merci. »

32

Nyx

Katy Perry hurle dans l'enceinte portative de Dee alors qu'elle met la dernière touche à mon maquillage. Quand elle a vu la manière dont je m'étais habillée pour aller passer Thanksgiving chez le père de Leander, ses yeux ont failli sortir de leurs orbites. Elle a ensuite soufflé un grand coup avant de lâcher : « Laisse-moi au moins te maquiller. » Je n'ai pas refusé, je ne maîtrise pas grand-chose de plus que le dégradé charbonneux.

— Et voilà ! déclare celle que je considère désormais comme une très bonne amie. Tu peux regarder, maintenant.

Je me lève du bout de mon lit où je m'étais installée et fais quelques pas en direction de l'unique miroir de la pièce. Avant que je n'aie eu le temps de m'admirer, le téléphone de ma coloc se met à sonner.

— Merde, c'est Chase, il faut que j'y aille ! On n'est déjà pas en avance. On se voit dimanche soir, bichette ?

— Yep ! confirmé-je en me retournant. Merci pour la séance *make-up*. Tu crois que ça ira, quand même ?

En face de moi, Delilah m'inspecte une dernière fois sous toutes les coutures.

— Écoute, c'est juste tout à fait toi, cette tenue. Si Leander ne sait pas encore que t'en fais toujours qu'à ta tête, alors il est vraiment aveuglément amoureux.

— Chuuuuut ! Mais ça va pas la tête de dire des gros mots comme ça ? J'ai les oreilles fragiles, moi !

— Tu es surtout têtue comme une bourrique ! Et moi, je suis en retard, reprend-elle quand le klaxon du SUV de Chase retentit devant Lincoln Hall.

Elle me colle une bise rapide sur la joue et disparaît dans le couloir.

Je m'approche du miroir collé à la porte de notre penderie commune et ne peux que reconnaître le talent de Dee pour le maquillage. Si j'arrive à me débrouiller pour ressembler à quelque chose au quotidien, je n'aurais jamais su parvenir à ce résultat parfaitement adapté pour un dîner guindé.

J'ai à peine le temps d'enfiler mon manteau qu'un SMS arrive sur mon téléphone.

ZEUS : TON CARROSSE EST AVANCÉ.

Je prends quelques secondes pour lui répondre avant de descendre le rejoindre. Quand j'arrive devant ma résidence, je le découvre adossé contre sa Jeep. Il se marre, le nez penché sur son portable. Il lève la tête en me voyant approcher, et un immense sourire vient illuminer ses yeux bleus. Je relâche le souffle que je n'avais pas conscience d'avoir retenu et me hisse sur la pointe des pieds pour l'embrasser. Je sens au léger hoquet qui s'échappe de ses lèvres qu'il est surpris de mon geste en public et je m'en veux de n'avoir jamais lâché suffisamment de lest pour lui offrir ne serait-ce qu'un baiser dans la rue. Je m'écarte après quelques secondes pour reprendre contenance.

— Pourquoi tu te marrais quand je suis arrivée ?

— Parce qu'une certaine personne m'a demandé si ma Jeep risquait de se transformer en citrouille à minuit.

— Ben quoi ? On n'est jamais trop prudent. J'ai pas envie de me retrouver le cul sur la route à côté d'une cucurbitacée, moi.

Il éclate de rire avant de m'ouvrir la portière du côté passager.

— Allez, grimpe, Cendrillon ! Et sinon, je suis censé être quoi, moi, dans l'histoire ? Une souris transformée en laquais ?

J'attends qu'il s'installe derrière le volant et qu'il démarre pour répondre.

— Non, toi, tu es le type qui va parcourir toutes les résidences étudiantes avec ma chaussure pour savoir qui il a bien eu l'idée saugrenue d'inviter pour Thanksgiving.

Le silence envahit l'habitacle pendant un temps qui me semble infini. Je voudrais pouvoir dire quelque chose qui minimiserait l'impact de mes mots, mais je ne suis pas certaine à cent pour cent d'en avoir envie.

— Je suis le prince Charmant dans ton histoire ?

Le double sens de ses mots ne m'échappe pas, et je ne peux m'empêcher de flipper de nouveau. Je sais que certaines de mes peurs n'ont pas lieu d'être avec lui : Leander ne deviendra jamais un connard tyrannique et contrôlant comme mon père. Mais certains mécanismes sont tellement ancrés en moi que je ne suis pas certaine de pouvoir m'en défaire un jour.

— Ne t'emballe pas, Zeus, ajouté-je sans pouvoir m'en empêcher. Je ne pense pas que ce soit une promotion pour toi de te balader avec ma chaussure qui pue.

— Tu ronfles peut-être, mais tu pues pas des pieds !

Son sourire ne s'est même pas affadi, et je ne peux contenir celui qui recourbe mes lèvres en réponse. Je me demande si lâcher prise n'est finalement pas beaucoup plus simple.

— Ça passe, ma tenue ? Je sais, j'aurais peut-être dû aller faire du shopping, mais ça m'est complètement sorti de la tête.

— Tu es très bien comme ça. Il est fort probable que la nana que mon paternel appelle « sa compagne » porte une robe qui dévoile le début de ses fesses et son nombril. Franchement, ne t'inquiète pas pour ça.

Il tend ensuite la main pour monter un peu le son de la radio et se concentre sur la route. Je crois l'entendre grommeler quelque chose qui ressemble à « Je t'aime comme tu es », mais je dois sans aucun doute avoir été victime d'une hallucination auditive.

Le père de Leander n'habitant qu'à une trentaine de minutes du campus, le trajet ne dure pas. Au moment où Leander tourne sur la voie d'accès de la maison, ma mâchoire manque de se décrocher. L'opulence de la bâtisse est à couper le souffle.

Il gare ensuite sa voiture devant le garage qui ne compte pas moins de trois portes. Une fois le moteur éteint, je descends avec précaution, histoire de ne pas me casser la gueule sur une plaque de verglas.

— Pas besoin de faire gaffe ici, l'allée est chauffée, précise Leander.

— Elle est quoi ?

— Chauffée. Si tu hallucines maintenant, t'es pas au bout de tes surprises.

Je comprends ce qu'il voulait dire à la minute où la porte s'ouvre sur une femme en uniforme gris et blanc. Elle nous sourit d'un air affable en se décalant pour nous laisser entrer.

— Bonjour, Lucy, la salue chaleureusement Leander. Joyeux Thanksgiving.

Il la prend brièvement dans ses bras, et les joues de la femme aux cheveux blancs rosissent de plaisir. Ils ont l'air de bien se connaître et de s'apprécier.

— Joyeux Thanksgiving à vous aussi, monsieur Leander. C'est bon de vous voir ici ! Monsieur McNeil est dans le salon. Il m'a demandé de servir l'apéritif dès votre arrivée.

— Voici Nyx. Nyx, je te présente Lucy, elle travaille au service de mon père depuis des années.

— Enchantée, mademoiselle Nyx.

— En... Enchantée.

Voilà que je bredouille, maintenant. Je crois que je ne me suis pas remise de l'allée chauffée, du hall d'entrée en marbre et du personnel de maison.

— Laissez-moi vous débarrasser, propose Lucy en désignant mon manteau.

Leander lui tend sa veste, et je n'hésite pas trop longtemps, histoire de ne pas passer pour une idiote finie.

— C'est possible que tu me montres les toilettes ? demandé-je discrètement à Leander.

Mon degré de nervosité vient de monter en flèche en pénétrant dans cette maison aux allures de manoir. Maintenant, je suis à deux doigts de pisser dans ma culotte à l'idée de rencontrer le père de Leander.

— Viens, je t'accompagne jusqu'à ma salle de bains.

— Ta salle de bains ?

— Je crois que la maison en comporte plus que de chambres. C'est grand, c'est luxueux, mais je préfère mille fois vivre à la coloc avec mes potes.

Je le comprends. La maison qu'il partage avec ses amis est vivante, pleine de cris, de rires et des odeurs des bons petits plats de Leander. Ici, aucun effluve ne me parvient. La cuisine est sans doute dans une autre aile de la maison. La déco est de bon goût, mais froide et impersonnelle. Ce qui ne m'empêche pas de pousser un sifflement admiratif quand Zeus m'indique la pièce attenante à sa chambre. Je secoue la tête en admirant la douche plus grande que ma chambre à Lincoln Hall.

— On pourrait faire tenir toute l'équipe de foot, là-dedans !

— C'est un fantasme, Vomito ? me demande-t-il, l'air très sérieux.

— Nope. Tu me suffis amplement.

Je m'empresse de refermer la porte avant que la gêne me fasse encore raconter n'importe quoi.

Quand nous pénétrons main dans la main dans le salon avec Leander, une furie blonde enlace affectueusement le joueur de foot.

— Je suis tellement contente de te voir, Leander. Tu ne viens pas assez nous voir, ton père et moi.

— J'aimerais vraiment que tu arrêtes de faire comme si tu étais dans notre vie depuis des années, Stacey.

Le ton de Leander est sec et son visage tellement fermé que je peine presque à le reconnaître. Même quand je venais de lui gerber dessus, il ne m'a pas parlé comme ça.

— Fiston ! Sois poli avec ta belle-mère !

Une voix très similaire à celle de Leander et tout aussi irritée retentit comme un claquement de fouet. L'homme que je devine sans mal être son père se tient là, un verre à la main. Il est le sosie parfait de Leander, en un peu plus âgé. Si je suivais mon instinct, je prendrais la main de Zeus dans la mienne et le ramènerais à la maison. Car quelque chose dans les regards que s'échangent père et fils me dit que la soirée va tourner à la catastrophe.

33

Leander

Je n'aurais jamais dû venir avec Nyx. En fait, je n'aurais pas dû venir tout court. Qu'est-ce qui m'est passé par la tête ? Je pensais que sa présence m'aiderait à me canaliser et que mon paternel, de son côté, se montrerait au moins aimable. Je le déteste, et lui me méprise de ne pas vouloir suivre le chemin qu'il a tracé pour moi, mais je m'étais convaincu qu'elle nous servirait de garde-fou. Je n'aurais pas pu plus me tromper. Que Nyx soit là ou non ne change rien pour mon père : il ne fait pas dans la dentelle.

Ça a commencé sans tarder. Le silence a plané tandis que Lucy nous servait nos boissons pour l'apéritif. Le regard circonspect que posait Stacey sur Nyx et moi en disait long. Elle ne s'attendait pas à ce que je vienne accompagné. Je n'ai jamais pris la peine de ramener des filles à nos dîners de famille. Aucune d'entre elles n'a jamais compté suffisamment. Jusqu'à Nyx.

— Oh ! Leander, avant que j'oublie. J'ai une réunion du conseil d'administration dans une semaine et je voudrais que tu y assistes.

Voilà comment les hostilités ont été lancées. Autant dire qu'il n'a pas perdu de temps.

— Pour quoi faire ?

Mon père a froncé les sourcils, l'air de dire « n'est-ce pas évident ? ». J'ai donc décidé de lui couper l'herbe sous le pied avant que cette discussion prenne une tournure qui ne me plairait pas.

— De toute façon, j'ai pas beaucoup de temps libre. Entre les cours et les entraînements de foot quotidien, je...

Le ricanement de mon père m'a coupé dans mon élan.

— Je ne comprends pas pourquoi tu t'acharnes autant. Pourquoi tu t'épuises pour un simple... divertissement.

Ma mâchoire s'est serrée, et j'ai ravalé la boule qui m'a soudain noué la gorge.

— C'est bien plus que ça pour moi, ai-je soufflé, me faisant violence pour croiser son regard au lieu de baisser les yeux.

Il a bu une gorgée de sa boisson, sans cesser de me sourire comme si j'étais un gosse à qui il ne parvenait pas à faire entendre raison mais dont il trouvait l'entêtement attendrissant.

— Je pensais qu'à force, tu aurais mis un terme à ce caprice, fiston. Ou est-ce la présence de cette fille qui te donne envie de jouer les rebelles ?

Qu'est-ce que je disais ? La guerre est déclenchée !

Mes muscles se tendent, et un silence pesant nous entoure. Mon père me dévisage d'un air narquois, attendant ma réponse, mais Nyx ne me laisse pas le temps d'ouvrir la bouche.

— Vous avez une très jolie maison, monsieur McNeil, dit-elle tout à coup, et je voudrais l'embrasser pour la remercier d'avoir profité de ce qu'il la mentionne pour intervenir et changer de sujet.

— Merci. Ça doit être nouveau pour vous, n'est-ce pas ? vient de répondre mon père, m'incitant à me crisper sur mon siège.

Je cerne très bien ce qu'il entend par là, et la furieuse envie de lui faire ravaler ses préjugés m'incite à serrer le poing.

— Papa... ne commence pas, sifflé-je entre mes dents.

— Commencer quoi, fiston ?

Et voilà, comme je m'y attendais, rien ne le retient. Il estime que sa réussite le rend supérieur à la plupart des gens et n'hésite pas à leur faire sentir. Je fais mine de me lever, mais son regard noir m'incite à me rasseoir.

— Qu'est-ce que vous voulez dire ? demande innocemment Nyx, même si je sais qu'elle a parfaitement compris où il veut en venir.

Mon paternel la scrute de la tête aux pieds avec un sourire en coin. Je sais parfaitement ce qui retient son attention. La robe noire qui sort d'un magasin bon marché, les boots légèrement abîmées aux pieds. Il passe à côté du fait qu'elle est belle, peu importe ce qu'elle porte ou ne porte pas. Quand elle m'a demandé si sa tenue convenait, j'ai failli lui demander d'aller enfiler une paire d'escarpins, puis je me suis souvenu que ce que mon père penserait d'elle n'avait pas d'importance, parce qu'elle valait mille fois mieux que lui.

— Allons, ma petite, ce n'est pas à un vieux singe qu'on apprend à faire la grimace, si vous voyez ce que je veux dire.

— Pardon, monsieur, mais non. Pourriez-vous vous montrer plus explicite ?

Elle bat des cils et sourit, on lui donnerait le bon Dieu sans confession. Il s'agit en réalité d'une diablesse dissimulée sous son apparence angélique. Et je suis certain qu'elle ne compte pas se laisser marcher sur les pieds par mon père. Ce qui me plait. Et me donne envie d'éclater de rire.

Le visage de mon père se rembrunit. Je crois qu'il ne s'attendait pas à ce qu'elle lui tienne tête. C'est mal la connaître.

— Vous étudiez à Saint-Charles grâce à une bourse, je suppose ?

— C'est exact. Mais vous devriez savoir que l'obtention d'une bourse n'a rien à voir avec l'argent.

Mon père balance sa remarque d'un geste de dédain.

— Alors, vous avez jeté votre dévolu sur Leander en vous disant qu'il pourrait vous apporter... hum... voyons... plus de popularité ? Plus de lumière ?

— Je n'ai pas besoin de lumière, monsieur McNeil. Comme vous avez dû le remarquer, le noir me convient à merveille, fait-elle référence à sa tenue.

Je manque de m'étouffer avec mon scotch. L'alcool me brûle la gorge, et je prends une profonde inspiration pour me calmer.

— Vous savez, vous n'êtes pas la première... à fréquenter Leander. Et vous ne serez pas la dernière non plus.

Ma main se serre autour de mon verre, et je dois me faire violence pour ne pas l'envoyer contre le mur.

— C'est marrant comme tu sembles mieux savoir que moi ce qui se passera dans ma vie.

— Je te connais, fils. Tu finiras par te lasser. Tu finis toujours par te lasser. Et puis, regarde-la...

Cette fois, c'en est trop, je me lève d'un bond.

— Je la regarde, papa. Je la regarde constamment. Et je vois une fille géniale, qui me fait rire, qui me fait du bien, qui est là pour moi. Toujours. Contrairement à toi.

— J'ai pourtant toujours été là. Qui paie tes études ? Qui t'a offert une vie de rêve ? Qui trace ton avenir ? Ouvre les yeux, Leander, sinon, tu finiras comme ton frère. Lui aussi adorait voir les filles ramper à ses pieds. Mais il a fini par comprendre, contrairement à toi, que la plupart n'en voulaient qu'à son argent.

— Je t'interdis de dire ça ! Et je t'interdis de parler de mon frère !

Je suis sur le point de le frapper lorsqu'une petite main se referme autour de mon poignet et m'oblige à m'immobiliser. Je tourne la tête vers Nyx qui ne semble pas touchée par les remarques de mon père. Elle secoue la tête, passe sa langue sur ses lèvres et déclare :

— Vous connaissez l'expression « il faut savoir balayer devant sa porte » ? demande-t-elle en tournant rapidement la tête vers Stacey pour appuyer ses propos. Et pardonnez-moi, mais je ne suis pas très douée pour ramper. Alors, vos insinuations, votre expression suffisante et votre fichue boule de cristal qui vous permet de prédire l'avenir de votre fils, vous pouvez vous les mettre bien profond.

En découvrant la mine atterrée de mon père, j'éclate de rire. Je prends Nyx par la main et l'entraîne vers la porte du salon, juste au moment où Lucy débarque avec les petits fours.

— Où est-ce que vous allez ? s'enquiert-elle, son regard passant de Nyx à moi.

— Désolé, Luce, on s'en va.

— Hors de question ! rugit mon père.

Mais je ne l'écoute pas. Je me précipite jusqu'au vestibule, récupère nos manteaux, et nous sortons en courant du manoir, Nyx sur mes talons, ses doigts entrelacés aux miens.

Une fois devant la voiture, je lâche sa main pour prendre son visage en coupe et l'embrasser furieusement. Nos langues se mêlent, nous aspirons nos soupirs et nos gémissements tandis qu'elle se plaque contre moi.

Je finis par reculer, haletant, et pose mon front contre le sien.

— Oh ! Bon sang, Nyx, tu as été royale !

— N'est-ce pas toujours le cas ? répond-elle en me faisant un clin d'œil.

Je ris et appuie une nouvelle fois mes lèvres contre les siennes.

— Évidemment. C'est d'ailleurs pour ça que je t'aime autant.

34

Nyx

Je suis incapable de prononcer un mot ni de bouger. Mes yeux restent perdus dans le vague. Impossible d'aligner deux pensées cohérentes. Mon cerveau connaît un énorme bug, il ne sait pas comment réagir.

— Nyx ? Nyx ? Ici, la Terre ! T'exagères pas un peu, Vomito ? Je ne t'ai pas demandée en mariage non plus...

— Je... Je... Mais pourquoi tu parles de mariage, là ?

Ma voix a grimpé dans les aigus. Il faut que je me reprenne, je vois très bien que Leander commence à ne pas du tout apprécier ma réaction. Et je dois reconnaître que je peux le comprendre.

— J'ai dit « je ne t'ai *pas* demandée en mariage » ! Les mots ont dépassé ma pensée, mais pas la peine d'en faire un plat non plus. Monte dans la voiture au moins, j'ai aucune envie de rester ici.

Je fronce les sourcils, secoue la tête et m'installe sur mon siège, toujours hébétée. Leander démarre et reprend la route, sans prononcer un mot pendant quelques kilomètres. Pas besoin d'être fin psychologue pour se rendre compte qu'il est blessé. Ce n'est pourtant pas ce que je veux. Quand nous avons commencé à passer tout notre temps libre ensemble, nous attacher n'était pas ce que nous avions convenu. Ça ne devait être qu'un plan cul. Ou au mieux, une amitié avec bénéfices. Mais je ne peux plus nier que je ressens quelque chose, moi aussi. Je ne peux pas ignorer que quand on était dans cette maison à l'allure de château, j'ai eu une furieuse envie d'arracher la tête de McNeil senior chaque fois qu'il parlait à son fils comme à une merde. Mais de là à prononcer les mots qui sont sortis de sa bouche quelques minutes plus tôt... Quoi qu'il en soit, je ne peux pas laisser ce gouffre de la taille du Grand Canyon se creuser entre nous.

— Je suis désolée. J'ai... J'ai juste été un peu surprise, c'est tout.

Je me suis tournée dans sa direction et je peux voir qu'il me regarde du coin de l'œil tout en restant concentré sur la route. Il va falloir que je trouve mieux que ça pour désamorcer la situation, et que je fasse vite.

— C'est juste que c'est pas ce qu'on avait prévu au départ. Les sentiments et tout ça...

— Tout ça ?

— Je suis nulle pour parler de ça, je le reconnais. Ça me fait peur.

— Qu'est-ce qui te fait autant flipper, Nyx ? Et pourquoi ?

La voiture est arrêtée à un feu rouge, et cette fois, ses yeux se verrouillent aux miens. Nous sommes à seulement quelques rues de la coloc. C'est ici que se joue l'avenir de notre week-end et peut-être même de ce que je refuse avec obstination d'appeler une relation. Toutefois, je suis toujours aussi terrorisée. Je ne sais pas ce qu'il lit dans mon regard à cet instant, mais je remarque que ses traits se détendent et que sa mâchoire se décrispe.

— C'est un peu ma faute, finalement, reprend-il en appuyant sur l'accélérateur alors que le feu passe au vert. J'aurais dû comprendre que t'étais pas prête pour ce genre d'aveu. T'as pas fui, j'imagine que c'est déjà un pas dans la bonne direction.

Je me retiens de justesse de lui dire que j'étais plus ou moins coincée dans la banlieue bourgeoise de son père, mais il n'a pas tout à fait tort. J'ai été un peu choquée mais je n'ai pas pris mes jambes à mon cou. Et, venant de moi, c'est plutôt exceptionnel.

— Je ne vais pas fuir, Zeus. J'en ai pas envie. Je reconnais que j'ai peur du tournant que cette... relation prend, mais je ne vais nulle part. J'ai juste besoin que tu ailles doucement pour que je puisse m'habituer.

C'est quand il coupe le contact de la voiture que je me rends compte que nous sommes garés devant la maison qu'il partage avec ses potes. Je ne retiens pas mon soupir de soulagement, et Leander se marre en l'entendant.

— Tu pensais vraiment que j'allais te ramener à ton dortoir et louper l'opportunité de passer le week-end avec toi ?

— Hum... Oui. Tu m'as dit que tu m'aimais, et pour seule réponse, je t'ai regardé comme si tu avais assassiné mon chat.

— T'as pas de chat.

— Tu chipotes ! m'exclamé-je. Ça ne serait pas bizarre que tu m'en veuilles.

Il descend de la voiture et en fait le tour pour venir ouvrir ma portière. Il m'aide à m'extirper de l'habitacle et m'emprisonne dans son étreinte. Sa bouche se perd dans mes cheveux, puis sur mon front. Je respire enfin à pleins poumons. La joue contre sa poitrine, je me maudis en silence de ne pas être capable de lui donner plus et de mettre ce genre de moment en péril.

— Je ne peux pas t'en vouloir après la raclée verbale que tu as mise à mon père. Te voir lui tenir tête, c'était jouissif.

— S'il n'y a que ça pour te faire prendre ton pied, on recommence quand tu veux !

— Que ça ? Non ! J'ai plein d'autres idées pour ce week-end. La maison est vide, hors de question de ne pas en profiter.

— Je valide ton programme, m'enthousiasmé-je. Mais il va falloir que tu me nourrisses avant. J'aurais dû attendre les petits fours avant d'envoyer balader ton père, je crève la dalle.

Il éclate de rire et, entrelaçant ses doigts aux miens, me conduit à l'intérieur de la maison. Je le suis jusque dans la cuisine et me débarrasse de mon manteau pendant qu'il inspecte l'intérieur du frigidaire d'un air dubitatif.

— Je crois qu'on va se faire livrer. Le frigo est vide, j'avais pas prévu qu'on mangerait là ce soir.

Je sors mon téléphone de mon sac et ouvre une application de livraison de repas. Mon pouce fait défiler les centaines de restos sans savoir quoi choisir.

— Tu as envie de quelque chose en particulier ? demandé-je, alors qu'il sort des pommes du frigidaire.

— De toi.

— Zeus ! On ne plaisante pas avec la bouffe. C'est sacré. Et puis tu fais quoi, là ?

— Je vais faire une tarte aux pommes en attendant que notre dîner arrive, comme ça, on aura un dessert. Ou un petit-déj, demain.

— Une tarte aux pommes ? Comme Caroline Ingalls ? Et je suis qui, moi ? Charles ? Tu veux que j'aille couper du bois ? Ou je ne sais pas, tuer un cerf ?

— Excuse-moi, Eunice, rétorque-t-il en mettant l'emphase sur ce prénom que je déteste. Avec un nom pareil, c'est toi qui devrais faire la tarte, non ? Il y a du linge à laver, sinon. Le lavoir est au bout de la rue.

Il éclate de rire, et je fais semblant de rien en m'approchant puis l'attaque avec de la farine. Au fond de moi, je ne peux pas manquer de remarquer à quel point il a tapé dans le mille. C'est de cette manière que j'ai été élevée : dans une répartition des tâches digne du XIXe siècle. Les femmes aux tâches ménagères ingrates. Les hommes ? Pas grand-chose. Mes frères étaient chargés de tondre la pelouse une fois par semaine. Ça s'arrêtait là. Alors que mes sœurs et moi nous coltinions la cuisine, le ménage, le linge et nous occuper des enfants les plus petits. Mon paternel appelait ça l'entraide communautaire. Quelle vaste blague !

Notre bataille de farine terminée, je fais rapidement disparaître les dégâts avant d'étudier de nouveau les choix s'offrant à nous pour notre dîner de Thanksgiving improvisé. Je finis par me décider pour des burgers de dinde et des frites de patate douce. C'est ce qui s'approche le plus du fameux repas traditionnel. J'observe ensuite Zeus qui finalise notre dessert en attendant que notre repas arrive.

Quand le livreur sonne à la porte, je me dévoue pour aller lui ouvrir et dispose ensuite notre dîner sur la table basse du salon.

Je m'empare de la télécommande au moment où Leander me rejoint et s'assied à côté de moi dans le canapé.

— J'imagine que tu veux regarder le match[12] ou un truc comme ça ? C'est traditionnel, non ?

— Non, c'est bon. Je l'enregistre, on le regardera avec les mecs dimanche quand ils seront rentrés. C'est notre tradition à nous.

— OK. Alors, tu as envie de regarder quelque chose de spécial ? Me réponds pas un film romantique de Noël, sinon je vais commencer à m'inquiéter.

— Avec mon frère, on regardait *Le Grinch* tous les ans. C'est pas trop romantique pour toi, Vomito ?

— Nan, ça va. Je t'accorde *Le Grinch.* Et je suis contente que tu l'apprécies. Je suis comme lui, je n'aime pas Noël.

— Pourquoi ça ne m'étonne pas ?

Je hausse les épaules et lance le film sur Netflix.

Nous mangeons sans prononcer un mot, concentrés sur *Le Grinch,* jusqu'à ce que mon téléphone se mette à biper frénétiquement. Je fronce les sourcils. Rares sont les personnes qui possèdent mon numéro. L'une d'elles

12. La diffusion d'un match de foot le jour de Thanksgiving est une tradition lancée par la NFL depuis sa création.

est assise à côté de moi, l'autre s'empiffre de dinde chez les parents de son petit ami, et Brutus me l'a extorqué lors d'un cours de poterie. La quatrième est ma mère, et elle n'a jamais été foutue de trouver comment envoyer un SMS, encore moins une dizaine.

— Tu as encore assez faim pour le dessert ? me demande Leander en se levant.

— C'est quoi, cette question ? Mon estomac est compartimenté. J'ai toujours de la place pour le sucré. Et puis, je veux absolument goûter à ta tarte, Caroline.

Il se dirige vers la cuisine en grommelant un truc sur moi et ma manie des surnoms à la con, et je souris en m'emparant de mon téléphone. Le numéro qui m'est inconnu a essayé de me joindre deux fois avant de m'envoyer un nombre de messages que je n'essaie même pas de compter.

NYX. C'EST SILAS.

TU POURRAIS RÉPONDRE, QUAND MÊME.

J'AI UN TÉLÉPHONE MAINTENANT. RAPPELLE-MOI.

C'EST THANKSGIVING, BON SANG !

TU NE POURRAS PLUS M'IGNORER QUAND J'AURAI DÉCROCHÉ UNE BOURSE À SAINT-CHARLES. MOI AUSSI !

Une main se pose sur mon épaule, me faisant sursauter. Je ne m'étais même pas rendu compte que je m'étais figée au milieu du salon.

— C'est qui, Silas ? m'interroge Leander en posant sa tarte aux pommes sur la table basse.

— Mon frère.

Je m'assieds de nouveau sur le canapé et je vois bien sur le visage de Zeus qu'il attend que j'en dise plus. Mais je ne le fais pas.

— Tu vas vraiment rester muette sur le sujet ? Ton frère, dont je ne connais même pas l'existence, vient de t'envoyer une dizaine de SMS, et tu ne vas pas m'expliquer pourquoi ni m'en dire un peu plus ?

— Zeus, y'a rien à dire. Ma famille n'a vraiment rien d'intéressant.

— Ils sont ceux avec qui tu as grandi, ceux qui font ce que tu es aujourd'hui ! Alors, si, bordel, c'est important !

Non. Il se trompe. Je n'ai rien à voir avec ma famille, ils ne définissent pas la personne que je suis. Il n'a rien besoin de savoir sur eux, d'autant plus qu'il ne les rencontrera sans doute jamais.

— Je ne comprends vraiment pas pourquoi tu t'énerves pour ça !

Il se lève et me regarde comme s'il essayait de savoir si je plaisante. Il passe une main dans ses cheveux et soupire avant de reprendre.

— Je m'énerve parce que je commence à vraiment me demander si je ne suis pas qu'un passe-temps. Je me suis ouvert à toi, sur mon frère, mon père, mon avenir, et crois-moi, ça n'avait rien de facile. Mais toi, tu continues de te cacher derrière tes sarcasmes et tes reparties. Et même si ça me convenait au début, j'estime maintenant que j'ai le droit de connaître la vraie Nyx.

Je n'ai pas le temps de répondre qu'il disparaît à l'étage. Je reste un temps qui me semble infini dans le silence du salon, puis, frissonnant dans ma petite robe noire, je me décide à aller le rejoindre. Il va peut-être m'envoyer balader, mais je dois au moins essayer. Essayer de lui expliquer pourquoi je suis comme ça et qu'il me faut plus de temps.

Je grimpe les marches sur la pointe des pieds et entre dans sa chambre sans frapper. Je distingue le contour de son corps de son côté du lit, mais il ne bouge pas quand je pénètre dans la pièce.

— Leander ?

Pas de réponse. J'insiste, un peu plus fort.

— Zeus ? Tu dors ?

Toujours rien. Je ne sais pas quoi faire. Je pourrais appeler un taxi pour rentrer au dortoir, mais la seule idée de me retrouver seule dans ma chambre me hérisse le poil. Je ne me souviens plus de la dernière fois où j'ai dormi sans lui, et cette simple pensée me terrifie. Sans tergiverser davantage, je me déshabille rapidement et me glisse dans les draps. Toujours aucun mouvement dans le lit, et je me rapproche discrètement de lui autant que je peux sans pour autant oser le toucher. Une seule idée tourne dans ma tête : la réalisation que je suis plus heureuse que je ne l'ai jamais été avec lui et que cette sensation va peut-être bientôt disparaître par ma faute.

35

Leander

Je claque la porte de ma chambre tel un type en pleine crise d'adolescence. Je me sens tellement con. Encore plus lorsque je remarque que je tiens toujours cette foutue tarte aux pommes. Je n'ai qu'une envie, l'envoyer valser contre le mur. Mais je me retiens car je n'ai aucune envie de devoir nettoyer ensuite. Je la pose donc sur mon bureau, me déshabille et me jette sur le lit, me recroquevillant sous ma couette. *Mais qu'est-ce qui m'a pris ? À quoi je pensais quand je lui ai balancé ces mots-là ?*

« C'est pour ça que je t'aime autant. »

Je savais qu'elle flipperait. Je le savais parce que je la connais. C'est trop tôt. Ce sera toujours trop tôt, apparemment.

Mon cœur bat à tout rompre, sous l'effet de la colère et de la douleur. Évidemment, il a fallu que ça m'arrive. Il a fallu que je tombe sur l'une des rares filles qui ne s'attendent à rien. Pire, qui ne désirent rien. Un ricanement s'échappe de mes lèvres. La majeure partie des filles de cette université auraient vendu père et mère pour entendre ces mots sortir de ma bouche. J'aurais pu choisir n'importe laquelle d'entre elles. Mais non. Ça aurait été trop simple.

Les poings crispés, je prends une profonde inspiration et tente de calmer mes nerfs à vif. Voyant que ça ne fonctionne pas, j'attrape mon oreiller, l'enfonce sur ma tête et hurle. Cette tentative n'est pas vraiment plus concluante.

« C'est pour ça que je t'aime autant. »

Ce regard qu'elle m'a jeté. On aurait dit une biche prise dans les phares d'une voiture. On aurait dit que je venais de me mettre à genoux pour lui demander de m'épouser. Mon cerveau tourne à mille à l'heure, et je voudrais ravaler mes paroles. Sauf qu'il est trop tard.

Je ressasse encore lorsque j'entends la porte s'ouvrir doucement. Je me tends, m'attendant à ce que Nyx cherche à me parler ou, pire, à se justifier. Je reste immobile et ferme les yeux. Dormir. Ou faire semblant. C'est la meilleure solution.

Je pensais qu'elle partirait devant mon manque de réaction, mais non. J'entends le froissement de vêtements que l'on enlève, puis elle me rejoint sous la couette. Je dois me faire violence pour ne pas me retourner ou, au moins, ne pas attraper son bras et le passer autour de ma taille, nos doigts entrelacés, comme d'habitude. C'est souvent comme ça que nous nous endormons, elle derrière moi, sa tête nichée contre mon dos, nos jambes entremêlées. Mais pas ce soir. Non, ce soir, elle ne cherche même pas à me toucher. Elle reste sagement de son côté, et lorsqu'elle bouge, ce n'est que pour éteindre la lumière et nous plonger dans l'obscurité.

Pourquoi a-t-il fallu qu'au fil des jours, de nos conversations, de nos piques, de nos corps à corps, je tombe amoureux de cette fille si différente des autres ? Qui se fout bien de me plaire ou non. Qui n'a pas la langue dans sa poche et qui m'étreint sous la pluie. De cette fille qui m'a poussé à me confier comme je ne l'ai jamais fait. Qui a défié mon père, parce que c'est une fille géniale, têtue et qui ne se laisse pas marcher sur les pieds. *Tu parles d'une galère !*

Malgré mon cerveau tournant à plein régime – et malgré mon énervement envers Nyx, et envers moi-même pour m'être montré si stupide –, je finis tout de même par sombrer dans le sommeil. Dans un état de semi-conscience, je ne suis pas sûr d'entendre ces mots murmurés : « Je suis désolée. »

Un poids se jetant sur moi me réveille en sursaut. Toujours à moitié endormi, je crois un instant que c'est Nyx. Ça lui arrive en effet parfois, lorsque je dors trop tard, de me réveiller en me sautant dessus pour glisser ses mains sur les parties les plus chatouilleuses de mon corps. En général, cela se termine par une séance de baise lente et agréable. Sauf que ce n'est pas Nyx – à moins qu'elle ait pris quarante kilos en une nuit – mais Sander. Je le reconnais à son parfum. Et même si lui serait partant, il est hors de question que cette scène se termine par une séance de baise lente et agréable. Ni par une scène de baise tout court, en fait.

Je le repousse en grognant.

— Dégage de là !

D'un geste sec, j'attrape ma couette et la rabats sur mon visage. J'espère que ça suffira à lui faire comprendre qu'il doit me laisser tranquille. Sauf que c'est de Sander dont on parle, et qu'il n'a pas l'intention de lâcher l'affaire. Il se faufile sous la couette, et je me retrouve avec son visage tout près du mien.

— Tu boudes ? me demande-t-il.

— Non.

— T'es sûr ?

Je ne suis vraiment pas d'humeur pour entendre Sander me traiter de *drama queen* après lui avoir expliqué les raisons de ma mauvaise humeur.

— Sander ?

— Ouais ?

— Dégage.

— Non.

Qu'est-ce que j'ai fait de si répréhensible dans ma vie pour hériter d'un pote pareil ? Je lui lance un regard noir et me tourne de l'autre côté, bien décidé à l'ignorer, sauf que ça ne marche pas. Sander m'escalade à moitié, et sa grosse tête est encore plus proche de moi que tout à l'heure. Si près que je sens son souffle mentholé contre mon visage.

— Vu comme ça, tu ressembles à un suricate ! grogné-je.

— Ça me va. C'est très mignon. En plus, il paraît que ce sont des gros baiseurs.

— Comment tu sais ça ?

— *Discovery Channel*, mec. Tu devrais essayer, ça te ferait du bien de te cultiver un peu.

Il y a quelques heures, je pensais me réveiller auprès de Nyx et qu'on pourrait arranger les choses. Sauf qu'elle a préféré fuir plutôt que de m'affronter et que je me retrouve à la place à discuter de la sexualité de putains de mammifères.

Je lève les yeux au ciel avant de les fermer. Honnêtement, j'aimerais qu'il me foute la paix, mais mon coloc ne semble pas comprendre ce que « dégage » veut dire. Peut-être qu'en me contentant de l'ignorer, il finira par partir. Sauf que ça ne fonctionne pas non plus.

— Pourquoi tu fais la gueule, chaton ? demande-t-il en appuyant son doigt sur mon nez.

Je grimace et ne réponds pas.

— Tu veux que je te remonte le moral ? Je suis super doué pour ça, insiste-t-il, et j'entends son sourire espiègle dans sa voix.

— Putain, Sander... Sérieux ? sifflé-je entre mes dents.

— Je parlais pas de ça ! C'est dingue comme tu as l'esprit mal placé. En plus, je ferai jamais ça à Nyx.

— Nyx n'en aurait rien à foutre que tu me baises, si tu veux mon avis.

— Hum... Arrête de me mettre des images bien trop chaudes en tête.

Ouais, il a raison. Surtout que sa queue est quasiment collée à moi et que je ne suis pas sûr d'apprécier de le sentir bander.

— Et puis tu racontes n'importe quoi, Nyx me tuerait. Ou plutôt, elle creuserait une tombe et m'enterrerait vivant dedans, histoire que je pense à ma connerie tout en m'asphyxiant.

Honnêtement, j'aimerais croire que ce serait le cas. Pas la partie sur la mise en terre, mais celle sur la jalousie provoquée par le fait que je couche avec quelqu'un d'autre. Mais plus j'y pense, plus je me dis que ça lui passerait carrément au-dessus.

— Si tu le dis.

— Je le dis. Oublie pas que c'est ma pote. Elle me parle.

— T'as bien de la chance, grommelé-je. Moi, elle me dit jamais rien.

Et ça me tue. Je voudrais lui demander si elle s'est déjà confiée à lui sur sa famille, sur son passé, mais je n'ose pas, j'ai trop peur de la réponse. J'ai trop peur de m'apercevoir que si elle ne le fait pas avec moi, c'est simplement qu'elle pense que je n'en vaux pas la peine. Que je ne suis qu'une passade dans sa vie, avant qu'elle ne se lasse et jette son dévolu sur quelqu'un d'autre. À cette idée, ma gorge se noue et mon cœur bat un peu trop vite.

— Vous vous êtes engueulés, c'est ça ? finit par soupirer Sander.

— J'ai pas envie d'en parler.

Alors que je crois qu'il va insister, il se redresse, m'allégeant d'un poids certain, et quitte le lit. Je l'entends marcher dans la chambre.

— Peut-être que tu devrais. Peut-être que tu ferais mieux d'arrêter de tout garder pour toi, parce que ça va juste nourrir ta rancœur. Parole de scout.

— T'as jamais été scout, lui rappelé-je.

— Non, mais je sais ce que ça fait de se bousiller le cerveau à force de ressasser. Et Nyx mérite mieux que ça. *Vous* méritez mieux que ça.

Je me demande de quoi il parle. Je me rends compte qu'aucun d'entre nous ne s'est jamais vraiment confié sur ses histoires de cœur. Ce n'est simplement pas notre genre.

— Réfléchis-y, chaton. En attendant, je te fous la paix.

Et sans ajouter un mot, il quitte la pièce et referme doucement la porte derrière lui, me laissant enfin seul, le cœur un peu abîmé. Si je compte un tant soit peu pour Nyx, j'estime que c'est à son tour de me le prouver et de faire un pas vers moi.

36

Nyx

Il est un peu moins de vingt-deux heures quand je passe la porte de la chambre universitaire que j'occupe avec Dee. Je rentre du *Bottom Lounge* plus tôt que je ne l'avais prévu, mais je suis tout de même surprise en remarquant que ma coloc est toujours là.

— T'es pas encore partie ? Je croyais qu'il y avait une soirée chez les mecs.

Assise sur son lit, elle lève le nez de son portable pour me jeter un coup d'œil.

— Je t'ai attendue pour y aller.

Je suis sur le point de l'envoyer balader pour la énième fois, quand elle lève une main pour interrompre mon bla-bla bien huilé.

— Je sais, je sais. T'es pas d'humeur, tu es fatiguée et tu dois réviser...

— Merde.

— Quoi ?

— J'ai déteint sur tout le monde avec mon ironie pourrie ou quoi ?

Elle souffle en levant les yeux au ciel. Je m'en veux parce qu'elle me supporte alors que je suis invivable ces derniers temps. Depuis Thanksgiving, très exactement. Elle se lève ensuite pour enfiler sa veste d'hiver et se plante devant moi.

— Écoute, Chase m'a demandé de ne rien te dire, mais tu es mon amie, alors je ne peux pas garder ça pour moi. C'est comme ça que ça marche entre amies, non ?

Je suis à deux doigts de lui répondre que je n'en sais fichtre rien parce que, des amies, je n'en ai jamais eu des masses, mais je ne le fais pas, bien trop intéressée par ce que son amoureux lui a raconté.

— Après l'entraînement hier soir, Leander est reparti avec quelques nanas de première année qui l'attendaient à la sortie. Les groupies habituelles auxquelles il ne prête jamais attention. Et apparemment, d'après Chase, il...

— Il quoi ?

— Il est rentré super tard. Mais bon, tu sais, il faut peut-être pas...

Le reste des paroles de Dee est étouffé par le sang qui pulse dans mes oreilles et mon crâne. Je ne pense plus qu'à une chose : il a déjà tourné la page.

D'un geste décidé, je me débarrasse de mes boots et m'assieds dans un coin de mon lit, mes jambes repliées contre moi, les genoux sous le menton. Si je pouvais disparaître l'espace de quelques instants, ça serait même parfait. Juste le temps de digérer ça. Et en même temps, je sais que c'est ma faute. Celle de mon inaction et de mon mutisme.

— Raison de plus pour ne pas venir, finis-je par dire alors que Dee me regarde avec inquiétude. Si je t'accompagne, je vais devoir supporter la vue du dieu suprême et de ses pétasses, je vais me soûler pour que ça soit plus facile et je vais encore me faire engueuler quand je lui aurai vomi dessus. Merci, mais non merci.

— Tu dramatises ! Je suis persuadée qu'il ne sera avec personne, ce soir. Et puis, quand bien même, tu vas pas le laisser dicter ta vie, si ?

Elle ne comprend pas. Elle ne *peut* pas comprendre. À elle aussi, alors que je la considère comme ma seule amie, je n'ai servi que des demi-vérités.

— Je ne le laisse pas dicter ma vie. Il n'est pas né, celui qui fera ça, crois-moi. Je lui fous juste la paix.

— Tu m'as même pas dit pourquoi vous vous étiez pris la tête. C'est quand même con de se séparer comme ça.

— On se serait séparés si on avait vraiment été ensemble un jour, rétorqué-je. En l'occurrence, on a juste mis fin à un arrangement. Sympa, je le reconnais, mais c'est quand même pas la fin du monde.

Dee me scrute en silence. Je vois bien qu'elle ne croit pas un seul mot des conneries que je viens de lui balancer. Comment le pourrait-elle alors que je n'arrive même pas à me convaincre moi-même. Elle finit par soupirer quand le klaxon du SUV de Chase retentit en bas de la résidence. Elle prend son sac à main et se dirige vers la porte. Alors que je crois qu'elle va partir sans rien dire, elle se retourne et me lance :

— Tu es vraiment trop têtue et fière pour ton propre bien. Je sais que venir à la coloc te manque. Je sais que Leander te manque. Je ne sais pas pourquoi tu as appris à faire semblant à ce point, mais avec nous, tu n'as pas besoin.

J'ignore pendant combien de temps je fixe la porte du regard après son départ. Elle a raison, les mecs de la coloc me manquent. Les bruits, les cris, les engueulades qui n'en sont pas vraiment, les odeurs de cuisine, le sentiment d'avoir une famille, une vraie, non compliquée. Et Leander me manque encore plus que tout. Même si je ne peux pas nier la contrariété d'être privée de nos parties de jambes en l'air, c'est l'absence de tout le reste qui me pèse le plus. Les discussions des heures durant, les séances de révision sur son lit, les soirées Netflix. Alors, pourquoi je ne vais pas le voir pour lui demander pardon et lui expliquer pourquoi j'ai agi comme ça ? La raison est que j'en suis incapable. Je ne saurais même pas par où commencer.

Depuis deux semaines, j'ai l'impression d'être envahie par des sentiments contradictoires. Et la peur de devenir dépendante d'un homme, comme cela s'est passé pour ma mère, prend le dessus. Cette femme qui m'a donné le jour et m'a élevée était vouée à un brillant avenir. Puis elle a rencontré mon père, elle est devenue mère au foyer et n'a plus jamais pris la moindre décision importante.

Je soupire et attrape mon ordinateur pour me lancer dans un marathon de séries. Je navigue quelque temps sur la page d'accueil de Netflix sans parvenir à faire un choix. Tout me rappelle Zeus. Voilà ! C'est exactement ce que je ne voulais pas qu'il se produise. Cette dépendance qui m'empêche même de regarder un foutu film en paix. *Ça ne serait pas un problème si tu ne t'étais pas sauvée comme une voleuse il y a deux semaines ! Ou encore, si tu avais répondu à ses messages.*

Je délaisse Netflix et déverrouille mon téléphone. Je fais défiler un message de mon frère, à qui j'ai finalement répondu la semaine dernière, et fais semblant de ne pas voir les SMS de Leander, que je n'ai pas ouverts. Sander m'a envoyé un message il y a quelques minutes. Je ronchonne en lisant ses quelques mots :

SANDER : MOUSTIQUE. SI TU TE RAMÈNES PAS IMMÉDIATEMENT. JE VIENS TE CHERCHER PAR LA PEAU DE TON JOLI PETIT CUL. P.-S. : TU REMARQUERAS QUE J'AI DIT QUE TON DERRIÈRE EST JOLI. ET JE DIS JAMAIS ÇA AUX FILLES. ALORS ÇA MÉRITE QUE TU OBÉISSES À TON VIEUX COPAIN BRUTUS.

Il n'osera pas, j'en suis sûre. Enfin, presque sûre. Au cas où je me plante, je verrouille notre porte, éteins mon téléphone, mets mes écouteurs sur mes oreilles et lance le premier film d'action qui me tombe sous la main. Hors de question de regarder une romance à la con où tout finit bien dans le meilleur des mondes ! Toutefois, le film est tellement nul que je peine à focaliser mon attention dessus.

Je finis sans doute par m'endormir, ce qui expliquerait pourquoi je frôle la crise cardiaque quand mes écouteurs me sont violemment arrachés.

— Non, mais ça va pas dans ta tête !

— Pardon, Moustique, mais reconnais que personne s'endort avec la lumière allumée et devant ce genre de film.

— Moi, je le fais, comme tu peux le voir. Et puis comment tu es entré ?

— Dee m'a donné sa clé, répond-il avec un sourire de chat qui vient de voler le poisson laissé sans surveillance sur le plan de travail.

— Elle n'aurait jamais fait ça.

— OK, peut-être que je lui ai volée. Vu son état, elle ne s'en apercevra pas avant que je la lui rende. Et ça peut aller très vite, si tu te dépêches de t'habiller.

Il se laisse tomber sur mon lit, à deux doigts de me briser les orteils.

— Je ne vais nulle part.

— Bien sûr que si. Ce n'est pas comme si tu avais mieux à faire.

— Si, je regardais mon film, rétorqué-je en me redressant pour donner plus de poids à mon mensonge. Je veux connaître la fin !

— Moucheron, tu dormais devant !

— Je réfléchissais, Brutus, nuance !

Il soupire et se passe une main sur le visage. Je sais que je peux être pénible, mais personne ne l'a obligé à venir jusqu'ici. Après quelques secondes, il finit par me regarder de nouveau, comme s'il essayait de trouver une réponse à une question compliquée ou la solution à un puzzle.

— Qu'est-ce qui s'est passé entre vous, Nyx ?

Je réfléchis un instant. Je n'ai que peu d'espoir d'arranger les choses entre Leander et moi. J'ai surtout peu d'espoir de savoir comment me comporter dans une vraie relation un jour. Mais s'il y a une personne qui peut m'aider à y voir plus clair, c'est bien Sander, son meilleur ami. Je ne suis pas obligée de tout lui dire, mais je peux quand même répondre à sa question avec un minimum d'honnêteté.

— Il me reproche de ne rien lui dire à mon sujet, de ne pas m'ouvrir à lui comme lui s'est ouvert à moi.

— À propos de son frère, tu veux dire ?

Je marque un temps d'arrêt tellement la surprise est grande.

— Je savais pas qu'il vous en avait parlé.

— Juste à moi. Je pense que ça devait lui manquer de discuter de tout ça avec quelqu'un depuis que t'es plus là. Tu lui manques, Nyx.

Il me manque aussi. Beaucoup trop. C'est bien ça qui me fait peur.

Nous restons un moment perdus dans nos pensées, et c'est Sander qui finit par briser le silence.

— Lui et toi, vous vous ressemblez beaucoup plus que tu ne le penses. S'il a mis des années à parler de son frère, c'est parce qu'il avait peur de montrer ses faiblesses. Et toi, Nyx ? Quelle est cette faiblesse que tu as peur de montrer ?

— Ma famille.

Cette réponse m'a échappé. Je suis tellement choquée d'avoir répondu si spontanément que je plaque une main sur ma bouche. Sander me dévisage, une lueur interrogative au fond des prunelles. J'aimerais vraiment lui en dire plus. Comme si je venais de soulever le couvercle d'une boîte de Pandore au fond de moi. Mais ça ne serait pas juste pour celui que j'ai perdu à cause de mon mutisme.

— Ma famille, c'est là tout le cœur du problème. Je ne peux pas t'en dire plus. Pas alors que je n'ai rien pu dire à Leander. Si je dois en parler à quelqu'un, ça sera à lui en premier. Mais pas ce soir. Pas comme ça.

Sander se lève, et je suis surprise qu'il capitule aussi vite. Ça ne lui ressemble pas, c'est plutôt le genre de mec à insister jusqu'à se prendre un coup de poêle sur la tête.

Ça m'embêterait. Je n'ai pas de poêle sous la main et puis je l'aime bien, Brutus.

— Tu serais prête à lui en parler, alors ?

— Peut-être. Enfin, oui. Mais au bon moment. Quand j'aurai trouvé comment lui expliquer, surtout.

— Hum, me répond-il en se frottant le menton.

Avec ce que je viens de lui dire, je serais curieuse de savoir ce qu'il a en tête.

— En attendant, tu peux me rendre un service ? me demande-t-il.

— Oui, tout ce que tu veux. Enfin, presque. Tu m'as compris.

Il ricane et commence à marcher en direction de la porte.

— J'ai eu des billets pour le match de hockey de demain. Tu m'accompagnes ?

— Un match de hockey où Jeremiah jouera ?

Je me mords les lèvres pour ne pas sourire. Je ne voudrais pas qu'il pense que je me fous de lui alors que je trouve ça juste mignon qu'il aille mater ce type sur la glace discretos.

— Un match de hockey où tout un tas de joueurs de hockey jouera, Moustique ! Alors, tu viendras ?

— Évidemment.

Il grommelle qu'il passera me chercher vers dix-huit heures et finit par refermer la porte.

Je m'allonge de nouveau sur mon lit, sans chercher à voir la fin du film que j'avais commencé. Je repense à ce que j'ai dit à Sander. J'ai affirmé que je parlerai à Leander, mais je ne lui ai pas précisé quand. Il me faudra encore du temps pour être prête. Et je prends soudain conscience que ce qui m'inquiète finalement le plus, c'est que ça pourrait être trop tard pour lui. Et ça, je ne suis pas certaine que je le supporterais.

37

Leander

Une fois n'est pas coutume, au lieu de rester cloîtré dans ma chambre, je décide de me mêler à la foule de la soirée organisée par les mecs. Ce soir, je préfère être entouré de gens plutôt que de me morfondre seul dans mon coin. Et puis, j'espère toujours que Nyx finira par se pointer.

Quand Dee et Chase ont passé la porte d'entrée, j'ai arrêté de respirer, pensant découvrir Nyx à leur suite. Sauf que la porte s'est refermée derrière eux, sans elle. Depuis, je n'arrête pas de jeter des petits coups d'œil un peu partout, me demandant quand elle finira par apparaître dans mon champ de vision. Non seulement c'est une fêtarde, mais en plus, je sais qu'elle aime passer du temps avec les gars de la coloc.

Sauf qu'à vingt-trois heures, toujours aucun signe d'elle. Je commence à me faire à l'idée qu'elle ne viendra pas. L'espace de quelques secondes, j'envisage de lui envoyer un énième message avant de me raviser. À quoi bon perdre mon temps ? Je ferme brièvement les yeux et décide de laisser tomber. Pour ce soir, mais aussi pour la suite. J'en ai ma claque de me morfondre pour quelqu'un alors que je n'ai qu'à me baisser pour ramasser des filles qui, elles, ne me prendront pas autant la tête.

Je me dirige vers la cuisine pour aller prendre une bière – ma troisième, ce qui est tellement exceptionnel que ça en dit long sur mon état –, quand je croise Eva en pleine discussion avec Jeremiah. Elle me sourit lorsque nos regards se croisent, et je décide de laisser tomber ma bière pour la rejoindre.

— Salut, beau gosse, déclare-t-elle en m'enlaçant rapidement.

— Salut. Désolé de vous interrompre, mais tu pourrais venir avec moi une petite minute ?

— Une minute ? Je savais que les footballeurs n'étaient pas très endurants, mais je suis quand même surpris, ricane Jeremiah.

Pour toute réponse, je lui fous une tape à l'arrière du crâne, et il éclate de rire.

— J'ai juste besoin de lui parler, répliqué-je en souriant malgré moi.

C'est alors que Jeremiah m'entoure de son énorme bras et déclare :

— Parler, hein ? Ou oublier ?

— Ta gueule.

Eva nous regarde d'un air perplexe. Contrairement à Jeremiah, avec qui je passe certaines soirées quand les gars de ma coloc me tapent sur les nerfs, elle n'est pas au courant pour Nyx et moi. De toute façon, il n'y a pas à être au courant de quoi que ce soit. Ce n'est pas comme si les choses avaient déjà été officielles entre nous.

Avant que Jer' puisse tenter de me faire la morale, j'attrape la main d'Eva et l'entraîne à ma suite jusqu'à l'étage. Elle se laisse faire sans rien dire. À peine sommes-nous à l'abri des regards dans ma chambre que je la plaque contre le mur et écrase ma bouche sur la sienne. Elle répond à mon baiser, laisse glisser sa langue contre la mienne tandis que je remonte sa jupe pour la caresser par-dessus le tissu de son string. Je mords sa lèvre, et elle gémit lorsque je la pénètre de mes doigts. Putain, ouais. C'est ça dont j'ai besoin. Du sexe sans attache.

Je déboutonne mon jean sans jamais cesser de l'embrasser lorsqu'elle me repousse doucement, ses deux mains sur mon torse, et décolle ses lèvres des miennes pour m'empêcher de revenir à l'assaut de sa bouche. Je fronce les sourcils.

— Quoi ?

Son joli regard croise le mien.

— C'est quoi, cette histoire ? Oublier quoi ?

— Rien d'important.

Je n'ai pas du tout envie de parler de ça, surtout alors que j'ai la bite à l'air. Elle continue à me scruter d'un air interrogateur.

— Rien d'important ? répète-t-elle.

Je secoue la tête, et ses yeux s'écarquillent comme si elle venait d'avoir une révélation.

— C'est Nyx, pas vrai ? Où est-elle ? Je l'ai pas vue, ce soir.

— Qu'est-ce que j'en sais ? Elle a apparemment mieux à faire que se pointer ici. Peut-être qu'elle a déjà trouvé un autre mec.

Rien que de l'imaginer avec quelqu'un d'autre, d'envisager les mains d'un autre homme sur son corps, la bouche d'un autre homme contre sa peau... j'ai envie de hurler. Je sais que je n'ai aucun droit sur elle, surtout en tenant compte de ce que je m'apprête à faire avec une fille. Pourtant, je ne parviens pas à réfréner cette colère qui gronde en moi tout à coup. Mes poings se serrent, ma mâchoire se crispe.

— Qu'est-ce qui s'est passé ? murmure Eva, l'inquiétude lisible dans son regard.

Pour toute réponse, j'attrape ses poignets, la plaque de nouveau contre le mur et l'emprisonne de mon corps.

— Rien du tout, grogné-je en cherchant ses lèvres.

Elle tourne la tête et me repousse, plus durement cette fois.

— Arrête. Il est hors de question que je rentre dans ton jeu, Leander.

— Je ne joue pas. Je veux juste passer une bonne soirée, prendre un peu de bon temps avec toi, comme avant.

Elle se décale légèrement et baisse sa jupe, m'indiquant que ce n'est pas près d'arriver.

— C'est quoi, ton problème, bordel ? m'agacé-je.

Qu'est-ce qui lui prend ? Elle a toujours été partante pour baiser avec moi et, tout à coup, elle me rejette ? Elles se sont toutes passé le mot ou quoi ?

Elle plisse les yeux et me lance un regard noir.

— Mon problème, c'est qu'il est hors de question que tu te serves de moi pour oublier Nyx. Et surtout, il est hors de question que tu te serves de moi pour lui faire du mal.

Pardon ? Non, mais d'où ça sort, ça ?

— Depuis quand tu en as quelque chose à foutre de Nyx ?

Elle pousse un soupir d'exaspération.

— Crois-le ou non, j'ai un cœur. Et j'aime bien Nyx. Comment crois-tu qu'elle va réagir si elle apprend qu'on a couché tous les deux alors que vous êtes ensemble ?

— On n'est pas ensemble. On n'a jamais été ensemble.

Mon cœur bat trop vite, je sens mon agacement monter. Je n'aurais jamais pensé que m'entendre prononcer ces mots serait aussi douloureux, pourtant ça fait un mal de chien.

— Quoi qu'il en soit, ne compte pas sur moi. Je sais ce que ça fait de voir un type auquel on tient s'envoyer en l'air avec quelqu'un d'autre.

— J'ai un scoop pour toi, ma grande. Nyx s'en tape complètement de l'endroit où je fourre ma queue. Alors, dans toi ou dans une autre...

Je hausse les épaules. Eva semble tellement choquée par mes paroles qu'elle ne répond pas. Je vois son visage se fermer. Je passe une main dans mes cheveux pour tenter de reprendre le contrôle de mes émotions, mais je n'y parviens pas. Je suis à bout et je ne sais pas comment revenir en arrière.

— Je suis pas une de tes groupies, Leander, souffle-t-elle finalement.

Je ricane.

— Non, c'est vrai. Tu préfères le hockey. Même si le hockeyeur en question préfère baiser toutes les filles du campus plutôt que toi.

Une gifle atterrit sur ma joue dans un claquement sonore. Les yeux d'Eva se remplissent de larmes.

— Va te faire foutre, siffle-t-elle entre ses dents avant de s'éloigner en courant.

Eh merde ! Parfois, je ferais mieux de me taper la tête contre les murs que d'ouvrir la bouche. Ça ne me ressemble pas d'être aussi mesquin, en particulier avec Eva. Je suis vraiment en dessous de tout.

Je passe une main sur mon visage et, après avoir soufflé un grand coup, je décide de la rattraper. Je dois m'excuser, lui dire que mes mots ont dépassé ma pensée, que je ne voulais pas la blesser. Je me précipite en haut de l'escalier, scannant la foule pour la trouver. Je la découvre se dirigeant à grands pas vers la porte d'entrée, Jeremiah sur ses talons.

Je dévale les marches, pousse sans ménagement toutes les personnes qui se trouvent sur mon chemin et sors dans la nuit. Le vent froid qui m'accueille me file des frissons, mais il a l'avantage de me remettre les idées en place. Sur le trottoir, j'avise Jeremiah qui serre une Eva en pleurs entre ses bras.

— Je suis désolé ! m'écrié-je en avançant vers eux. Eva...

J'ignore si elle m'a entendu, mais de toute évidence, Jer', oui, puisqu'il relâche son étreinte pour se diriger vers moi.

— C'est quoi, ton putain de problème ? gronde-t-il en m'attrapant par le tee-shirt.

Je ne cherche pas à me dégager. Peut-être même que je devrais lui demander de me foutre son poing dans la gueule, ça m'aiderait à me remettre les idées en place. Vu la façon dont il me toise, je sens bien qu'il se retient.

— J'ai déconné.

Et pas qu'un peu. Je perds complètement les pédales. C'est n'importe quoi.

— Qu'est-ce qui s'est passé ? Elle est dans tous ses états !

— Je sais. Je voulais pas, je voulais...

Je n'ai pas le temps de finir ma phrase qu'un crissement de pneus se fait entendre. Nous tournons tous les deux la tête en direction de Sander, qui vient de s'extirper de sa caisse et court vers nous. Merde !

— Lâche-le ! rugit-il.

Avant que je puisse réagir, Sander agrippe le sweat-shirt de Jer' qui me libère pour reculer de quelques pas.

— Me touche pas ! gronde Jeremiah.

Loin de lui obéir, Sander raffermit sa prise et colle son nez contre celui de mon pote.

— Ferme ta gueule.

— Qu'est-ce que tu vas me faire ? Me frapper ? Ça devient une habitude !

Tais-toi, Jer'. N'aggrave pas les choses.

Sander colle Jeremiah contre le mur et arme son poing. J'ai à peine le temps de réagir. D'un coup, je me rue sur lui, saisissant son bras tandis qu'Eva leur hurle d'arrêter.

— Fous-moi la paix, hurle Sander en tentant de se dégager de mon étreinte.

Je le tiens toujours plus fermement, les muscles crispés, tandis que son visage est de plus en plus rouge.

— Non. Ça suffit. Arrête !

Mais il ne m'écoute pas, il semble déconnecté de la réalité. Je le tire vers moi et saisis sa nuque pour poser mon front contre le sien. Son souffle est erratique, son corps est tendu.

— Calme-toi. Ça va. Calme-toi.

J'entends Jeremiah grommeler dans sa barbe mais je reste concentré sur Sander. Je le retiens jusqu'à ce qu'Eva et Jer' disparaissent, et encore longtemps après ça, lui murmurant des mots apaisants jusqu'à ce qu'il finisse par se détendre. Tu parles d'une putain de soirée !

38

Nyx

Il est dix-huit heures tapantes quand Sander m'envoie un SMS pour me signifier qu'il m'attend dans la rue adjacente à ma résidence. Dee n'est pas rentrée hier, j'imagine qu'elle a passé la nuit à la coloc, et je n'ai donc personne pour inspecter ma tenue avec une attention pointilleuse. Si elle avait été là, elle m'aurait certainement tannée pour que je me change. En effet, si je ne connaissais rien au foot, j'ai en revanche suffisamment assisté aux matchs de hockey de mon frère Silas pour savoir que, dans une patinoire, ça caille sévère. J'ai donc enfilé une robe pull sur des collants épais et des cuissardes à talon carré que je ne mets jamais mais qui auront le mérite de me tenir un peu plus chaud que mes boots habituels.

Je m'applique rapidement une couche de baume à lèvres avant d'enfiler mon manteau d'hiver et mes gants. J'attrape mon sac à main et me précipite vers la sortie. Je dévale les escaliers en me demandant pourquoi Brutus m'attend si loin de la résidence. S'il y a un parking pour les étudiants juste devant les portes, ce n'est pas pour les chiens mais pour les petites natures comme moi qui ne comprennent rien aux hivers de malade du Missouri.

Je peste en pressant le pas quand je repère la voiture rouge rutilante de Sander à peine arrêtée au bord du trottoir. Je n'attends pas d'invitation et ouvre la portière du côté passager pour me faufiler sur le siège chauffant. Un bonheur pour mon derrière gelé et pour mes mains que je coince sous mes cuisses après avoir bouclé ma ceinture.

— Et vous dites qu'il fera encore plus froid en janvier. Je suis certaine que c'est impossible ! Personne ne survivrait à de telles températures.

— Que veux-tu que je te dise ? Fallait rester dans le Sud ! Quoique, non, tu m'aurais manqué !

— J'aurais pas pu te manquer. On ne se serait pas connus.

— Je suis certain qu'une partie de moi se serait dit que ça manquait de margarita et de nanas qui vomissent sur mon meilleur pote.

Je le regarde de travers. Ça fait à peine une minute que j'ai posé mes fesses sur le cuir de sa bagnole, et il met déjà Zeus sur le tapis. Je change volontairement de sujet. Je ne suis pas venue pour qu'il me bassine avec ça.

— Tu peux m'expliquer pourquoi tu t'es garé aussi loin ?

— Parce que mon bébé ne se remettrait pas de se prendre un coup de portière, répond-il en caressant le volant d'un geste affectueux.

— Ton bébé ? m'étouffé-je. Mon Dieu, je pensais que c'était une légende, les hommes obsédés par leur bagnole. C'est juste un tas de ferraille, tu sais ?

Il me regarde avec un air horrifié, comme si j'avais avoué sacrifier des chiots à chaque pleine lune.

— Ça va pas, non ? Elle va t'entendre !

J'éclate de rire. Il y a de quoi, avec un grand gaillard comme ça choqué parce que j'ai insulté sa voiture.

Nous arrivons en quelques minutes à l'aréna où va se dérouler le match. Je me mords les joues pour ne pas rire quand Sander gare sa corvette à bonne distance de tout autre véhicule. On est si loin de l'entrée qu'on aurait presque pu venir à pied depuis ma résidence.

Je descends et frissonne quand une bourrasque s'engouffre sous mon manteau.

— Ta voiture hors de prix n'a pas de sièges chauffants amovibles, j'imagine ? Ç'aurait été pas mal pour se réchauffer en regardant le match.

— Je te réchaufferai, mon petit moucheron. Ou peut-être que tu trouveras quelqu'un d'autre pour le faire, ajoute-t-il avec un petit sourire en coin.

Je le regarde, suspicieuse, tout en accrochant mon bras au sien alors que nous nous précipitons vers l'entrée la plus proche.

— Qu'est-ce que c'est censé vouloir dire ?

— Rien. Juste que dans une patinoire pleine d'hommes virils…

— Et de groupies énamourées, le coupé-je.

— Oui, mais quand même, avec tout ce potentiel masculin, tu trouveras bien quelqu'un d'autre que ton vieux pote Brutus pour te réchauffer.

Je l'observe un instant avant de comprendre.

— Tu veux surtout pas que je te colle trop et paraître à ton avantage aux yeux de Jeremiah, c'est ça ?

Son sourire disparaît instantanément. Ses sourcils se froncent, et il ne dit plus rien pendant de longues minutes, à tel point que je suis persuadée qu'il ne répondra pas. *Bravo, Nyx ! Fâche-toi avec Sander, maintenant. De mieux en mieux…*

Nous sommes presque arrivés à l'entrée de l'aréna quand il grommelle quelque chose que j'aurais pu ne pas entendre si je n'y avais pas prêté attention.

— Vu comme j'ai déconné hier, je pense que rien de ce que je pourrai faire ou ne pas faire changera quoi que ce soit…

Je m'immobilise, et mon bras étant toujours accroché au sien, Sander n'a pas d'autre choix que de m'imiter. Je le dévisage, inquiète devant son air soudain beaucoup plus sombre.

— Comment ça, tu as déconné ? Que s'est-il passé ?

Il me rend mon regard, hésitant, comme s'il ne savait pas comment répondre à ma question.

— En rentrant de ta résidence hier, j'ai retrouvé Jeremiah en train de se prendre la tête avec Leander.

Enfin, plutôt, il le secouait comme un prunier. Entre ça et le fait que Jer' m'évite toujours soigneusement en faisant comme si rien ne s'était passé entre nous, j'ai vu rouge. Si Leander n'avait pas été là pour me retenir, je lui aurais sûrement cassé la gueule.

J'ouvre la bouche, puis la referme. Je dois certainement avoir l'air d'un poisson hors de son bocal. Quand je réussis à reprendre contenance, c'est pour demander la première chose qui me passe par la tête.

— Pourquoi il s'en prenait à Zeus, à la base ?

— Aucune idée, souffle-t-il, presque soulagé que je ne m'attarde pas plus sur son accès de violence. J'étais hors de moi, Leander a mis un moment à me calmer, et j'ai bien vu qu'il n'avait pas spécialement envie d'en parler.

Lentement, le sourire de Sander réapparaît sur ses lèvres. Seulement, cette fois, je ne parviens pas à savoir s'il est sincère ou si c'est une carapace dont il se pare, comme moi avec mes sarcasmes.

— Une chose de plus à lui demander quand tu le verras et que tu lui déballeras tous tes petits secrets, me balance-t-il en me tirant de nouveau vers la patinoire.

— Quand j'aurai le courage, bougonné-je en sourdine.

De nouveau lui-même, Sander éclate d'un grand rire tonitruant en sortant les billets de sa poche. Après le contrôle, il me guide vers les gradins, et nous gravissons un escalier pour atteindre nos places.

Je suis Sander de près tout en regardant mes pieds pour ne pas me casser la figure, étant donné que Brutus m'occulte tout obstacle qui pourrait se trouver devant nous. Je lui colle au train quand nous nous faufilons dans une allée et manque de me retrouver sur les fesses de stupeur quand une voix que je connais bien résonne non loin de nous.

— Putain, mais tu foutais quoi, Sander ? Tu me demandes de venir au match avec toi et ensuite tu disparais mystérieusement en me disant de te retrouver là.

Tu aurais pu au moins avoir la décence de ne pas te pointer à la bourre.

Leander. Il ne me voit pas, je suis toujours planquée derrière son colosse de copain. Et j'avoue que je resterais bien cachée là. *Brutus, ne bouge surtout pas...* Ma supplique muette n'a aucun effet, et je me retrouve comme une gourde face à celui que j'évite depuis deux semaines quand Sander s'assied sur son siège.

— Nyx ? Qu'est-ce que tu fais là ?

Le regard surpris de Leander passe de moi à Sander, et je comprends que ce dernier n'y est pas pour rien dans cette rencontre « fortuite ».

— Je...

Essaie encore, Eunice. OK, je vais tuer Sander !

— Moucheron ? Assieds-toi.

Leander se retourne vers son meilleur ami, comme s'il venait seulement de comprendre que nous ne sommes pas là tous les deux par hasard.

— Tu essaies de faire quoi, là, Sander ? gronde-t-il.

— Moi ? Rien du tout. Je vais assister à un match de hockey avec mes deux amis. Des hot-dogs ?

Les regards noirs qu'il reçoit en réponse doivent lui faire comprendre qu'il n'a pas intérêt à pousser le bouchon trop loin. Il lève les mains en signe de reddition avant de se mettre debout à nouveau.

— OK, juste pour moi, alors. Je crève la dalle. Vous entre-tuez pas !

Le traître me dépasse, non sans avoir auparavant mis ses deux mains sur mes épaules pour me faire asseoir.

— Tu voulais parler ? C'est le moment, chuchote-t-il avant de tourner les talons.

Je le regarde s'éloigner avant de reporter mon attention sur la glace. Le match est loin de commencer, et les gradins sont encore majoritairement vides. Sander avait tout prévu. Je reste droite comme un i, pleinement consciente des yeux de Zeus qui ne m'ont pas quittée depuis le départ de notre ami commun. Je pourrais lui rendre son regard, mais j'ai tellement peur de ce que j'y verrais que ça me paralyse.

Je me fige quand je remarque du coin de l'œil que Leander vient de glisser sur le siège de Sander. Juste à côté de moi. Mon cœur se met à battre la chamade, mes mains tremblent dans mes gants en laine, et cela n'a rien à voir avec le froid polaire de la patinoire.

— Ce n'était pas mon idée.

Je sursaute au son de sa voix grave. Elle m'avait manqué, et je grince presque des dents de me voir me transformer en midinette énamourée quand il est dans les parages.

— Je sais. J'ai dit à Sander hier que j'allais te parler, qu'il fallait juste que je trouve le bon moment et le courage. Il a manifestement décidé de prendre les choses en main.

— Et tu l'as, maintenant, le courage de me parler ?

Je me retourne enfin et me fige de nouveau en le voyant si près. Je ne lis pas de colère dans ses iris alors qu'il y aurait de quoi, vu la façon dont je l'ai planté juste après Thanksgiving. Non, je n'y déchiffre qu'une sorte de curiosité. Et de l'affection, aussi. Enfin, il me semble. Reste à prier pour que je ne sois pas devenue franchement nulle pour décrypter les émotions des autres.

— J'ai eu peur et j'ai eu honte.

Je vois dans son regard qu'il ne comprend pas, mais je ne lui laisse pas le loisir de m'interrompre. Si je ne déballe pas tout maintenant, après, ça me semblera impossible.

— J'ai eu honte de ma famille. J'ai dix-sept frères et sœurs, et mon père est un genre de pasteur-gourou qui a même sa propre chaîne TV dans l'Alabama. Mes parents et la majorité de ma famille vivent dans un autre monde, fait de bondieuseries, d'obligations et surtout d'interdictions. C'est comme ça que j'ai été élevée, mais c'est aussi ce que j'ai fui. Mais je ne t'apprends rien, on ne fuit jamais vraiment sa famille. Ils me font honte, mais je ne peux pas les renier. Pas tous, en tout cas. Je ne sais pas gérer le fait que la vie que j'ai ici, toi y compris, pourrait entrer en collision avec cette vie que j'avais là-bas.

Je reprends mon souffle et me donne un coup de pied mental aux fesses pour continuer.

— J'ai eu peur, aussi. Peur des sentiments que j'ai pour toi. Peur de ne plus exister que par toi et de devenir une coquille vide, comme ma mère et certaines de mes sœurs. C'était trop fort et trop intense, Leander. Et ça m'a foutu une trouille bleue.

39

Leander

Je cligne des yeux tandis que Nyx reprend son souffle. Moi qui lui ai demandé de me parler, j'ai été servi. Sauf que c'est à peine si j'ai compris un mot sur deux de sa diarrhée verbale. Je n'étais pas prêt à entendre tout ça d'un coup, comme si elle voulait vider son sac une bonne fois pour toutes.

— Tu m'as paumé, finis-je par soupirer.

Elle se mord les lèvres et tourne la tête, reportant son attention sur la glace. Ses joues sont rouges, et je me demande si c'est seulement à cause de la température de la patinoire. Sans vraiment en avoir conscience, je tends la main et glisse ses cheveux derrière son oreille, pour mieux observer son profil. Ma main atterrit sur sa joue, et je la vois fermer les yeux à mon contact. Ça m'avait tellement manqué. *Elle* m'a tellement manqué !

— Je suis désolée, Leander, souffle-t-elle d'une voix brisée qui me file la chair de poule.

— De quoi ?

— De pas savoir comment gérer. De me sentir submergée par tout ça... Je...

Elle ne termine pas sa phrase, et j'ai l'impression qu'elle a peur. À la voir comme ça, recroquevillée, incapable de lever les yeux vers moi, elle me semble tellement fragile. Sauf que la Nyx que je connais est tout sauf fragile. La Nyx que je connais m'aurait foutu sa main dans la gueule pour ne serait-ce que la décrire ainsi.

— Hé... Regarde-moi.

Elle secoue résolument la tête et renifle. Merde. Je ne m'étais pas rendu compte qu'elle était aussi ébranlée.

— S'il te plaît.

J'insiste, glissant ma main dans sa nuque pour l'obliger à pivoter. Lorsque ses yeux croisent les miens, ils brillent de larmes contenues, et ça me fout en l'air. Je déteste la voir dans cet état. Je me penche vers elle et pose mon front contre le sien. Lorsque l'odeur de son shampooing mêlé à celle de sa peau s'infiltre dans mes narines, je dois me faire violence pour ne pas inspirer à pleins poumons.

Nous restons un long moment ainsi, sans parler, profitant de la présence de l'autre. C'est marrant, jamais je n'aurais pensé que quelqu'un puisse me manquer à ce point. En fait, c'est un sentiment que je n'ai jamais véritablement éprouvé, sauf pour Joachim. Mais ce manque de lui, je suis parvenu à l'étouffer, parce que je n'ai pas d'autre choix. Alors que Nyx, elle, est juste là, et il suffirait de pas grand-chose pour enfin combler le vide qu'elle a laissé quand elle a décidé de s'enfuir.

— Alors... Dix-sept frères et sœurs, hein ?

Elle rit et recule pour me dévisager.

— C'est tout ce que tu as retenu ? grogne-t-elle.

En fait, ce que j'ai retenu, c'est surtout le « trop fort et trop intense ». Parce qu'à cet instant, j'ai eu l'impression que mon cœur s'arrêtait de battre.

Tout à coup, Sander surgit, les bras chargés de hot-dogs et de sodas.

— Alors ? C'est bon ? Vous vous êtes rabibochés ? demande-t-il alors que je me lève pour lui rendre sa place.

Je lui jette un regard agacé pendant que Nyx ricane.

— Tu peux rester où tu es, mais seulement si tu avoues que c'est moi le meilleur.

— T'es sérieux, là ?

Je fronce les sourcils, et Sander s'esclaffe.

— Oui. En fait, non. Échange avec Nyx, j'ai pas envie de devoir passer le match à t'expliquer les règles.

— Je connais les règles !

Sander ricane, et Nyx et moi échangeons nos places.

— Je lui expliquerai, réplique Nyx en tapotant ma cuisse comme si j'étais un gamin stupide. Ce serait dommage de louper le spectacle à cause de lui.

— Merci. Honnêtement, il est pote avec un tas de joueurs de hockey et il est pas foutu de s'intéresser à ce sport. Si c'est pas du foot, il estime que ça n'en vaut pas la peine.

— Je suis là, vous savez ! m'écrié-je. Et puis c'est quoi, cette nouvelle passion pour le hockey ? Le seul joueur que tu connaisses, c'est Jeremiah, et tu ne le supportes pas !

C'est à peine s'ils me jettent un coup d'œil avant de continuer à parler de moi comme si j'étais absent. Sander ne prend même pas la peine de répondre à ma question. Il se moque de moi, mais il n'a jamais montré un quelconque intérêt pour ce sport jusque-là. Raison pour laquelle j'ai été foutrement étonné quand il m'a proposé qu'on aille assister au match. À présent, je me demande si tout ça n'était qu'un subterfuge pour nous forcer, Nyx et moi, à nous revoir et à discuter.

Je croise les bras, et mon regard dévie sur les gradins. Ils sont quasiment pleins, à présent, et certaines filles me saluent d'un geste de la main en affichant des sourires aguicheurs. J'aurais pu mettre n'importe laquelle dans mon lit. Au lieu de ça, je suis tombé amoureux de la dernière personne à laquelle je m'attendais.

Lorsque je sens la main de Nyx trouver la mienne et entrelacer ses doigts aux miens, je tourne la tête pour découvrir sa mine chiffonnée.

— Qu'est-ce qui se passe ? me renseigné-je.

— Il se passe que je n'aime pas trop la manière dont ces filles te matent.

Je crois que c'est la première fois qu'elle affiche ne serait-ce qu'une once de jalousie, ce qui me pousse à sourire.

Lorsque ces mots franchissent le barrage de ses lèvres, je me dis que peut-être que la crise est passée et que tout va redevenir comme avant. Après tout, ce ne serait pas plus mal, pas vrai ? D'oublier ces dernières semaines, d'oublier que je lui ai dit que je l'aimais... D'oublier qu'hier soir, tu t'apprêtais à baiser Eva ? Et que tu as passé une soirée avec tout un tas de filles à poil ? Cette fois, c'est à moi de tourner la tête, incapable de la regarder droit dans les yeux alors que j'étais à deux doigts de faire de la merde.

— Est-ce que ça va ? me demande Nyx en se penchant vers moi.

Je déglutis et hoche la tête. C'est à ce moment-là que les lumières de la patinoire s'éteignent. La musique démarre, et la foule commence à s'enflammer.

Je ne m'attendais pas à me prendre autant au jeu. Je n'arrive pas à détacher mon regard de la glace, admiratif de ces armoires à glace qui se déplacent avec une grâce insoupçonnée. La main de Nyx n'a toujours pas quitté la mienne, et elle la serre plus fort encore quand le ton commence à monter. Ce qui arrive très souvent. Bien plus qu'au football. Le plexi qui protège la zone de jeu vibre dès que les joueurs atterrissent dessus avec force, se cognant les uns contre les autres. Les arbitres ont déjà dû mettre un terme à deux bagarres qui commençaient à dégénérer. L'une d'elles impliquant Jeremiah. Lorsque j'ai vu le poing de son adversaire arriver vers son visage, j'avoue avoir retenu mon souffle. L'autre a impliqué Scott, et cette fois, par contre, je n'aurais pas été contre l'idée qu'il se mange un pain, rien que par amitié pour Eva.

Quand sonne la fin du premier tiers-temps, notre équipe mène un but à zéro. Je cligne des yeux lorsque les lumières criardes se rallument et me tourne vers Nyx. Ses lèvres arborent un sourire exalté, et ses yeux pétillent d'amusement. Sander, lui, ne dit rien. Il conserve les yeux rivés sur la glace tandis que les joueurs disparaissent vers les vestiaires.

— C'était complètement dingue ! s'écrie Nyx. J'avais oublié combien j'aime ce sport.

Je lui jette un regard perplexe.

— Je ne comprends pas que tu viennes du Sud et que tu sois mieux calé en hockey qu'en foot. Ils ne sont même pas en NHL, en Alabama.

— Ils ne sont pas en NFL non plus, je te signale, réplique-t-elle.

OK. En attendant, le foot, c'est *le* sport national ici, avant le base-ball et le basket. Mais elle ne semble pas le moins du monde impressionnée. Quand j'y repense, je crois que c'est ce qui m'a tout de suite plu chez elle. Même si je chéris mon statut de *quarterback* et que je profite allègrement de ses avantages, j'aime que Nyx n'en ait rien à foutre. J'aime qu'elle ne soit pas une groupie, même si j'apprécie parler football avec elle et lui en apprendre un peu plus sur ce sport que j'adore.

— Mon frère joue au hockey, finit-elle par m'expliquer.

— Lequel ?

Je la taquine, mais son visage se ferme, et je me dis que j'aurais mieux fait de la fermer.

— Le seul qui compte.

À cet instant, je n'ai qu'une envie : la prendre dans mes bras et la serrer fort contre moi. Mais nous n'en sommes pas encore là. Si ça se trouve, ça n'arrivera plus jamais. Chose que je refuse de croire, parce que ça fait mal. Plus qu'autre chose, au fil du temps, Nyx est devenue une amie. Une amie que je n'ai pas envie de perdre. En espérant que ce ne soit pas déjà le cas.

40

Nyx

Je suis encore scotchée d'être assise là, à côté de Leander. Je ne m'attendais pas à ce que la soirée se déroule de cette façon quand Sander m'a demandé de l'accompagner au match de hockey. Vu la tête de Zeus, lui non plus ne pensait pas me voir ici. Évidemment, cette rencontre n'est en rien dûe au hasard. Brutus a joué les entremetteurs, et à cet instant, je ne sais pas si j'ai envie de l'étrangler ou de lui sauter au cou. Je me tourne dans sa direction, et il m'offre le sourire type du mec persuadé qu'il n'a rien à se reprocher. J'articule un « tu ne perds rien pour attendre » silencieux et étouffe un rire quand il hausse les épaules en désignant ma main enfouie dans celles de Leander. Je me gelais les doigts, et il a gentiment proposé de me réchauffer une dizaine de minutes. Nul besoin de voir dans ce geste une signification cachée.

Nyx, Nyx, Nyx... C'est vraiment ridicule de se mentir à soi-même de cette façon.

Je tente de me reconcentrer sur le match devant moi. La vérité, c'est que je serai sans doute redevable à vie à Sander de m'avoir donné ce coup de pied aux fesses pour me confier à Leander. Je me connais, sans lui, je n'aurais jamais osé parler à Zeus comme je l'ai fait ce soir. J'ai compris depuis quelque temps que je suis lâche quand il s'agit de parler de mes sentiments. Je crois que ça tient aussi en partie du fait d'avoir été élevée dans une famille pour laquelle je n'avais pas le droit d'avoir de secrets ou de vie privée.

Je ne pourrais pas dire que ça a été facile de balancer tout ça à Leander, mais je suis soulagée de l'avoir fait. Je n'avais jamais vraiment parlé de ma famille à personne ici, et lâcher le morceau m'a fait du bien. Je suis d'ailleurs surprise que Zeus ne m'ait pas assaillie de questions. Il se rend sans doute compte combien c'est compliqué pour moi de ressasser ce que j'ai fui dans l'Alabama.

— Tu sais, si tu veux avoir des précisions sur ce que je t'ai raconté tout à l'heure, tu as le droit de demander, lui soufflé-je.

Il se tourne vers moi et me scrute comme il le ferait avec un animal sauvage. Je ne mords pourtant pas. *Quoique…*

— J'ai pas la sensation que tu aimes t'étendre sur le sujet.

— Non. Mais tu es quand même en droit de savoir dans quoi tu t'embarques avec moi, ajouté-je en faisant un signe de la tête en direction de nos mains entrelacées.

— Nyx, ta famille ne fait pas de toi celle que tu es. Je ne crois pas que les liens du sang soient les plus forts. Les personnes qui comptent le plus sont celles que nous choisissons, je suis bien placé pour le savoir.

Je réfléchis un instant à ce qu'il vient de dire. C'est vrai que nous avons cette chose en commun qui nous a peut-être rapprochés. Ces pères qui ne valent rien pour nous et qui ont pourtant une énorme importance dans leur communauté respective.

— Tu as sans doute raison. Mais comme toi, je ne pense pas pouvoir échapper indéfiniment à ces gens avec qui je ne partage qu'un lien biologique. Pour la seule raison que je ne peux pas renoncer à Silas. Ni à certaines de mes petites sœurs dont je me suis occupée depuis qu'elles sont nées. Un jour, nos mondes entreront en collision, Leander. Qu'on le veuille ou non.

Je fais semblant de m'intéresser de nouveau à l'action sur la patinoire. Assister à un match m'avait manqué.

Le froid mordant mes joues, l'odeur de la glace, le bruit des lames et des joueurs qui se malmènent. J'adore ça mais, ce soir, je n'arrive pas à me concentrer sur ce qui se passe. Zeus m'épie toujours, je le vois du coin de l'œil. Il doit se demander si je vais encore prendre peur et ne pas donner de nouvelles avant quinze jours s'il me pousse trop dans mes retranchements. Je ne peux pas lui en vouloir, ni lui garantir que cela n'arrivera plus.

— Ton père fait de la téléréalité ? finit-il par lancer.

— Hein ?

De toutes les questions qu'il aurait pu me poser, je ne me serais jamais attendue à celle-ci.

— Tu as dit qu'il avait une chaîne TV.

— Ah ! Oui, j'ai dit ça. Non, il joue juste les envoyés de Dieu ou une connerie du genre. Ses messes sont retransmises en direct et rediffusées ensuite en fonction de celles qui ont fait le plus d'audimat. Il se fait filmer lorsqu'il visite les hospices et les orphelinats de la région. Et il fait des lectures de la Bible. C'est... tout un personnage dans notre ville. Et pas souvent dans le bon sens du terme.

— Mais s'il va dans les orphelinats, ça doit être un type bien quelque part, non ? Mon père est blindé et il n'a jamais fait une donation, ni d'argent ni de son temps.

— Tu sais, mon père aussi est blindé. Moins que ton père certainement, mais crois-moi, je suis déjà tombée sur les relevés de compte par accident, et il a largement de quoi faire. Malgré tout, on n'a jamais eu un seul centime d'argent de poche avec mes frères et sœurs, et il ne me paie pas mes études. Quant aux orphelins en question, je ne pense pas qu'ils aient besoin d'un type qu'ils ne connaissent pas qui vient de temps en temps pour leur tracer des signes de croix sur le front et les protéger de démons qui n'existent pas. Il ne donne jamais d'argent non plus. Il ne fait ça que pour assurer sa cote de popularité.

Je reprends mon souffle après cette grande tirade, mon regard verrouillé au sien. Il semble décontenancé et, encore, il ne connaît maintenant qu'un minuscule morceau de l'histoire. À peine la pointe de l'iceberg.

— Tu as raison, nos pères pourraient vraiment être classés dans la même catégorie... Celle des géniteurs irrécupérables et indignes de notre attention, dit-il.

Je hoche la tête en silence. Oui, ça leur va très bien. Je ne pardonnerai sans doute jamais à mon père mon enfance faite d'interdictions, de punitions et de tabous. C'est pour le reste de ma famille que je ne peux pas me prononcer aussi fermement. Ma mère n'est coupable que d'avoir été trop faible pour s'opposer à ce mari qu'elle considère comme un dieu. Mes sœurs n'ont fait que suivre l'exemple de notre mère. Et certains sont trop petits pour avoir un peu de recul sur la situation.

Le match se poursuit sans que nous reparlions de ce sujet compliqué pour chacun de nous. Nous préférons profiter de l'ambiance, déconner avec Sander et crier comme des dingues quand notre équipe assure la victoire.

Au moment de partir, je n'hésite pas une seconde à accepter l'offre de Leander de me ramener à ma résidence.

— Quoi ? Tu m'abandonnes ? s'exclame Sander, sur un ton faussement offusqué.

— J'ai cru ne jamais réussir à m'extirper de ta boîte à sardine, tout à l'heure ! La Jeep de Leander va me sauver !

Brutus pose la main sur son cœur, comme si mes mots l'avaient poignardé.

— Une boîte à sardine ? Je vais faire semblant de pas avoir entendu. Bonne nuit, Moustique. Leander, sois sage !

L'intéressé secoue la tête avant de se diriger vers sa voiture. Je le suis tout en envoyant un baiser à mon ami qui fait semblant de se le prendre en pleine poire. Parfois, j'ai la sensation que Sander se planque derrière son caractère clownesque comme je le fais avec mes sarcasmes, mais je dois reconnaître que la plupart du temps, il me fait mourir de rire.

Alors que je monte dans la voiture, je pousse un discret soupir de soulagement. L'habitacle dégage l'odeur de son propriétaire. Odeur qui m'a toujours semblé réconfortante. Dans ma tête, elle est le symbole d'un bien-être sur lequel je n'ai jamais vraiment réussi à mettre des mots.

Le trajet jusqu'à ma résidence est court, et ni Zeus ni moi n'avons envie de briser le silence confortable qui nous entoure comme un cocon. Je ne sais pas comment il voit les choses mais, cette fois, j'ai envie de prendre le temps de profiter de ce que nous avons au-delà du sexe. Cette amitié, cette connexion.

Je ne remarque pas tout de suite qu'il s'est arrêté devant Lincoln Hall. Je vois sur son visage qu'il n'a pas plus envie que moi de mettre un terme à cette soirée. Mais je ne cède pas à mon impulsion de lui proposer de venir avec moi.

— Merci de m'avoir ramenée. Je t'appelle demain, OK ? On pourrait peut-être réviser ensemble pour les exams de la semaine prochaine.

J'ai envie d'ajouter « comme au bon vieux temps », mais je sais que je n'en ai pas besoin. Nous sommes sur la même longueur d'onde.

— OK, je viendrai te chercher, si tu veux. Ou je peux venir là aussi, pas d'importance.

Nous sommes aussi empruntés l'un que l'autre. Je hoche la tête pour acquiescer et sors de la voiture. Sur un coup de tête, je me plante devant la fenêtre du côté conducteur. Leander lève un sourcil intrigué et s'empresse de baisser sa vitre.

— J'ai oublié de te souhaiter bonne nuit.

Je me hisse sur la pointe des pieds, une main sur le rebord de la portière, et dépose un léger baiser sur ses lèvres. C'est sans aucun doute le plus sage que nous ayons échangé, mais c'est déjà presque trop pour mon self-control. J'en voudrais plus, mais je me suis promis de prendre mon temps il y a à peine quelques secondes.

Je recule avant que mes bonnes résolutions ne s'effondrent et affronte une seconde les iris brûlant de désir de Zeus. Je me retourne alors d'un mouvement vif et regagne ma résidence en courant.

Une fois dans ma chambre, je me débarrasse de mon manteau, de mes boots et de ma robe avant de passer un débardeur du *Bottom Lounge* qui m'arrive aux cuisses. Je me faufile sous ma couette et me roule en boule pour me réchauffer. Alors que je ne m'y attendais pas, la solitude me frappe de plein fouet. J'aimerais que Leander soit ici près de moi et je me mettrais des baffes d'avoir décidé de prendre mon temps.

Le pire, c'est que ce n'est pas nos parties de jambes en l'air qui me manquent le plus. Ce que je crève d'envie de retrouver, c'est sa présence. Ce sont ses bras réconfortants et son torse chaud contre lequel je me blottis. C'est son cœur qui bat sous mon oreille et qui me berce jusqu'à l'endormissement.

41

Leander

Je reste un temps infini, les mains crispées sur le volant, sans parvenir à me résoudre à démarrer. J'ai encore le goût des lèvres de Nyx sur les miennes, de ce baiser trop vite avorté.

Je ne m'étais pas rendu compte combien elle m'avait manqué avant de la retrouver, avant de sentir de nouveau sa présence, son odeur, son sourire.

Je serre les dents pour ravaler le cri de frustration qui ne demande qu'à s'échapper de mes lèvres. Et sans me poser plus de questions, je coupe le moteur, sors de la voiture et avance rapidement jusqu'au dortoir de Nyx.

Quelques filles discutent dans le couloir et se taisent lorsqu'elles me découvrent à quelques mètres. Leur surprise disparaît rapidement au profit de sourires plus ou moins enjôleurs. Je me contente de leur offrir un signe de tête, même si l'une d'elles m'alpague et me demande si j'ai envie de passer la soirée avec elle. Je secoue la tête. Il n'y a pas si longtemps, je ne me serais pas fait prier. Les souvenirs de ma soirée en compagnie de trois filles me reviennent d'ailleurs en mémoire, et je ferme brièvement les yeux en grimaçant. *J'ai vraiment fait n'importe quoi...*

L'espace d'un instant, je me demande si j'aurai le courage de l'avouer à Nyx. Peut-être que je devrais garder ça pour moi, mais je sais que les rumeurs vont vite ici, surtout lorsque j'en suis la cible. Que je le veuille ou non, beaucoup de filles n'hésitent pas à crier sur tous les toits qu'elles ont baisé avec moi.

Perdu dans mes pensées, je dépasse la porte de la chambre de Nyx. Je reviens sur mes pas, conscient des regards qui me suivent, cherchant à savoir pour quoi, ou pour *qui,* je suis venu ici.

Je m'apprête à frapper lorsque je retiens mon geste. Peut-être que je devrais laisser tomber et rentrer, peut-être que c'est trop tôt, peut-être que je ne suis pas prêt à me faire rejeter une nouvelle fois. Pourtant, rapidement, mon besoin d'être avec elle surpasse ma peur. Je frappe doucement.

J'ai l'impression d'attendre une éternité avant que Nyx n'ouvre la porte, et je ne peux retenir mon sourire lorsque je la découvre, simplement vêtue d'un tee-shirt, démaquillée, ses cheveux retenus à l'aide d'une pince, laissant échapper des mèches folles. Elle m'observe sans rien dire, affichant un air perplexe.

— Salut, soufflé-je, à court de repartie.

Pour être honnête, je n'ai pas envie de parler, je voudrais juste me serrer contre elle et retrouver sa chaleur.

— J'étais sur le point d'aller me coucher.

— D'accord.

La tension est palpable, comme si nous ne savions plus quoi nous dire. Ou plutôt, comme s'il y avait beaucoup trop de choses à dire sans savoir par où commencer.

Nous nous fixons du regard un long moment, et juste au moment où je me demande si je ne ferais pas mieux de faire demi-tour, Nyx recule pour m'inviter à entrer. J'avance d'un pas et avise son lit défait sur lequel trône son ordinateur portable.

— Qu'est-ce que tu regardais ? lui demandé-je avec un signe de tête en direction de l'écran sur pause.

— *Breaking Bad.* J'ai du retard sur la dernière saison, répond-elle en haussant les épaules.

Je hoche la tête, et sans en avoir conscience, ma main vient ôter une mèche qui tombe devant son visage pour la replacer derrière son oreille. Elle semble retenir son souffle, mais ne cherche pas à reculer. Ses lèvres s'entrouvrent, et elle pousse un soupir.

— Je...

— Tu me manques.

Les mots s'échappent de ma bouche avant que j'aie eu le temps de les ravaler. C'est la vérité, son absence me tue, et même si je sais que tout est loin d'être réglé entre nous, j'aimerais qu'elle m'offre juste cette soirée. Je voudrais qu'elle me permette de la retrouver.

— Leander...

C'est étrange de la voir aussi mal à l'aise. Ça me fait mal au cœur. Je voudrais lui faire comprendre qu'elle peut tout me dire, qu'elle n'a pas besoin de se restreindre avec moi.

— Je ne sais pas si je suis prête à te donner ce que tu attends de moi.

— Je n'attends rien.

— C'est faux.

Je souris malgré la douleur provoquée par ses mots. Parce qu'elle me connaît par cœur.

— Tu as raison. Mais accorde-moi juste ce soir. S'il te plaît. Donne-moi au moins ça. Montre-moi que tu n'es pas déjà passée à autre chose.

Parce que ça me tuerait. Même si je me refuse de lui avouer, par peur de la faire fuir une nouvelle fois. Mon cœur bat un peu trop vite, et j'ai du mal à déglutir.

— D'accord.

Je ferme brièvement les yeux, retenant mon envie de dévorer ses lèvres.

Elle se dirige vers son lit et se glisse entre les draps, s'assurant de me laisser une place. Ni une ni deux, j'ôte mes fringues, ne gardant que mon boxer. J'ai l'habitude de dormir à poil, même avec elle, surtout avec elle. Elle m'observe tandis que je dépose mes vêtements sur une chaise et hausse un sourcil.

— Quoi ?

— Rien, répond-elle en souriant. Je n'ai plus l'habitude de te voir aussi habillé.

Je souris en retour, content de constater que le moment de gêne est révolu.

— Je prends simplement mes précautions.

— Parce que ce bout de tissu est la seule façon de contenir l'animal qui est en toi ?

Encore une fois, elle marque un point, et je lui accorde volontiers. Je la rejoins, et mon corps se colle aussitôt contre le sien, avide de la retrouver.

— Ça te dérange si je finis mon épisode ?

Je secoue la tête et dépose un baiser sur son épaule.

— Non. De toute façon, je les ai déjà tous vus.

— Alors, me spoile pas.

— Promis.

De toute façon, même si j'en avais eu l'intention, je n'aurais pas pu. Parce que, même si je n'ose pas coller mon corps contre le sien, je ne résiste pas à nicher mon visage dans ses cheveux. Aussitôt, mes yeux se ferment, et je plonge dans le sommeil. Comme si mon esprit avait compris que j'avais enfin retrouvé ma place.

42

Nyx

Cela fait presque quinze minutes que j'ai éteint la vidéo sur mon ordinateur portable. L'image sur laquelle je me suis arrêtée est toujours figée sur l'écran, et la lueur éclaire doucement le profil de Leander.

Je n'en reviens toujours pas qu'il soit ici, dans mon lit. Jamais je n'aurais imaginé que la soirée se terminerait de cette manière. Quand je l'ai vu sur le pas de ma porte, j'ai cru un instant m'être endormie devant Netflix et être en train de rêver. Mais non. Zeus est tout ce qu'il y a de plus réel.

Je finis par lentement tendre le bras pour fermer mon ordinateur. Je n'ai plus du tout envie de me replonger dans cette série que j'adore pourtant d'habitude. Depuis que Leander s'est glissé sous mes draps, je ne parviens pas à comprendre l'action et les dialogues qui se déroulent devant moi.

Je me contorsionne légèrement pour déposer mon portable sur ma table de chevet et reprends ma position initiale : couchée sur le côté, le regard rivé sur Leander. Pendant un très long moment, je n'ose plus bouger. Je n'ai pas envie de dormir et je n'ai pas non plus envie de faire autre chose que de le regarder.

Quelques centimètres nous séparent, malgré l'étroitesse de mon lit de chambre universitaire. Je sais qu'il n'a pas osé m'enlacer ou même se coller davantage à moi. Alors, même quand je décide de prendre une position plus confortable, je fais attention de ne pas le toucher.

Les minutes passent. Peut-être même les heures, mais je ne dors toujours pas. Le sommeil me fuit, et les bras réconfortants de Leander semblent me narguer. Je suis fatiguée, et ce n'est pas l'heure tardive qui est en cause. Non, je suis fatiguée de lutter contre cet instinct qui m'a poussée vers lui depuis que j'ai déversé le contenu de mon estomac sur son tee-shirt blanc. Je décide alors d'arrêter de nous imposer cette distance. Elle n'a pas lieu d'être, et Zeus m'a prouvé mille fois qu'il n'en avait rien à foutre du regard des autres. Il l'a prouvé en me choisissant moi alors qu'il aurait pu avoir n'importe quelle fille de ce campus. Une qui sait marcher avec des escarpins et qui ne considère pas le noir comme une couleur primaire. Il l'a prouvé en m'amenant chez lui pour Thanksgiving et en tenant tête à son père pour moi. Il l'a prouvé en supportant cette relation que je m'entêtais à garder sans attaches, même si ça fait un moment que je sais qu'il souhaite plus.

Alors que j'essaie de trouver une manière de me glisser sous son bras en passant inaperçue, c'est finalement lui qui, dans son sommeil, m'invite dans son étreinte. Il dort toujours, c'est simplement un geste qu'il a fait si souvent que son subconscient a pris la décision à sa place.

Voilà. C'est ici la meilleure place au monde. Si j'avais le choix, c'est ici que je passerais le reste de ma vie. Et même si cette pensée me terrifie toujours autant, je décide de me laisser porter par le flot de mes émotions. Serrée contre Leander, bercée par les battements de son cœur, je sombre dans le sommeil en quelques secondes.

Je me réveille en sentant le lit bouger à mes côtés. Leander doit prendre une tonne de précautions, mais vu la taille de mon lit et la qualité de mon sommeil, c'était perdu d'avance s'il essayait de ne pas me réveiller. Je n'ai pas envie d'ouvrir les yeux. J'ai peur de ce qui pourrait se passer si je le faisais. C'est ridicule, si Leander regrette d'avoir passé la nuit ici, que je le regarde dans les yeux ou pas n'y changera rien.

Je finis par décider d'arrêter de faire la gamine quand il se lève du lit. Cette fois, c'est la peur qu'il se barre sans rien me dire qui me pousse à agir. J'ouvre les paupières, et il se fige en me regardant avec un sourire.

— Je suis désolé. Je ne voulais pas te réveiller, mais ce lit est vraiment minuscule. Je me rappelle maintenant pourquoi on a toujours passé la nuit à la coloc. Les lits une place, c'est bien quand tu fais rentrer ta copine du lycée en douce pendant que tes parents dorment.

Je m'assieds sur mon matelas et m'appuie contre le mur derrière moi.

— Faudra que tu me racontes ça. Je ne me suis jamais risquée à ce genre d'acrobaties, moi.

— De quoi ? Passer par la fenêtre d'un petit copain ?

Je m'étoufferais presque de rire en m'imaginant entrer chez mes « petits amis » de lycée de cette façon. J'ai toujours choisi ces derniers en m'assurant que ce sont ceux que mes parents détesteraient le plus. L'esprit de rébellion poussé à l'extrême.

— J'étais plus une ado « banquette de voiture ». Je ne faisais pas entrer mes copains chez moi par la fenêtre. Le duo parental aurait eu une crise cardiaque avant de m'envoyer au couvent.

Il rit à son tour avant d'enfiler son tee-shirt. Je taperais presque du pied de frustration. Les gamineries, c'est décidément mon truc, ce matin.

En remarquant qu'il ne fait pas encore vraiment jour dehors, j'attrape mon téléphone pour avoir une idée de l'heure. Il est à peine huit heures.

— Tu dois aller quelque part ? Il est super tôt.

Ma question suspend sa main tendue vers son jean. Il se tourne vers moi, et je sens une sorte de réserve dans son regard. Je ne saurais la déchiffrer mais je sais que ce n'est pas d'avoir passé la nuit avec moi qui lui pose problème. C'est autre chose, un sujet beaucoup plus douloureux... Et soudain, cela me revient, et je me mettrais des baffes de ne pas avoir réagi plus tôt.

— Tu vas rendre visite à ton frère, c'est ça ? Désolée, ça m'était sorti de la tête.

— T'as pas à t'excuser, Nyx. J'aurais préféré rester là, crois-moi. Mais si j'y vais pas aux dates prévues, je peux pas reporter. Et Joachim ne voit personne d'autre que moi depuis un bout de temps.

Sans rien dire, je me lève et me dirige jusqu'à mon dressing. Je n'hésite pas longtemps devant ma penderie et me débarrasse du tee-shirt avec lequel j'ai dormi afin de pouvoir m'habiller. C'est un raclement de gorge derrière moi qui me rappelle brusquement la présence de Leander dans la chambre. Ce n'est pas que je l'avais oublié, mais je suis tellement habituée à me désaper devant lui sans pudeur que je n'ai pas réfléchi. Mais, après tout, ce n'est pas comme si c'était la première fois qu'il me voyait à poil. Je ne vais pas jouer les prudes maintenant. Alors, comme si de rien n'était, je passe un débardeur et un jean. Je me retourne après avoir enfilé un pull qui découvre l'une de mes épaules et me dirige vers un Leander étrangement muet.

— Voilà, je suis prête.

— Hein ?

— Ce sont mes fesses qui t'ont fait perdre la capacité de t'exprimer de manière cohérente ?

Mes mots le font sourire. Ses yeux pétillent, et je me rends alors compte combien cela m'avait manqué. Quand Leander sourit, je suis persuadée que la terre s'arrête de tourner une seconde. Impossible de concevoir qu'il n'ait de l'impact que sur moi.

— Ça m'avait manqué, finit-il par lâcher.

— De quoi ? Mes fesses ?

— Oui, aussi. Mais tes sarcasmes et tes piques, surtout.

Je pourrais être vexée, mais après tout, n'est pas J-Lo

qui veut. Mon humour pourri est bien plus développé que mon derrière.

— Mes fesses vont te faire la gueule, je te préviens. Autant partir maintenant, avant qu'elles ne se mettent à te dire des choses désagréables.

Il fronce les sourcils et me regarde enfiler ma veste d'hiver, perplexe.

— Tu veux aller où ?

— Je viens avec toi, Zeus. On n'a pas déjà eu cette conversation ? Je savais que tout ce foot finirait par te brûler les neurones.

Je saisis la poignée de la porte quand il se précipite pour me retenir.

— Attends, Nyx ! Te sens pas obligée de faire ça. On peut se retrouver quand je serai rentré.

Son expression me fait mal. Il s'attend à ce que je saute sur cette occasion pour me débiner. Il est persuadé que je ne le fais que par pitié. Ma main se pose sur sa joue. Ce matin, je m'en veux encore plus de ne pas m'être ouverte à lui plus tôt.

— Je ne me sens pas obligée. J'ai envie d'être avec toi, et si c'est dans le parloir d'une prison, alors c'est là que je serai aussi. J'espère pour toi que tu t'es occupé de la paperasse comme je te l'avais demandé, parce que le contraire signifierait que tu ne m'as pas crue la première fois, et honnêtement, ce serait très vexant.

Il me dévisage pendant un long moment, mettant dans son regard tout ce qu'il ne parvient pas à exprimer avec des mots. C'est en silence que je finis par lui prendre la main pour le guider jusqu'à sa Jeep garée devant ma résidence. Il la déverrouille à distance et m'ouvre la portière du côté passager. Avant que je ne puisse monter dans l'habitacle, il me retient et m'attire dans son étreinte. Tous ses muscles sont crispés, et je comprends alors à quel point ces visites à la prison lui pèsent. J'essaie de me mettre à sa place, et la simple idée de voir Silas derrière d'épais barreaux métalliques me fait frissonner. Alors, je raffermis mon étreinte, bien décidée à lui faire comprendre qu'aujourd'hui, il n'est pas seul. Et que si ça ne tenait qu'à moi, il ne le serait plus jamais.

43

Leander

Même si j'ai tenté de la dissuader, j'espérais que Nyx m'accompagnerait. Et contrairement à ce qu'elle semble penser, je l'ai réellement prise au sérieux lorsque nous en avons discuté. Parce que c'est Nyx dont on parle, et qu'elle ne dit jamais rien qu'elle ne pense pas. Alors, en effet, j'avais déjà fait la demande d'autorisation en sa faveur.

Et pour être honnête, même si elle s'est endormie à peine avons-nous quitté le campus, je suis content qu'elle soit là, avec moi. Le trajet me semble moins pesant et mon cœur moins lourd au fur et à mesure que les kilomètres me rapprochent de mon frère.

Je me demande comment Joachim va réagir quand il va découvrir que je suis venu accompagné. Rien qu'à imaginer sa tronche, un sourire ourle mes lèvres.

Un bâillement attire mon attention, et je tourne brièvement la tête pour découvrir Nyx qui s'étire.

— Salut, la marmotte.

Elle se frotte les yeux et semble perdue, l'espace d'une seconde, avant de se souvenir de l'endroit où elle se trouve.

— On est encore loin ?

Moins de vingt minutes.

— J'ai dormi si longtemps que ça ? s'exclame-t-elle, surprise.

— Ouais. Et pour une fois, tu as à peine ronflé. Juste un peu bavé.

Elle s'essuie rapidement la bouche avant de grommeler un « menteur », puis se redresse sur son siège et jette un coup d'œil à travers la fenêtre.

— Tu crois que ce serait possible de s'arrêter prendre un café ? Je suis en manque.

Moi aussi. En fait, il était prévu qu'on passe par un Starbucks avant de tailler la route, mais Nyx s'est endormie si rapidement que je n'ai pas osé la réveiller. Elle semblait avoir vraiment besoin de sommeil.

— Je vais prendre la prochaine sortie, dis-je en hochant la tête.

Alors que nous nous garons devant un café et en profitons pour acheter un petit-déjeuner rapide, je décide de prendre un muffin à la myrtille pour Joachim. Je sais que ça lui fera plaisir.

— Il lui reste combien de temps à faire ? demande Nyx une fois que nous avons repris la route.

— Plusieurs années. Trois minimum, s'il obtient une remise de peine.

L'espace d'un certain temps, elle ne répond rien. Puis, comme si elle avait réfléchi à tout ça, elle prend une gorgée de café et murmure.

— Parfois, je me demande ce que je serais devenue si j'avais pas grandi dans une famille hyper tradi, ou si j'avais été fille unique, ou encore si j'avais pas passé toute mon adolescence à me sentir prisonnière... Tu vois ?

Ouais, je vois parfaitement. Parce que moi aussi, je me demande souvent si les choses auraient pu être différentes si je n'étais pas né au sein d'une famille pétée de thune mais dysfonctionnelle. Si mon frère ne s'était pas blessé ce jour-là, entraînant toute la merde qui en a découlé.

— Le truc, c'est qu'on ne peut pas changer le passé. Peu importe combien on en a envie, finis-je par murmurer.

— Il y a beaucoup de choses que tu voudrais changer ?

— Des tas...

Je soupire, et ma main se serre autour du volant. Ouais, des tas. À commencer par mon comportement de ces dernières semaines. Je sais que je dois en parler à Nyx. Pas seulement pour ôter cette putain de culpabilité que je ne peux m'empêcher de ressentir chaque fois que mon regard se pose sur elle, mais aussi pour que nous puissions reprendre notre relation sur des bases saines. Si relation il doit y avoir. Même si je sais que ce que nous partagions lui a manqué, je ne suis pas certain qu'elle soit prête à m'offrir ce que j'attends d'elle.

Je sens son regard sur moi et déglutis pour chasser la boule qui me noue la gorge. Ce n'est pas le moment de parler de ça.

— Je peux te poser une question ? dis-je en quittant une nouvelle fois l'autoroute pour m'engager sur la *N Refuge Road.*

— Tu peux. On verra bien si j'y réponds.

En lui jetant un nouveau coup d'œil, je constate qu'elle sourit.

— Pourquoi tu as si peur de devenir comme ta mère ?

Elle fronce les sourcils, et je décide d'expliquer ma pensée.

— Je veux dire, c'est clair que t'es pas le genre à vouloir dépendre d'un mec ni de qui que ce soit. Et tant mieux. Tu as du caractère et tu sais ce que tu veux. Alors, pourquoi ? T'as pas l'air partie pour suivre le schéma familial.

Je suis réellement curieux. Tout en elle crie son indépendance, sa force, sa ténacité. Elle ne s'écrase pas, elle ne se laisse pas marcher sur les pieds.

Elle reste silencieuse tellement longtemps que je me dis qu'elle ne va vraiment pas répondre à ma question, puis pousse un soupir.

— Je sais pas. Je crois que c'est plus une peur irrationnelle. Ou peut-être une vision biaisée de l'amour.

J'ai grandi avec cette image de dévotion absolue de ma mère pour mon père. Et j'ai longtemps cru que c'était la seule façon d'aimer. Je pense qu'une part de moi y croit toujours, malgré tout. Comme si l'amour, c'était de se donner entièrement à l'autre, quitte à s'oublier. C'est l'une des raisons pour lesquelles j'ai fui ma famille. Pour ne pas me laisser devenir comme elle. Et en même temps, j'arrête pas de me dire que ça pourrait finir par arriver. Que je pourrais tomber folle amoureuse d'un type et ne voir que par lui. Pas me rendre compte que je me suis laissé bouffer.

Et moi ? Est-ce que tu pourrais tomber amoureuse de moi ?

Si j'avais été un peu plus courageux, je lui aurais posé la question. Mais je suis trop lâche, j'ai trop peur que la réponse me brise en mille morceaux.

— Alors, tu vas continuer à garder tes barrières dressées toute ta vie ? Juste au cas où ?

Je ne peux retenir le soupçon d'amertume dans ma voix. C'est sûrement égoïste, mais j'aimerais qu'elle se rende compte que j'en vaux la peine. Parce que c'est la vérité. Je ne suis peut-être pas un saint, mais je suis loin d'être un sale type.

— C'est ce que tu crois ? demande-t-elle, et elle aussi semble sur la défensive, à présent. Tu crois que je ne les ai pas déjà baissées, mes foutues barrières ?

— Je sais pas...

Apparemment, ce n'était pas la bonne réponse, parce que lorsque mon attention se porte sur elle, je découvre son expression franchement agacée.

— Tu crois que je raconte ça à tout le monde ? Tu crois que je vais choper tous les mecs que je croise pour leur avouer à quel point ça me fait flipper de ressentir ce que je ressens pour eux ? Qu'ils me manquent quand ils ne sont pas là ? Que je respire mieux quand je suis dans leurs bras ? Après tout ça, tu ne me connais pas ?

Elle crache ces derniers mots avec tant de déception que j'en ai le souffle coupé. Je donne un coup de volant et m'arrête sur le bas-côté, au pied des arbres qui longent la route et marquent l'orée de la forêt qui s'étend sur des kilomètres.

— Qu'est-ce que... ?

— T'es sérieuse ? grondé-je en me tournant franchement vers elle. Quand tu me dis que je ne te connais pas ? C'est vraiment ce que tu penses ?

Elle m'observe, et je crois qu'elle ne comprend pas vraiment mon éclat de colère soudain. Mais putain, ça m'a fait mal.

— Parce que c'est pas comme si je n'avais pas essayé. C'est toi qui as tenu à ne rien me raconter. Pendant que moi, je te parlais de mon frère, de Sydney, que tu as vu à quel point mon père était un putain d'enfoiré. Je ne t'ai rien caché. Je t'ai avoué des trucs que personne n'a jamais sus avant toi. Je me suis foutu à poil. Je t'ai dit que je t'aimais. Et toi...

— Alors, c'est ça ? me coupe-t-elle. C'est quoi, le truc ? Confie-moi tes secrets et je te confierai les miens ?

Elle croise les bras et m'observe comme si je l'avais trahie. Comme si je m'étais comporté comme le pire des connards.

— Oui ! Oui, putain !

Elle continue à me scruter, choquée.

— Mais merde, Nyx. C'est comme ça que fonctionnent les relations ! C'est pas simplement se marrer, baiser et faire les cons. C'est aussi apprendre à se connaître...

— Ah ! Parce que tu es un pro en matière de relations, maintenant ? C'est nouveau, ça ?

— J'ai jamais dit ça ! Mais j'apprends. J'essaie, au moins. Avec toi.

— Pourquoi ?

— Comment ça, pourquoi ?

Elle va vraiment finir par me rendre dingue.

— Pourquoi moi ? Alors qu'il y a des tas de filles qui n'attendent que ça ? Pourquoi est-ce que tu continues à insister ? Pourquoi tu te prends la tête avec moi alors que t'aurais qu'à claquer des doigts pour avoir des tas de filles qui te correspondent bien mieux que moi.

Alors, c'est ça. En fait, elle n'a pas uniquement peur de ses sentiments, elle a tout aussi peur de ne pas être à la hauteur.

— Tu te trompes.

— Ouais, c'est ça. Fais le modeste, ricane-t-elle.

— Tu sais pertinemment que la modestie ne fait pas partie de mes principales qualités.

Même si c'est la vérité, je tente juste d'essayer de calmer le jeu, avant qu'on ne finisse par s'étriper. Ce n'était pas censé tourner comme ça. Mais avec Nyx, je dois m'attendre à tout, je suppose.

Au moins, ça fonctionne, vu que ses muscles semblent se détendre et qu'elle esquisse un sourire, bien que réticent.

— Je sais que je pourrais avoir n'importe qui. Et justement, c'est ça, le truc. Je ne veux pas n'importe qui. Je ne veux que toi.

Elle se mord la lèvre, comme si elle considérait mes paroles, puis finit par murmurer.

— Mais pour combien de temps ?

Elle a l'air si fragile, tout à coup, que c'est plus fort que moi. Je me penche vers elle, effleure sa joue de mes doigts avant de poser mon front contre le sien.

— Tu sais très bien que je ne peux pas répondre à cette question. Et je sais que tu flippes. Moi aussi, je flippe. Mais parfois, ça vaut le coup de prendre des risques. Et j'ai envie de croire que c'est notre cas. J'ai envie de croire que j'en vaux la peine. Parce que toi, tu en vaux la peine, Nyx. Et je suis prêt à me retrouver le cœur en miettes, parce qu'au moins, moi, j'aurai eu le courage de t'aimer.

Elle ne répond rien. Je ne m'attendais pas à ce qu'elle le fasse, de toute façon. Elle se contente de hocher la tête puis recule, ancrant son regard au mien. Je devine qu'elle est toujours sur ses gardes, mais lorsque son visage s'approche du mien, que je sens son souffle contre mes lèvres avant que sa bouche ne se pose sur la mienne, que je redécouvre ses baisers, si doux, au goût de café, que je glisse ma main sur sa nuque pour approfondir notre étreinte et qu'elle pousse un gémissement, je ne peux m'empêcher d'espérer. De me dire qu'ensemble, on parviendra à surpasser tout ça, et qu'à la fin, tout ira bien.

44

Nyx

La sensation des lèvres de Leander sur les miennes subsiste encore longtemps après que nous avons repris la route qui mène à la prison. Nous ne parlons plus, chacun est perdu dans ses propres pensées.

Peut-être qu'il faut juste que je prenne le risque. Celui de me casser la gueule violemment et de me retrouver comme une conne sans lui, le cœur en miettes. Même si c'est effrayant, au moins, j'aurai essayé. J'aurai vécu ma vie à fond et profité de chaque instant.

Le paysage défile jusqu'à ce que Leander arrête sa Jeep sur un emplacement de parking devant un bâtiment gris entouré de hauts murs surmontés de barbelés. Les miradors aux quatre coins ne laissent aucune place au doute : nous sommes arrivés.

L'endroit est si austère que c'en est ridicule. Comme pour rappeler aux visiteurs qu'ils sont sur le point de pénétrer dans un établissement pénitentiaire. Zeus n'a jamais été aussi lugubre. Il a coupé le moteur de sa voiture mais n'a toujours pas esquissé le moindre mouvement. Ses mâchoires sont si serrées que je crains qu'il se pète une dent. Le stress qui s'est emparé de lui rend l'air irrespirable dans l'habitacle de la voiture. Une petite part de moi, vulnérable et hésitante, ne peut pas s'empêcher de se demander si ce sont les retrouvailles avec son frère qui le mettent dans cet état ou si c'est le fait de me présenter à Joachim. Je la fais taire. Aujourd'hui, il n'est pas question de moi mais de l'homme pour lequel j'éprouve des sentiments que je peux de moins en moins ignorer. Alors, je tends la main pour entrelacer mes doigts avec les siens.

— Est-ce que ça va ? demandé-je presque timidement.

Il se tourne vers moi, l'air surpris de me trouver ici, comme s'il avait oublié que je l'ai accompagné.

— Oui... Enfin, non. Pas vraiment. Ça me retourne toujours de venir le voir. Chaque fois, ça me rappelle violemment à quel point il me manque. Je suis sans doute un frère horrible, mais j'ai déjà souhaité qu'il me demande de ne plus venir.

Je secoue la tête. Leander est vraiment un type bien. Et le pire, c'est qu'il n'en a même pas conscience.

— Ça fait de toi un être humain exceptionnel, surtout. N'importe qui viendrait dans cet endroit à reculons. Et tu continues à venir. Pour Joachim. Tu as le droit de te sentir mal en arrivant et en repartant. Ça te classe pas dans la catégorie frère en carton du tout.

Il me sourit. C'est un minuscule sourire, qui n'atteint même pas ses yeux bleus. Toutefois, vu les circonstances, je considère que ce n'est déjà pas si mal.

— Merci, Nyx. D'être venue. Ça compte plus pour moi que je ne pourrai jamais l'exprimer.

C'est à mon tour de devenir muette. Heureusement, Leander n'attend pas que je lui réponde et descend de la Jeep. Je l'imite et le rejoins. C'est à ce moment qu'un détail de taille me percute.

— Comment ça marche les autorisations pour pouvoir rendre visite à quelqu'un en prison ? Ça n'a pas été trop galère d'en obtenir une pour moi ? Mes maigres connaissances juridiques viennent de *New York, police judiciaire* et d'*Esprits criminels*.

Leander ricane de mon aveu, et je me félicite de lui avoir permis de retrouver un peu de sa légèreté.

— C'est assez simple. Il suffit d'envoyer une lettre au détenu, et c'est lui qui demande que la personne soit mise sur sa liste de visiteurs. Ça leur permet de garder un tout petit peu de maîtrise sur leur vie.

Sans se départir de son air amusé, il attrape ma main et commence à m'entraîner vers l'entrée de la prison.

— Quand tu as insisté pour venir le voir avec moi, le jour où je t'ai parlé de mon frère, je lui ai envoyé un courrier. Il a accepté, sans manquer de me charrier au passage. Je ne lui ai jamais présenté aucune copine, même avant qu'il ne se retrouve en prison.

Cette info me fait ralentir le pas. Je me reprends immédiatement, mais ma réaction n'a pas échappé à Leander qui grimace.

— Désolé. Je ne voulais pas te faire flipper.

— C'est moi qui suis désolée. C'était un vieux réflexe.

J'appuie mes dires en attrapant sa main. Nos doigts entrelacés, c'est moi qui l'entraîne cette fois vers l'entrée. J'ai beau savoir que je pourrai ressortir sans problème dans quelques heures, je n'en suis pas moins impressionnée. Les gardes armés jusqu'aux dents, les murs d'enceinte d'une hauteur vertigineuse, les barbelés. Je n'ose pas imaginer ce que ressent un détenu en découvrant la prison pour la première fois. Je n'ose pas penser à ce qu'a ressenti Joachim, qui était à peine plus vieux que Leander à l'époque.

À l'extérieur, nous passons sous un premier détecteur de métaux, puis sous un second juste après avoir pénétré dans l'enceinte de l'établissement. Je n'ai rien à cacher mais je ne fais quand même pas la maligne.

— Comme c'est la première fois que tu viens, il va falloir que tu remplisses un document d'information. Pour s'assurer que tu n'es pas toi-même une ex-détenue ou que tu n'as pas d'arme sur toi, et vérifier que ton identité correspond bien à ce qu'ils ont enregistré.

Je le regarde avec de grands yeux.

— Vu les deux détecteurs de métaux, je ne vois pas quel genre d'arme je pourrais avoir sur moi. Un Nerf qui lance des balles en mousse ?

Devant moi, une gardienne claque un « Votre pièce d'identité ! », et je me retourne brusquement vers elle, à deux doigts de lever les mains en l'air. À mes côtés, Leander ricane.

Quand on m'a enfin remis mes papiers et la paperasse à remplir, je me laisse tomber sur une chaise juste à côté de Zeus qui se marre toujours sous cape. Il finit par se pencher vers moi pour me souffler à l'oreille :

— Un conseil, Vomito : évite les sarcasmes. Ici, ils ne comprennent pas vraiment le second degré.

— Message reçu, réponds-je en jetant des coups d'œil furtifs sur la gardienne qui continue à me regarder de travers.

Je prends ma tête d'enfant sage et sors un stylo pour remplir le formulaire qui nous permettra de voir le frère de Leander. Avec son aide, je complète les quelques informations demandées et vais docilement rendre mon papier à Madame Porte-de-Prison. Elle l'étudie pendant un temps qui me paraît infini, fait ensuite la navette entre le document et mon visage, comme si elle essayait de lire dans mes pensées. Je reste stoïque, un petit sourire innocent figé sur les lèvres. Quand elle grogne enfin un « Vous pouvez y aller ! », je laisse échapper un soupir de soulagement. Discret, le soupir. Je ne voudrais surtout pas qu'elle imagine que j'avais quelque chose à cacher.

Nous nous dirigeons ensuite vers un nouveau gardien, qui nous demande de déposer toutes nos affaires dans des casiers et nous fait passer sous un dernier détecteur de métaux. Son collègue nous accompagne jusqu'à la salle des visites et nous enjoint de nous asseoir à la table numéro sept en attendant le détenu.

À mes côtés, le visage de Leander s'est fermé. Je vois bien qu'il n'apprécie pas que son frère ne soit traité que comme un prisonnier.

L'attente semble interminable, surtout pour Zeus, qui ne cesse de battre la mesure avec son pied. Je me tourne à demi vers lui et pose ma main sur sa cuisse. Il cesse de gigoter mais ne détourne pas son regard de la porte au fond de la salle. Moi, c'est lui que je ne quitte pas des yeux, et cela me permet de voir son visage se transformer quand un bruit métallique me signale que cette fameuse porte s'est enfin ouverte sur la personne qu'il attendait. Ses traits se détendent, ses yeux clairs s'illuminent. Il redevient un petit garçon content de voir son grand frère, et mon cœur se serre de savoir dans quelles circonstances ces deux-là sont obligés de se retrouver chaque fois.

À mon tour, j'observe l'homme qui s'avance vers nous avec un air surpris sur le visage et je ne peux pas m'empêcher d'être choquée de la ressemblance entre les deux frères. Joachim est peut-être légèrement moins grand que Leander et ses cheveux un peu plus foncés, mais il a les mêmes yeux et arbore le même sourire.

— Je me demandais quand j'allais enfin faire connaissance avec la fameuse Eunice que tu m'avais demandé de mettre sur ma liste de visiteurs, frangin, lance-t-il en s'asseyant face à nous.

— Argh ! Ce prénom ! Nyx, s'il te plaît, ajouté-je en lui tendant la main. Zeus m'a beaucoup parlé de toi !

Par-dessus la table, les deux frères s'étreignent, contents de se revoir. Le regard pétillant de curiosité, Joachim se retourne de nouveau vers moi.

— Zeus ? demande-t-il.

— Une longue histoire, expliqué-je. À l'époque où j'ai rencontré ton frère, il pouvait vraiment se la jouer « dieu du campus ». Maintenant, je sais que ce n'est qu'une façade, mais le surnom est resté.

Joachim regarde son frère en rigolant.

— Elle me plaît bien ! Enfin une nana qui a compris qui tu es !

Leander me lance un regard, et je lui souris en pressant discrètement ses doigts sous la table. La conversation se poursuit sur le même ton, et je me délecte de la complicité des deux hommes. Je suis soulagée de voir Leander retrouver ce sourire qu'il avait perdu ce matin. Et si je dois venir dans ce lieu sinistre à chaque fois pour leur raconter des conneries à tous les deux, je le ferai.

45

Leander

J'observe Joachim et Nyx discuter comme s'ils étaient de vieux potes. Je ne sais pas si je dois être heureux de les voir si bien s'entendre, ou vexé qu'ils me calculent à peine.

— Je peux m'en aller, si vous voulez, grommelé-je entre mes dents.

Ça va bien faire cinq minutes qu'ils parlent de moi comme si je n'étais pas là. Non que je n'apprécie pas d'être le centre de la conversation, mais quand même.

Mon frère s'esclaffe tandis que Nyx lève les yeux au ciel.

— Voilà que sa *drama queen* intérieure ressort, soupire-t-elle.

Mon frère éclate d'un rire qui résonne dans la pièce austère. Tout le monde s'arrête de parler pour le dévisager. À croire que tout ce qui doit transpirer de ces murs sales soient les cris de désespoir et les pleurs des gosses.

— Hé ! laisse-moi profiter un peu de la présence d'une jolie fille. Ça me change de ta gueule de con.

— En attendant, tu aimes voir ma gueule de con.

Joachim tend le bras pour poser sa main sur l'une des miennes qui se trouvent sur la table et la serrer. Ce simple contact me file des frissons. Ce qu'il me manque ! Je n'en peux plus de ne le voir que quelques minutes par mois dans cet environnement merdique. Vivement qu'il sorte d'ici et qu'on puisse reconstruire notre relation.

— Ouais, tu sais très bien que tu es mon petit rayon de soleil.

Il le dit de manière légère, et Nyx ricane, mais moi, ça me noue la gorge. Parce que c'est ainsi qu'il m'appelait quand j'étais petit. Avec ma tignasse blonde et mes joues potelées, il avait l'habitude de déposer un baiser sur mon crâne avant de m'ébouriffer les cheveux et de m'affubler de ce surnom.

— Alors, racontez-moi, vous vous êtes connus comment, tous les deux ?

Je tourne la tête vers Nyx dont les yeux brillent d'une lueur malicieuse, m'obligeant à retourner des mois en arrière, lors de cette soirée où elle a flingué mon tee-shirt en me gerbant dessus. Ce qui fait hurler de rire mon frère qui tape dans la main de Nyx en s'écriant « bien joué ! ».

Je laisse Nyx lui raconter nos aventures tandis que, un sourire au coin des lèvres, je l'écoute sans l'interrompre, aimant son air enjoué et son excitation, même si ça veut dire la laisser me faire passer pour un ours mal léché.

***

C'est la première fois que je quitte la prison sans avoir envie de pleurer. Je n'aurais jamais pensé que la présence de Nyx m'apaiserait autant. Sans compter qu'elle et Joachim se sont instantanément appréciés.

— C'est dingue à quel point vous vous ressemblez, déclare Nyx à peine avons-nous grimpé dans la voiture.

— Tu trouves ?

— Ouais. Enfin, il est carrément plus sexy, c'est clair, mais vous...

Elle se tait lorsque je lui jette un regard noir et éclate de rire avant de se pencher vers moi pour emprisonner mon visage entre ses mains. Sa bouche recouvre brièvement la mienne, et je me perds dans la douceur de notre étreinte.

Elle finit par reculer et m'offre un sourire.

— Je suis content que vous vous soyez aussi bien entendus. Mon frère... c'est la seule personne que je considère comme ma famille, alors c'est important pour moi que...

Le reste de ma phrase se meurt dans ma gorge, parce qu'encore une fois, j'ai peur de la faire flipper et qu'elle s'enfuie à nouveau. La vérité, c'est que lorsque Joachim m'a glissé un « elle est géniale, ne la laisse jamais partir, espèce d'enfoiré chanceux » à l'oreille alors qu'il me serrait fort dans ses bras pour me dire au revoir, je lui ai répondu que je n'en avais pas l'intention. Parce que je suis amoureux d'elle, même si je crains toujours qu'elle finisse par me briser le cœur.

— Enfin, tu vois, terminé-je en passant une main dans mes cheveux.

Elle hoche la tête, sans chercher à arracher de ma bouche les mots que je ne suis pas parvenu à prononcer à voix haute. Je crois qu'elle est consciente de ce que je m'apprêtais à dire, tout comme je devine qu'elle ne souhaite pas vraiment s'engager sur ce terrain un peu trop glissant.

Je démarre et quitte ma place de parking pour reprendre la route. Durant le trajet, nous évoquons des sujets sans importance. Nous parlons des cours, des entraînements de foot, de la maison de retraite, du boulot de Nyx. C'est alors que la discussion dévie sur Sander et sur son altercation avec Jer'.

— Qu'est-ce qui s'est passé exactement ? demande Nyx. Sander m'a dit qu'il avait été à deux doigts de casser la gueule de Jeremiah à cause de toi.

Mes mains se crispent sur le volant. Ce n'est vraiment pas le moment d'aborder le sujet. Même si je compte me montrer honnête et lui avouer que j'ai merdé, il est hors de question que nous ayons cette discussion dans ma bagnole. C'est trop étroit, trop étouffant. Et je ne pourrai pas étudier sa réaction si je dois me concentrer sur la route. En plus, connaissant Nyx, elle risque d'avoir envie de sauter de la voiture alors qu'elle roule encore. Alors, je détourne le sujet du mieux que je peux.

— Ouais, on s'est un peu pris la tête avec Jer', et Sander est intervenu.

— *Un peu* pris la tête ? C'est pas ce que j'ai compris.

Je pousse un soupir et jette un rapide coup d'œil à Nyx. Elle semble réellement perplexe. Je sais que Sander et elle s'apprécient – *s'adorent* serait plus juste – mais j'ignore s'il s'est déjà confié à elle à propos de ses petits soucis de gestion de la colère.

— Ils s'entendent comme chien et chat. Parfois, j'ai l'impression que c'est un peu l'amour-haine entre eux.

Soudain, je me souviens des insinuations de Nyx, un matin, alors que nous étions tous installés autour de la table pour prendre notre petit-déjeuner. Je me demande si elle n'avait pas vu juste, et si Sander ne craquerait pas pour Jeremiah. Si c'est le cas, il ne m'en a jamais parlé, et ce n'est pas à moi de m'immiscer dans sa vie privée. Sans compter que je connais suffisamment Jer' pour savoir qu'il n'est pas intéressé. Les mecs, très peu pour lui, il préfère ses conquêtes avec plus de poitrine et moins de muscles saillants.

— C'est ce que j'ai cru comprendre, lâche Nyx.

— Ouais, du coup, ils ont tendance à partir au quart de tour.

Elle ne répond rien, et lorsque je porte de nouveau mon attention sur elle, je constate qu'elle me scrute sans sourciller.

— Mais tu sais que c'est pas vraiment le sens de ma question, pas vrai ?

— Je sais.

Elle n'insiste pas, et nous avalons plusieurs kilomètres dans un silence total et un peu emprunté. Je crois qu'elle devine que je lui cache quelque chose, et mon estomac se serre.

— Ça te dirait d'aller faire un tour avant de rentrer ? Je connais un endroit où j'aime bien me poser pour être tranquille. OK, c'est plus sympa l'été, mais...

Mais aujourd'hui, j'ai besoin de ça. De nous retrouver, rien que tous les deux, loin de la fac, et surtout dans une atmosphère moins lugubre que celle de la prison et moins étouffante que l'habitacle de la Jeep.

— Pas de souci. Je te suis. Non pas que j'aie vraiment le choix, de toute façon.

— J'ai pas l'intention de te kidnapper, Nyx. Si tu veux rentrer, je...

— Je plaisante. Allez, Zeus, arrête de te montrer si susceptible et fais-moi découvrir ce coin sympa.

Le lac de Creve Cœur se situe à une vingtaine de minutes de la fac. C'est un endroit paisible, même si l'été, il est souvent pris d'assaut par des familles et des groupes de jeunes. Au fil du temps, j'ai trouvé le meilleur endroit pour être tranquille. Aujourd'hui, je n'ai pas besoin de m'inquiéter de la foule, nous sommes en décembre, et seuls quelques promeneurs sont présents.

Je gare la Jeep sur le parking, et Nyx saute de la voiture.

— Wouah ! C'est magnifique, s'extasie-t-elle en s'avançant.

C'est le cas. Entourée d'une étendue d'arbres, l'eau scintille sous le soleil de l'après-midi. J'attrape la main de Nyx et la guide à ma suite. Nos pieds s'enfoncent dans le sable tandis que nous avançons jusqu'à un espace niché entre les arbres, nous offrant une certaine intimité.

Je me laisse tomber sur le sol et observe Nyx qui s'approche du bord de l'eau et s'accroupit pour poser sa main à la surface du lac.

— Bon sang, c'est gelé.

— C'est le principe d'un lac en plein hiver.

— Pas en Alabama, rétorque-t-elle en fronçant les sourcils.

Je souris et tends le bras pour l'inviter à me rejoindre. À peine est-elle assise à côté de moi qu'elle lève la tête et ferme les yeux, laissant les rayons du soleil lui réchauffer le visage. Je ne peux détacher mon regard de cette vision féerique. Elle est si belle, avec son petit nez retroussé, ses cheveux attachés en une queue de cheval dont des tonnes de mèches s'échappent. Sans en avoir conscience, je lève le bras et effleure sa joue du bout des doigts, presque comme si j'avais peur de rompre cet instant de sérénité, sans toutefois pouvoir m'empêcher de la toucher.

Je t'aime. Voilà ce que je voudrais lui hurler en cet instant. Ce qui est assez étrange, d'ailleurs. Avant elle, je n'ai jamais connu un tel sentiment. J'ai apprécié certaines filles, j'ai tissé des liens solides avec d'autres, comme Eva, mais jamais je n'ai éprouvé ce mélange de plénitude et de terreur qui m'étreint chaque fois qu'elle se trouve avec moi.

Songer à Eva me force à me rappeler qu'il est temps de cracher le morceau. Je me racle la gorge, et Nyx se tourne vers moi, les sourcils froncés devant l'expression légèrement penaude que je dois afficher.

— Tu dois être vraiment nul au poker, déclare-t-elle.

Je grimace en guise de réponse.

— Ou alors, tu commences à trop bien me connaître.

— Ça te fait peur ? demande-t-elle.

Je hausse un sourcil interrogateur.

— De quoi ? Que tu puisses lire aussi facilement en moi ?

Elle hoche la tête et se mord les lèvres.

— Ouais. Mais je crois que ça me plaît encore plus. De toute façon, j'ai pas envie de te cacher quoi que ce soit.

— Pourtant, c'est le cas, pas vrai ?

J'ai honte de m'être comporté comme je l'ai fait. Je sais que je ne l'ai pas trompée, car nous n'étions pas ensemble. *C'est ça, essaie de te rassurer.* Mais j'ai voulu me servir de ces filles, d'Eva, pour tenter d'oublier Nyx. J'aurais dû savoir qu'elle était trop profondément ancrée dans mes pensées pour que je puisse me débarrasser d'elle aussi facilement.

— J'ai déconné. Le fameux soir où Jer' et Sander se sont engueulés.

— Avec qui ? demande-t-elle simplement, comme si le savoir allait changer quoi que ce soit.

Je déglutis et secoue la tête.

— Eva.

J'attends qu'elle dise quelque chose. N'importe quoi, pourvu qu'elle arrête de me scruter en silence comme elle le fait. D'un seul regard, elle est capable de me faire me sentir comme la pire des merdes. Sauf qu'elle se tait, me poussant à continuer. Ou peut-être qu'elle préférerait que je me taise. Sauf que j'ai besoin de lui expliquer, qu'elle comprenne.

— J'ai pas couché avec elle. J'ai simplement...

— Profité d'elle ? suggère Nyx.

— Non !

Mon éclat de voix est bien trop fort, provoquant l'envol d'un oiseau qui passait par là.

— Non, putain ! Je...

Je me tais et passe une main dans mes cheveux, frustré. La vérité, c'est que Nyx a raison.

— Je voulais simplement qu'elle m'aide à oublier.

— Et ça a fonctionné ? demande-t-elle en détournant la tête, préférant reporter son attention sur le lac en face de nous.

— Tu sais parfaitement que non, grogné-je.

— Alors, c'est comme ça que ça marche ? Quinze jours sans me voir et tu es incapable de garder ta bite dans ton pantalon, crache-t-elle.

— Tu es injuste.

Elle pousse un profond soupir et se relève. Elle avance de quelques pas en direction du lac avant de se tourner vers moi.

— Je sais que c'était pas la première fois, souffle-t-elle.

— De quoi tu parles ?

— Tu crois vraiment que je ne suis pas au courant ?

Tu oublies que ma coloc est en couple avec ton pote, Leander.

Foutue Dee. Foutu Chase. Je vais les étriper !

— Il ne s'est rien passé non plus, murmuré-je.

— Décidément, tu sembles avoir un problème érectile. Tu as pensé à consulter ?

Et voilà. Elle se cache de nouveau derrière ses sarcasmes. C'est à mon tour de me mettre debout pour la rejoindre. Je veux qu'elle reste près de moi, suffisamment pour que je puisse l'atteindre, la toucher, la rassurer. J'emprisonne son visage entre mes mains. Alors que je crois qu'elle va me repousser, elle se laisse faire et pose son front contre le mien.

— Je suis désolé, Nyx. Sincèrement. J'étais en vrac. Je n'arrêtais pas de penser à toi, et ça me tuait. Je voulais juste...

— M'oublier ?

— Ouais.

— Pourtant, tu devrais savoir que je suis du genre inoubliable.

Je caresse sa joue du bout du pouce en souriant. J'ai l'impression que mon cœur est un peu plus léger à présent. Surtout lorsque je me rends compte qu'elle a compris les raisons qui m'ont poussé jusque-là, même si elles sont pathétiques.

— Leander... souffle-t-elle. T'as pas peur de l'eau ?

— Non, j'ai pas peur de l'eau, réponds-je sans comprendre le rapport entre sa question et notre conversation.

— Vraiment ? Alors, c'est le moment de le prouver.

Il me faut quelques instants pour comprendre où elle veut en venir. Je cligne des yeux avant de diriger mon regard vers le lac.

— T'es pas sérieuse ?

— Tu crois ? Tu sais que dans la mythologie, Leander était prêt à traverser les océans pour retrouver la femme qu'il aimait[13] ? Et toi ? Jusqu'où tu es prêt à aller pour me retrouver ? Pour nous retrouver.

---

13. Référence à l'histoire d'Héro et Léandre, dans la mythologie grecque. Habitant chacun d'un côté d'un détroit, Héro allume chaque soir une lampe pour que Léandre puisse la rejoindre à la nage.

46

Nyx

Leander me regarde, toujours aussi incrédule. La lueur de panique dans son regard s'atténue quand il remarque que la majeure partie du lac est gelée. Il ne semble pas l'être en son centre, sans doute à cause de sa profondeur, mais sur les rives, l'épaisseur de la glace semble conséquente.

— À force de venir à nos matchs, tu as dû remarquer que ma spécialité, c'est pas le hockey, hein ?

— Ah ! Non ? Le patinage artistique, peut-être, alors ?

Il secoue la tête, l'ombre d'un sourire se dessine sur ses lèvres.

— T'as toujours pas répondu à ma question, Zeus. Jusqu'où serais-tu prêt à aller pour nous ? Je sais que tu ne peux pas me fournir de garanties sur l'avenir, même si ça me fout une trouille bleue. Mais j'ai besoin que tu me montres que tu ne vas pas aller te cacher dans les jupes d'Eva ou de tes groupies dès que quelque chose n'ira pas entre nous.

Cette fois-ci, ce n'est plus de la panique que je lis dans ses yeux clairs mais de la culpabilité. Je ne lui en veux pas mais j'aimerais qu'il prenne conscience que si j'ai fui quand les choses ont commencé à devenir sérieuses entre nous, lui aussi a fui, d'une certaine manière.

Leander ne me répond pas, les yeux rivés sur l'étendue d'eau. Je ne sais pas s'il calcule ses chances de ne pas se retrouver le cul dans le lac, mais toujours est-il qu'il ne tergiverse pas longtemps avant d'avancer. Il pose délicatement sa chaussure sur la glace puis avance le pied en glissant sur quelques centimètres. C'est seulement quand tout lui semble solide qu'il ose avancer le deuxième pied. Incertain, il se retourne pour me regarder. Je n'ai pas bougé d'un pouce, les bras croisés sur ma poitrine, les sourcils froncés, juste pour faire bonne mesure.

— Ça serait quand même plus motivant si tu te trouvais de l'autre côté du lac !

— T'as qu'à faire fonctionner ton imagination. Je sais que tu n'en manques pas.

Il grogne un truc du genre « Qu'est-ce que je ne ferais pas pour toi ! », et je suis à deux doigts d'éclater de rire. Le voir avancer avec cette attitude crispée est sur le point de m'arracher des larmes.

— Dis, Zeus, je sais que prudence est mère de sûreté, mais tu vas vieillir prématurément à force d'être trop prudent.

— Je vois pas le rapport, grommelle-t-il en se retournant avec la grâce d'un hippopotame.

— C'est parce que tu ne vois pas ta tête à l'instant. Tes sourcils sont tellement froncés que tu vas finir par choper des rides. Ce serait dommage, franchement.

— Que veux-tu ? J'ai une petite amie cinglée qui m'envoie faire du patin à glace sans patin en plein mois de décembre. La prochaine fois, attends janvier, qu'on soit au moins sûr que la glace est solide !

Moi, je n'ai retenu qu'une chose dans son discours de grincheux.

— « Petite amie » ?

— Il y a intérêt, oui ! crie-t-il avant de se radoucir. Enfin, je veux dire... Si tu veux bien, quoi.

Si Leander joue le type sûr de lui, au fond, il flippe sans doute autant que moi.

— Évidemment que je veux bien ! Maintenant, ramène-toi, je me gèle les miches !

— Wouhou !

Zeus pousse un cri de victoire tonitruant au milieu de ce lac semi-gelé et saute en brandissant le poing en l'air. Sauf que cette fichue couche de glace qui avait tenu le coup jusqu'ici décide de céder sous le poids d'un Leander ahuri. Ses yeux s'écarquillent, et j'ai l'impression de vivre la scène au ralenti. La glace se fendille de toutes parts, et Zeus est plongé brusquement dans l'eau. D'un froid polaire, si j'en crois le cri qu'il pousse. Il n'a fait que quelques pas sur la surface gelée, je ne m'inquiète donc pas pour lui, ce ne doit pas être très profond. Mais quand je le vois disparaître presque entièrement sous l'eau, ne laissant plus apparaître que ses bras, je commence à flipper. Le fond du lac doit sans doute descendre en une pente brusque. Je n'hésite que quelques secondes et me précipite dans sa direction. Je prends garder de contourner la glace brisée et ne marche que là où elle est encore intacte.

— Leander !

Je suis au bord de l'hystérie. Je m'agenouille avec précipitation au bord du trou. Heureusement que je suis un poids plume, sans quoi je subirais le même sort que Zeus. Je tends le bras et attrape sa main pour le ramener à la surface. Son visage apparaît immédiatement. Leander reprend son souffle, et moi le mien tant j'ai eu la trouille.

— N... N... Nyx, grelotte-t-il. J'ai froid.

— Je sais. Il faut que tu sortes d'ici. Hisse-toi vers moi doucement. Il ne faudrait pas que la glace cède de nouveau.

— Non.

— Hein ? Comment ça, non ?

— Non, je ne vais pas sortir tout de suite, tu vas plutôt venir me rejoindre.

Mon cerveau n'a pas le temps de décrypter ses paroles. Leander tire d'un geste ferme sur ma main et me fait tomber dans son trou. Je hurle quand l'eau s'infiltre sous mes vêtements. C'est comme si des milliers d'aiguilles me poignardaient en même temps. J'ai le souffle coupé, mais à ma grande surprise, mon poids ne nous fait pas disparaître sous la surface. Allongée sur le torse de Zeus, nos jambes entremêlées, je redresse la tête. J'ancre mon regard au sien en essayant de paraître furieuse.

— En fait, tu faisais semblant de ne pas réussir à sortir de l'eau ?

— Je suis très exactement confortablement assis au fond du lac. T'as pas marché, t'as couru.

— Tout ça pour qu'on soit trempés tous les deux ?

— Quand la glace a cédé, j'ai vu à ta tête que ça te faisait un peu trop plaisir. Tu sais ce qu'on dit, la vengeance est un plat qui se mange froid.

— Et t'as même pas un peu honte ? grogné-je en me retenant avec peine de trembler comme une feuille.

— Non, répond-il avec un sourire béat. Par contre, on devrait sortir de là. Tu as l'air beaucoup moins résistante au froid que moi.

Il n'attend pas ma réponse et replie les genoux pour pouvoir se mettre debout, sans me lâcher. Si je ne me transformais pas doucement en glaçon, je serais impressionnée. Il passe même un bras sous mes jambes pour nous sortir de l'eau et nous faire regagner la Jeep plus rapidement. Ça tombe bien, je ne sens plus vraiment mes jambes.

— Je... Je... Co... Co... Com... ment...

Je claque tellement des dents que je n'arrive pas à parler. Mon corps entier est crispé. Et le pire, c'est que je ne peux m'en prendre qu'à moi et à mes idées à la con. *La prochaine fois, Nyx, oublie la mythologie !*

— Ça serait presque drôle de te voir sans la parole, Nyx, mais là, tes lèvres virent au bleu. Grimpe à l'arrière, je vais mettre le chauffage.

Je ne me pose pas de question et fais ce qu'il me dit. Une fois sur la banquette, je me débarrasse de mon manteau aussi vite que je le peux, vu mes mouvements désordonnés. Si je ne l'enlève pas, il va ruiner les sièges de la voiture de Leander. Il passe entre les deux sièges avant à ce moment.

— Tu devrais tout enlever. Si tu gardes tes vêtements trempés, t'arriveras jamais à te réchauffer.

— Si... si tu as fait t... tout ça p... pour me désaper, t... tu sais b... bien que t... tu n'as j... jamais eu... b... besoin de ça avec m... moi.

— Même en hypothermie, tu ne peux pas t'empêcher d'être sarcastique ?

Je ne réponds pas, je grelotte trop. Mon trait d'humour était destiné à cacher la trouille que j'ai eue en voyant Leander disparaître sous la surface de l'eau. Il ne perd rien pour attendre !

En silence, je suis sagement son conseil. Une fois n'est pas coutume. Toutes mes fringues, y compris mes sous-vêtements, finissent en boule sur le sol de l'habitacle. Je m'enveloppe ensuite dans l'une des couvertures que Zeus vient de sortir du coffre de la Jeep. Je ne tremble plus autant mais je ne sens toujours pas mes extrémités.

À mes côtés, Leander se déshabille et s'emmitoufle à son tour. Ses fringues étaient aussi trempées que les miennes, pourtant, il n'a jamais eu l'air d'avoir aussi froid que moi, sauf quand il faisait semblant.

— Tu peux m'expliquer pourquoi le phénomène glaçon ne s'applique pas à toi ?

— Déjà, je ne fais pas quarante kilos tout mouillé. Et ensuite, dès qu'on joue dans une ville avec une étendue d'eau, avec les mecs, on se fait toujours une petite trempette quand on gagne. C'est comme une tradition. Mon corps doit s'être habitué, ajoute-t-il en haussant les épaules.

— Une trempette, hein ? Quand je dis que les footballeurs n'ont rien dans le cerveau !

— C'est ça, Mademoiselle l'Intellectuelle. Viens vers moi au lieu d'essayer de m'insulter. Tes lèvres sont toujours aussi violettes.

Je lui tire la langue tout en grimpant sur ses genoux. Je me rends compte en me calant dans son étreinte que c'est la première fois depuis des semaines que nous nous retrouvons aussi proches. Enfin, si proches et sans vêtements, surtout. Il m'ouvre sa couverture, et je défais également légèrement la mienne pour me coller peau à peau contre lui.

— Hummm, soupiré-je de contentement.

— J'aime quand tu émets ce genre de son.

— C'est surtout parce que tu es chaud. Comme une bouillotte.

Du coin de l'œil, je lis la déception dans ses yeux clairs. Elle est mêlée au désir qui ne semble jamais vraiment éteint entre nous. Sans bouger de ma place, je penche la tête pour pouvoir le regarder.

— Je déconne, Zeus.

Je dépose un baiser au coin de ses lèvres, puis sur son menton, sa mâchoire. Leander n'ose d'abord pas réagir puis lâche prise. Il s'empare de mes lèvres, et ce baiser, plus que tous ceux échangés depuis hier, me fait comprendre que nous nous sommes enfin retrouvés. Sa bouche me dévore, et je comprends à quel point il était illusoire de penser pouvoir m'éloigner de Leander pour protéger mon cœur. C'est trop tard, il lui appartient déjà pleinement.

47

Leander

Mon corps entier est parcouru d'un frisson qui n'a rien à voir avec le froid et tout à voir avec le corps de Nyx collé contre moi, ses seins pressés contre mon torse tandis que ma bouche dévore la sienne. C'est si bon de la retrouver, de l'embrasser, de glisser ma langue entre ses lèvres pour redécouvrir son goût.

J'approfondis notre étreinte tout en passant mes bras autour de sa taille avant de remonter mes mains le long de son dos. Je finis par prendre son visage en coupe et dépose de légers baisers sur sa joue, sa mâchoire, avant de nicher mon nez au creux de sa gorge. Les doigts de Nyx se perdent dans mes cheveux, et elle rejette la tête en arrière en gémissant lorsque j'aspire sa peau entre mes dents.

Mes mains effleurent ses flancs, ce qui la fait glousser. Je ricane et viens lécher ses lèvres. Elle gémit en réponse et commence à faire onduler doucement son bassin. Son sexe frotte contre le mien, et il ne m'en faut pas plus pour me faire bander comme un fou.

— J'ai tellement envie de toi, soufflé-je contre sa bouche avant qu'elle ne morde mes lèvres.

Pour toute réponse, elle entreprend de bouger plus rapidement, et lorsque ses doigts se faufilent entre nous pour agripper ma queue, je ne peux retenir un grognement.

— Bordel, Nyx !

— Je voulais juste m'assurer que tes problèmes érectiles étaient derrière toi.

Je ris et me pousse dans sa main.

— Recommence. Caresse-moi, histoire qu'on en soit sûrs.

Son regard se rive au mien, et dans ses yeux clairs, je distingue que son amusement se mêle au désir qui grimpe en elle.

— Comme ça ? demande-t-elle en effectuant de lents mouvements de va-et-vient.

— Ouais. Continue. Et cambre-toi.

Elle obéit et m'offre l'accès à sa poitrine. Ses tétons pointent, et j'en prends un dans ma bouche, le suçote et le mordille avant de passer ma langue autour. D'une main, j'agrippe l'autre et le pince entre mes doigts. En réaction, le poing de Nyx resserre son emprise sur mon érection. C'est si bon, la manière dont elle me touche. Des frissons remontent le long de mon échine tandis que les battements de mon cœur accélèrent.

Sans jamais cesser de lécher son téton, je laisse glisser ma main jusqu'à son entrejambe pour effleurer son sexe, grognant lorsque je découvre combien elle est humide.

— J'aime te sentir aussi mouillée sous mes doigts.

— C'est à cause du lac, réplique-t-elle.

— Vraiment ?

Et sans plus attendre, je glisse deux doigts en elle, allant et venant tandis que mon pouce titille son clitoris, jouant avec son piercing. Doucement d'abord, me délectant des petits soupirs qui s'échappent de ses lèvres entrouvertes, puis plus vite lorsqu'elle commence à se baiser sur mes doigts.

Sa main se referme sur mes cheveux trempés, m'intimant d'accélérer toujours plus la cadence de mes caresses.

— Je te veux en moi, Leander, soupire-t-elle.

Moi aussi, j'en crève d'envie. Mais il y a un tout petit problème.

— J'ai pas de capotes.

— Tu n'es pas très prévoyant.

Je ris et aspire son téton entre mes lèvres.

— Si j'avais envisagé d'avoir une chance de baiser dans ma caisse, crois-moi, j'en aurais prévu tout un stock.

— Et maintenant, tu es trop présomptueux.

Je lève la tête pour lui jeter un regard noir. Sauf qu'en découvrant son sourire et ses yeux brillants, je ne peux vraiment pas lui en vouloir. Mais pour la peine, je décide de la pénétrer plus fort, ajoutant un troisième doigt. Peut-être que ça lui fera passer l'envie de rire. Elle gémit, fort, et rue contre moi.

— Et tu es sûrement le seul mec de toute l'université qui ne garde pas de capotes dans sa caisse ou dans son portefeuille.

— Ce qui joue en ma faveur, pas vrai ? demandé-je avec un clin d'œil.

Le rire qui lui échappe s'étrangle pour se transformer en gémissement quand je reprends mes caresses. Je glisse mes lèvres sur sa joue, jusqu'à son oreille. J'aspire son lobe avant de murmurer :

— Je suis *clean*, tu sais.

Elle s'immobilise, et je redresse la tête pour l'observer.

— Je ne veux pas te forcer ni rien, ajouté-je avec précipitation.

Je n'ai pas envie qu'elle me voie comme un animal en rut incapable de se contenir. Je pourrais tout aussi bien jouir avec sa main autour de ma queue.

Ses yeux verts me fixent si intensément que j'ai l'impression qu'elle cherche à sonder mon âme. La vérité, c'est que je veux me perdre en elle. Je veux retrouver cette connexion que je ne connais que lorsque nos corps ondulent ensemble, en parfaite harmonie. Comme une musique bien rodée dont la mélodie s'échappe à travers nos gémissements.

— Je sais, souffle-t-elle. Et je suis *clean*, moi aussi. Je n'ai jamais...

Elle se tait et se mord les lèvres, que j'effleure du bout des doigts avant de répondre :

— Moi non plus.

Nous restons un long moment sans bouger, à nous fondre dans le regard de l'autre. Nous envisageons de franchir un pas qu'aucun de nous n'a apparemment franchi jusque-là. Un pas qui signifie une confiance ultime. Un pas que je suis plus que prêt à effectuer. Puis elle se penche et effleure ma bouche d'un baiser avant de murmurer :

— Baise-moi, Leander McNeil, avant que je devienne folle.

Ces mots suffisent à court-circuiter mon cerveau. Ses doigts sur mon sexe érigé sont remplacés par les miens, et elle agrippe mes cheveux de ses deux mains tandis que je fais glisser mon gland sur son clitoris.

Soudain, d'un coup de reins brutal, Nyx se pousse contre moi, et je m'enfonce en elle. Je crie sous la surprise et le plaisir instantané que je ressens. Ses muscles palpitent autour de moi, et je plante mes dents dans son épaule pour ravaler un gémissement. Elle commence à imprimer des mouvements de va-et-vient, et je m'accorde à son rythme, allant et venant en elle.

Mes doigts s'enfoncent dans la peau nue de ses hanches, et nos couvertures commencent à glisser tandis que les fenêtres de la voiture s'embuent.

— Regarde-moi. Regarde-moi, m'intime-t-elle.

J'obéis, ensorcelé par sa voix devenue légèrement plus rauque. Mes yeux s'attardent sur ses lèvres, sur ses joues un peu plus rouges que d'habitude, sur ses pupilles dilatées.

— C'est si bon d'être avec toi, en toi, murmuré-je sans jamais la quitter des yeux.

Elle bouge un peu plus vite contre moi, accélérant la cadence, et je serre les dents sous le plaisir qui hurle dans mes veines, essayant de le retenir, juste un peu, pour profiter au maximum de cet instant.

J'ai l'impression de perdre la notion du temps, toutes mes pensées se font la malle pour ne garder que la sensation du corps brûlant de Nyx contre moi, de mon cœur qui bat fort, de la sueur qui perle dans mon dos.

— Caresse-moi.

Je souris, aimant qu'elle n'hésite pas à me dire ce qui lui permettra d'atteindre l'orgasme.

Mon pouce joue avec son clitoris tandis que mes coups de reins se font de plus en plus profonds, de plus en plus rapides. Bientôt, nous nous retrouvons incapables de parler, perdus dans cette danse lascive.

— Plus fort, plus fort.

Son corps commence à trembler contre le mien, et je carre la mâchoire en augmentant la force de mes coups, en la baisant de plus en plus brutalement.

Elle pousse un cri lorsque l'orgasme s'empare d'elle, ses doigts raffermissant leur prise sur mes cheveux, et ça suffit pour me faire jouir à mon tour.

Nos corps se relâchent quasiment au même moment, et elle s'affale contre moi tandis que mes bras se referment autour de sa taille pour coller mon corps contre le sien. Nous restons immobiles, haletants, essayant de reprendre nos esprits. C'était incroyable. Ça l'a toujours été avec elle, mais cette fois plus que jamais.

Je finis par lever la tête et ôter une mèche de ses cheveux humides qui collent à sa joue avant de déposer un baiser sur ses lèvres gonflées.

— Je t'aime, Eunice. Je t'aime comme un fou.

Elle me scrute, comme si ma déclaration la surprenait, alors que ce n'est pas la première fois que je lui avoue ces mots. Peut-être que j'aurais dû m'abstenir. Peut-être que je vais la faire fuir une nouvelle fois, mais c'est plus fort que moi. J'ai besoin de lui dire, besoin qu'elle comprenne à quel point je tiens à elle.

— Je ne te demande pas de me rendre mes sentiments, je veux juste que tu...

— Je t'aime aussi.

Nous nous figeons tous les deux lorsque ces mots résonnent dans l'habitacle. Je ne sais même pas lequel d'entre nous est le plus surpris. Moi d'entendre cette déclaration que je n'attendais pas, ou Nyx d'avoir osé la formuler.

Un sourire étire mes lèvres. Je caresse sa joue du bout du pouce, amusé par ses yeux écarquillés.

— Il est trop tard pour reprendre tes mots, tu sais ?

Elle secoue la tête, comme si elle sortait de sa transe. Et c'est à son tour de m'offrir un sourire lumineux.

— Je... C'est pas prévu.

Je ris et l'entoure de mes bras pour la serrer contre moi.

— Mais ne compte pas sur moi pour te les répéter trop souvent, tu risquerais de prendre la grosse tête.

— Ça m'est égal. Pour me consoler, je me les répéterai en boucle dans ma tête.

Elle me repousse et me donne une tape sur le torse avant de froncer les sourcils.

— Qu'est-ce qui se passe ?

Elle commence à m'inquiéter, à me mater comme elle le fait.

— Rien, répond-elle en haussant les épaules. C'est juste que... je me rends compte que te vomir dessus ce soir-là a peut-être été ma meilleure action de tous les temps.

— Je dois admettre que, contre toute attente, je ne le regrette pas non plus. Même si tu as bousillé mon tee-shirt préféré.

— Ça veut dire que j'ai le droit de recommencer ? demande-t-elle d'une voix faussement innocente.

J'éclate de rire et pose de nouveau ma bouche sur la sienne avant de murmurer contre ses lèvres :

— N'y pense même pas.

48

Nyx

J'aimerais rester là pendant des heures, dans cette bulle, coupée du monde. J'aimerais que la réalité, mes angoisses et nos familles respectives restent en marge de notre petit havre de paix pour toujours. Mais comme on ne vit pas au pays des rêves, je commence à frissonner alors que nous continuons à nous bouffer du regard.

C'est Zeus qui rompt le charme en premier en se penchant dans le coffre de la Jeep comme il l'a fait pour nous chercher des couvertures. Il en ressort avec un sweat-shirt à capuche au blason de Saint-Charles. Je n'ai pas le temps de comprendre ce qu'il veut en faire qu'il me le passe sur la tête.

— Tu es frigorifiée, explique-t-il.

Je passe les bras dans le vêtement sans protester. Il a raison. Un peu plus et je crois que je risquerais de perdre mes orteils.

— Merci, réponds-je en me contorsionnant pour ajuster le tissu doux et épais autour de mon corps.

Je prends une grande bouffée d'air, le nez dans le col. Il sent la lessive que les mecs utilisent à la coloc et les petites pastilles parfumées que Leander est le seul à ajouter dans le tambour. Je suis enveloppée par cette odeur qui lui ressemble et je crois que je ne m'étais jamais sentie aussi bien. Au chaud, en sécurité. Aimée.

— Heureusement que tu fais trois têtes de plus que moi, constaté-je en remarquant que le sweat-shirt de Zeus m'arrive au milieu des cuisses, parce que ma culotte est aussi trempée que le reste de mes fringues.

— Tu appelles ça une culotte, toi ? rétorque-t-il en s'emparant de mon sous-vêtement au sol. À peine dix grammes de tissu, ce n'est pas une culotte. C'est un appel à la luxure.

— Tu te plains vraiment de ma culotte trop sexy, là ?

Il secoue la tête avant de se faufiler sur le siège conducteur. Je le suis en me glissant du côté passager.

— Non, pas vraiment, finit-il par répondre. Tant que je suis le seul à la voir.

Je ne réponds rien parce qu'il n'y a rien à répondre. Les moments que nous avons passés aujourd'hui ont resserré le lien que nous avions commencé à tisser ces dernières semaines. Et même si une petite voix continue de me dire que rien n'est définitif, j'ai désormais bien plus confiance en moi et en nous pour y croire. Si quelqu'un m'avait dit que je pourrais créer quelque chose de tangible avec ce type formidable en commençant par lui vomir dessus, je lui aurais ri au nez. Comme quoi, rien n'est jamais impossible.

Le trajet du retour se déroule en silence, et je ne ressens pas la nécessité de le briser avec mes conneries. Je me sens tellement bien que j'ai presque hâte de ce Noël qui approche alors que c'est d'habitude une période que je déteste.

Je souris en me rendant compte qu'il me ramène à la coloc sans même avoir posé la question. Passer tout mon temps là-bas m'a manqué. Un comble quand on sait que j'ai fui l'Alabama et cette famille nombreuse que je ne supportais plus pour me réfugier dans une coloc habitée par cinq mecs qui en imposent.

En arrivant devant la petite maison que je commence à considérer comme mon deuxième chez-moi, j'aperçois Sander en pleine session de tapotage intense sur l'écran tactile de son téléphone. Il a sa tête des mauvais jours, et je suis persuadée que c'est encore « l'affaire Jeremiah » qui le met dans cet état. Une discussion s'imposera à la première occasion où je me retrouverai seule avec lui. Après tout, c'est lui qui m'a poussée à m'ouvrir à Leander, je lui dois bien ça. Il ne relève les yeux de son portable que quand il me voit descendre de la Jeep, presque noyée dans le sweat-shirt immense de Zeus.

— Moustique ! s'écrie-t-il en m'enlaçant.

Son sourire illumine ses yeux bleu clair, et je suis soulagée de constater que Jeremiah n'a pas totalement entaché sa bonne humeur habituelle.

— Alors, les amoureux ? Ça roucoule ? demande-t-il en posant son bras sur mes épaules. Je l'ai toujours dit, les réconciliations sur la banquette arrière d'une bagnole, il y a que ça de vrai.

— N'importe quoi, grommelé-je, sans pourtant pouvoir m'empêcher de sourire. C'est quoi, ce délire de banquette arrière ?

Sander s'écarte légèrement de moi en me regardant de haut en bas.

— C'est pas vraiment ton style vestimentaire habituel, Moustique, explique-t-il en ricanant.

Je savais que je me ferais charrier, je pensais simplement que j'aurais un peu plus de temps pour préparer ma repartie.

— Je suis tombée dans l'eau.

Je redresse le menton et plante mon regard farouche dans celui du meilleur ami de Leander.

— Oui, bien sûr...

Sander n'a alors que le temps de se mettre à courir, Leander est déjà sur ses talons, bien décidé à faire taire son meilleur pote qui ne cesse de scander « Moustique et Zeus sont amoureux ! ». Finalement, ça ne change pas vraiment de ma famille nombreuse. Si ce n'est qu'ici il n'y a pas mon paternel et ma bigote de mère pour ternir le tableau.

Dans le salon, Knox se tient dans un coin. Il discute avec quelqu'un au téléphone. Quand il finit par raccrocher, il porte ses doigts à sa bouche et siffle pour attirer l'attention de tout le monde. L'action est efficace. Sander et Leander arrêtent immédiatement de chahuter comme des gosses de 6 ans, et Chase relève le nez des cours qu'il potassait. Les fesses toujours à l'air, j'attends moi aussi de découvrir ce que va bien pouvoir dire ce géant qui ne s'exprime que quand il a quelque chose d'important à dire.

— C'était le coach, commence-t-il. Il voulait qu'on sache qu'il y aura des recruteurs au prochain match. Il peut pas nous dire de quelles équipes, seulement que c'est du très lourd. Ça sent la NFL, les mecs...

Un silence religieux suit sa déclaration. Mon regard s'arrime à celui de Leander qui s'est voilé d'incertitude. Je peux y lire cette envie de tout donner, de vivre son rêve de footballeur pro qui le poursuit depuis de nombreuses années, mais aussi cette crainte de s'opposer complètement à ce père en qui il croit toujours. Écrasé par ses peurs, il ressemble à un petit garçon, et mon cœur se serre pour lui comme jamais il ne l'avait fait pour quelqu'un auparavant.

49

Leander

Je crois que mon cœur vient de rater un battement. Ou peut-être est-ce le monde qui s'est mis sur pause, le temps que les paroles de Knox s'infiltrent dans mon esprit. Des recruteurs. Ici. À Saint-Charles !

Un sifflement strident me sort de mes pensées tandis qu'une main s'écrase sur mon dos avec tant de force que je manque de trébucher.

— Mec !

Je me tourne vers Sander, dont les yeux brillent.

— C'est ta chance. Votre chance, à Knox et toi !

J'ai toujours du mal à encaisser l'information. Ce qui vaut peut-être mieux, en fait. *Tu pourrais être drafté. Tu pourrais réaliser ton rêve. Et décevoir ton père...*

Je cligne des yeux et laisse échapper un souffle. Je me rends compte que tous les regards sont rivés dans ma direction, comme si mes meilleurs potes essayaient de deviner pour quelle raison je ne me mêle pas à l'excitation générale. Alors, je décide de plaquer un sourire sur mes lèvres.

— C'est génial !

Je n'y mets pas autant d'entrain que je l'aurais souhaité, mais les mecs ne semblent pas s'en rendre compte, trop occupés par leur propre excitation. Et je comprends. La venue de recruteurs au sein d'une université est un événement, et même si Sander et Chase ne souhaitent pas faire carrière dans le football, c'est le cas de Knox et le mien, ce qui les rend euphoriques pour nous.

Même en donnant le meilleur de moi sur le terrain, ce rêve de devenir joueur pro, j'ai toujours tenté de le refouler. Je n'ai pas besoin de davantage de drame dans ma vie, et ce sera le cas si je décide de tenir tête à mon père à ce sujet. J'ai beau le détester parfois, je lui suis également reconnaissant de tout ce qu'il a fait pour moi. Et je sais combien il serait déçu et en colère que j'aille contre sa volonté. Je me suis toujours demandé pourquoi sportif de haut niveau n'était pas une profession convenable à ses yeux, mais je n'ai jamais osé lui poser la question. Par peur de la réponse. Parfois, je me demande si c'est à cause de Joachim. Promis à un brillant avenir, il a tout foutu en l'air pour des conneries. Peut-être qu'il craint que je suive les traces de mon frère.

Une main se glisse dans la mienne, et je baisse la tête pour croiser le regard de Nyx. Son visage inquiet se détend lorsque je lui souris timidement, et elle finit par me sourire en retour.

— Tu vas pas t'évanouir, dis ?

Je secoue la tête et glisse ma main sur sa joue pour déposer un baiser sur ses lèvres.

— Oh ! Regardez-moi ça ! Ils se sont rabibochés ! Qu'est-ce que je vous disais : « Moustique et Zeus sont amoureux ! »

Je soupire contre la bouche de Nyx, dont le rire se répercute dans tout mon corps. De gros bras nous entourent, et un souffle vient chatouiller ma joue. Je tourne la tête pour tomber sur le visage de Sander, bien trop près du mien.

— Tu penseras à me remercier, chaton. Après tout, c'est grâce à moi, tout ça !

Je lève les yeux au ciel et recule, prêt à répliquer, mais Dante chope son frère pour le séparer de nous et lui demander de nous foutre la paix.

— Tu es sûr que ça va ? C'est une sacrée nouvelle, hein ? me questionne Nyx.

Je hoche la tête et déglutis. J'aimerais lui demander quoi faire, écouter ses conseils. Sauf que je crois déjà connaître sa réponse. Elle me dira de suivre mes rêves, de ne pas me plier aux exigences de mon père. Et j'ai bien trop peur de la décevoir en n'y parvenant pas.

***

Je pensais qu'avec Nyx blottie dans mes bras, ronflant doucement, je me serais endormi facilement. Mais il est quatre heures du matin, et je suis toujours parfaitement réveillé. Elle ne m'a posé aucune question hier soir, n'a pas cherché à me faire cracher le morceau, et je la remercie pour ça. Elle sait quand insister, quand me laisser de l'espace.

Je tends le bras, effleure ses lèvres entrouvertes et souris de la voir si paisible. Bordel, c'est tellement bon de la retrouver. Elle remue légèrement dans son sommeil, et je m'écarte par crainte de la réveiller.

Doucement, je me glisse hors du lit, enfile un pantalon de jogging et quitte la chambre en fermant doucement la porte. La maison est plongée dans le silence et l'obscurité. Rien ne bouge. Du moins, c'est ce que je crois jusqu'à ce que je me retrouve au bas de l'escalier. Je manque d'avoir la peur de ma vie en découvrant une ombre immobile sur le canapé. Heureusement, il ne me faut que quelques instants pour reconnaître la large silhouette de Knox.

— Qu'est-ce que tu fabriques tout seul dans le noir ?

Il sursaute et se tourne vers moi, puis un léger sourire ourle ses lèvres.

— À ce que je vois, je ne suis pas le seul qui n'arrive pas à dormir.

Je le rejoins et me laisse tomber sur le canapé à ses côtés. Nous restons silencieux un long moment, mais finalement, il est le premier à ouvrir la bouche.

— C'est bizarre. Quand le coach nous a annoncé la nouvelle, j'étais super excité... Et maintenant, je...

Il hausse les épaules sans finir sa phrase. C'est inutile, je sais ce qu'il ressent. J'éprouve la même chose, mais sans doute pour une raison différente.

— Moi aussi, je flippe, Knox.

Il tourne la tête vers moi, et malgré l'obscurité, je peux discerner la surprise sur ses traits.

— Pourquoi ? On a l'impression que tu es né avec un ballon à la main. Il y a zéro chance que tu ne sois pas drafté.

— Je sais, ouais.

C'est la vérité. Je suis doué. Il n'y a qu'à regarder mes statistiques pour s'en convaincre. Mon problème n'est pas là. Je ne sais pas ce que je crains le plus : ne pas être sélectionné ou au contraire taper dans l'œil d'un recruteur.

Knox soupire et passe une main dans ses cheveux courts. C'est dingue, on se côtoie depuis un an et demi, et en cet instant, je me rends compte que je ne sais quasiment rien de lui. Tout ce que je connais, c'est son parcours dans l'armée, et encore, dans les grandes lignes. Il ne parle jamais de sa famille ou de sa vie en dehors de l'université.

— Cette annonce, c'est à double tranchant, déclare-t-il. Et je crois que j'aurais préféré ne pas le savoir. Ça aurait évité la pression et les cauchemars.

C'est vrai. Être au courant d'une telle nouvelle, ça nous permet de mieux nous préparer, de tout donner lors du match, même si c'est toujours le cas. Mais c'est aussi avoir conscience d'être observé, jugé pour nos performances. C'est savoir que quelqu'un tient peut-être notre avenir entre ses mains.

— Les cauchemars ?

— Ouais... J'ai rêvé que j'étais sur le terrain, et que tout à coup, mes jambes devenaient molles et qu'elles ne me tenaient plus. Tout le monde me pointait du doigt et se foutait de ma gueule. J'ai levé la tête vers les gradins et j'ai vu un type ricaner en notant quelque chose sur son carnet... J'étais à moitié en train de chialer quand je me suis réveillé.

Je ricane et tends le bras pour lui tapoter le dos.

— La bonne nouvelle, c'est qu'il y a peu de chance que ce scénario arrive.

— Ouais, souffle-t-il. Et toi, alors ? Pourquoi le grand Leander McNeil flippe autant de la présence des recruteurs ?

— Crois-le ou non, je flippe bien moins de la présence des recruteurs que de la réaction de mon père si je décide de me lancer dans une carrière de footballeur professionnel.

Je tente de parler d'une voix légère, mais c'est compliqué alors qu'une boule me noue la gorge. Rien que d'imaginer le confronter, me battre pour ce que je veux, j'en ai l'estomac retourné. Je déteste ressentir ça. Je déteste qu'il me rende aussi faible.

— Tu crois pas qu'au contraire, il serait fier de toi ?

Je pourrais presque éclater de rire.

— Non, il ne serait pas fier. Il serait furieux.

Knox me dévisage d'un air interrogateur, et je me rends compte que si je ne connais pas grand-chose de lui, la réciproque est vraie. Je pousse un soupir et m'affale contre le dossier du canapé.

— Il se fout que je sois doué pour le football ou que ce soit ce que j'ai envie de faire de ma vie. C'est pas ce qu'il a prévu pour moi, et si je contrecarre ses plans... ça va pas être beau à voir.

Un frisson parcourt mon échine à cette pensée. Foutu Joachim. S'il n'avait pas merdé comme il l'a fait, c'est lui qui aurait dû reprendre les rênes de l'empire de notre père. Moi, j'aurais été peinard. C'est stupide de lui en vouloir, d'autant qu'il sautera de joie quand je vais lui annoncer la nouvelle, mais c'est plus fort que moi.

Je n'en croise pas moins les doigts pour que, cette fois, sa permission soit accordée. Je n'ai pas envie de passer Noël sans mon grand frère.

— Et c'est quoi, ses plans te concernant ? creuse Knox.

— Tu sais, la merde habituelle, réponds-je en haussant les épaules. L'héritage McNeil. Le patrimoine, tout ça. C'est à moi que revient la tâche de reprendre le flambeau familial…

Knox hoche la tête, et nous restons un long moment perdus dans nos pensées.

— Le poids de la famille, hein ? On voudrait ne plus le supporter et, en même temps, on est incapable d'aller à contre-courant et de se battre pour ce qu'on veut.

— Ouais, soufflé-je en comprenant que, d'une manière ou d'une autre, on est dans le même bateau. Mais peut-être qu'on devrait tout de même essayer ?

Knox ricane et secoue la tête, l'air de dire que ce n'est pas envisageable. Je voudrais l'interroger, lui demander quel poids familial il doit porter, mais je n'ai pas envie de me montrer intrusif.

— Tu sais qui l'a fait ? finis-je par déclarer après un moment, tandis qu'un sourire ourle mes lèvres à cette pensée. Nyx. Nyx l'a fait. Alors, pourquoi pas nous ?

Pourquoi pas nous ?

Durant le reste de la nuit, alors que j'observe le clair de lune à travers la fenêtre de ma chambre, les mots ne cessent de tourner en boucle. *Pourquoi pas nous ? Pourquoi pas moi ?*

50

Nyx

— Arrête de tirer sur ta robe, bon sang ! me houspille Dee. Elle ne va pas se rallonger.

Mon regard tombe sur mes mains qui se figent d'instinct. J'étais tellement perdue dans mes pensées que j'ai un instant cru que je me faisais engueuler par ma mère. Je soupire de soulagement quand je constate que ma coloc est toujours assise à côté de moi. Cela dit, heureusement qu'elle m'a interrompue. Je malmenais tellement l'ourlet de ma robe pull que je suis certaine qu'elle était sur le point de se détricoter.

— Qu'est-ce qui t'arrive, ce soir ? Je pense pas t'avoir déjà vue aussi nerveuse. T'arrêtes pas de gigoter depuis tout à l'heure.

Je porte la main sur le dessus de ma tête pour m'assurer que le bandeau doré que Delilah a ajusté dans mes cheveux avant de quitter notre chambre n'a pas glissé et finis par me tourner vers elle. Pas la peine d'essayer de gagner du temps, elle ne me lâchera pas de toute façon.

Depuis que Knox a appris à ses amis et coéquipiers que des recruteurs seraient présents au match de ce soir, l'attitude de Leander a changé. Pas envers moi, mais il est beaucoup plus renfermé. Je sais que cette annonce l'a chamboulé, qu'il essaie encore de se persuader qu'une carrière n'est pas vraiment son rêve ultime. Et tout ça pour quoi ? Pour un père qui n'en a pas grand-chose à faire des états d'âme de son fils. De ses fils. Pour un père qui ne pense qu'à son image et à celle de son entreprise.

Je me suis évidemment bien gardée de lui faire remarquer. Leander n'a pas besoin qu'on lui dise quoi faire, il a déjà assez de son paternel et de ses coachs pour ça. Sauf qu'à quelques dizaines de minutes du début de ce match décisif, je commence à penser que j'aurais peut-être dû dire quelque chose. Sans interférer dans son choix ou sa décision, j'aurais tout de même pu l'encourager à écouter son cœur et ses tripes plutôt que sa tête.

— Je sais pas, finis-je par répondre à Dee qui attend toujours que je lui explique mon comportement encore plus bizarre que d'habitude. Je crois que les mecs ont fini par me stresser avec leur connerie de match et leurs recruteurs à la noix.

— Ah ! Ça, on peut dire que la semaine a été tendue, me répond-elle en hochant la tête. Même Chase, qui n'a pourtant aucune intention de faire carrière, est anxieux de faire une connerie qui se répercutera négativement sur Knox, Leander et les autres. On ne peut rien faire, il ne reste plus qu'à les soutenir de notre mieux.

On ne peut rien faire ? Vraiment ? Cela ne me ressemble pas de rester inactive. Si Leander se plante volontairement, est-ce que je ne regretterai pas toute ma vie de ne pas avoir essayé de tenter quelque chose ?

Je jette furtivement un coup d'œil à l'endroit où se tiennent toujours les coachs durant le match. Ils ne sont pas encore arrivés. Les joueurs doivent finir de se préparer dans les vestiaires.

Ce que je vais faire est sans doute une grosse connerie. En même temps, je ne suis pas du genre à faire de petites conneries insignifiantes, alors tant pis. Mieux vaut des remords que des regrets.

Je me tourne vers ma coloc tout en reposant mes pompons noirs et dorés à ma place.

— Tu fais quoi ?

— J'ai besoin d'aller aux toilettes. C'est interdit par les règles de la fédération des petites copines parfaites qui soutiennent leur footballeur de copain ?

Loin de relever ma pique – il faut croire qu'elle a l'habitude, depuis le temps –, elle me lance un sourire narquois, et je m'attends au pire.

— Alors comme ça, tu reconnais enfin être sa petite copine, hein ?

Je lui balance un « pff » bien senti et me dirige vers les escaliers.

Je marche d'un pas tranquille, affichant une assurance que je suis en réalité loin de ressentir. J'ai menti à ma coloc, je n'ai absolument pas envie d'aller aux toilettes. Je me suis peut-être retenue de faire de l'ingérence dans les pensées de Zeus ces derniers temps, mais plus le temps passe, plus je commence à me dire que j'aurais dû lui parler.

Quand j'atteins enfin le rez-de-chaussée, je me faufile discrètement dans le couloir qui mène aux vestiaires. Je m'arrête un instant devant la porte, le cœur battant la chamade. Je n'ai jamais eu peur de suivre mes lubies un peu bizarres mais je flippe quand même de la réaction de Leander. Je n'ai aucune envie d'ébranler cette normalité que nous avons réussi à retrouver ces derniers jours.

J'ouvre la porte après avoir pris une grande inspiration et je comprends instantanément que ce n'est pas la réaction de Leander que je devrais craindre mais plutôt le fait de débarquer dans un vestiaire rempli d'hommes à moitié à poil. Enfin, à moitié...

Je ne perds pas une seconde et plaque brusquement une main sur mes yeux. Je ne suis pas une sainte nitouche, mais Zeus risque de faire une syncope s'il sait que j'ai vu ses coéquipiers en tenue d'Adam.

— Pardon ! crié-je. Faites pas attention à moi, je fais que passer.

Je tends une main devant moi pour m'assurer de ne rencontrer aucun obstacle, et elle atterrit rapidement sur un torse nu.

— Brutus ! Tu tombes bien. Tu pourrais m'emmener vers Leander, il faut que je lui parle.

— Ben alors, Moustique ! Je savais pas que tu nourrissais une obsession pour mes pectoraux au point de les reconnaître au toucher.

Je lèverais les yeux au ciel si je savais que Sander pouvait me voir.

— Pff ! N'importe quoi ! J'ai laissé des trous entre mes doigts, enfin. J'ai pas envie de me casser la gueule juste pour sauvegarder la pudeur de quelques footballeurs. Je fais juste semblant pour votre ego, c'est tout.

Il éclate de son rire tonitruant qui ferait trembler tout le stade s'il ne vibrait pas déjà dans l'anticipation de ce dernier match avant les vacances.

— Nyx ? Qu'est-ce que tu fous là ?

Je pousse un discret soupir. Leander n'a pas l'air spécialement en colère, juste surpris de me trouver là.

— Je voulais te parler. On peut aller dans un coin tranquille ?

— Un coin tranquille, hein ? me charrie Sander. Essaie de ne pas trop le *vider*, Moustique, on a besoin de lui sur le terrain.

Un claquement résonne dans le vestiaire, suivi d'un « aïe » sonore de Brutus. Zeus a dû lui mettre une claque derrière la tête. Une main s'empare ensuite de la mienne, et je perçois nettement un souffle contre mon oreille.

— Suis-moi, Nyx. Et triche pas, j'ai aucune envie que tu mates le corps d'autres footballeurs que le mien.

Je grogne. *Comme si ça m'intéressait, franchement !* Je reconnais que les gars sont tous pas mal foutus mais j'ai assez d'un mec au complexe de dieu à gérer. Je me laisse donc traîner au milieu des effluves de mâles, mes yeux désormais fermés sous ma main qui les recouvre toujours.

J'entends une porte qui s'ouvre et attends que Leander la referme derrière nous et allume la lumière pour pouvoir laisser retomber mes doigts et ouvrir de nouveau mes paupières. Je n'ai pas le temps de dire un seul mot que je me retrouve broyée dans l'étreinte des bras de Zeus. Je pose ma joue sur sa poitrine, contre son cœur dont le rythme égale le mien à cet instant. Ses lèvres se posent sur le dessus de ma tête, et je me délecte un moment du sentiment de sécurité que je ressens.

Je pousse un grand soupir avant de me détacher de lui, plus décidée que jamais à lui dire ce que je pense.

— Tu voulais me parler ? demande-t-il.

Je hoche la tête, la bouche soudainement sèche.

— Je ne voulais rien dire au début, commencé-je avant de m'interrompre.

— Rien dire à propos de quoi ?

Courage, Nyx !

— Je sais à quel point la présence des recruteurs au match aujourd'hui te perturbe. Je n'ai rien dit, mais ça ne signifie pas que je n'ai pas conscience que tu as très mal dormi depuis que tu es au courant. Tu t'es renfermé sur toi-même. Je sais que ton père et ses projets pour ton avenir sont ce qui te fait douter le plus. Je ne vais pas te dire quelle décision prendre parce que, si je le faisais, je ne vaudrais pas mieux que les autres.

Je reprends mon souffle, mon regard ancré au sien. Je ne sais pas vraiment déchiffrer ce que j'y lis à cet instant. De la peur ? De l'espoir ? De l'indécision ?

— Je veux juste que tu penses à laisser ton cœur parler. Laisse tes tripes décider pour toi. Je sais que tu pourrais te saboter aujourd'hui, juste pour ne pas avoir à prendre une décision plus tard. Et comment on pourrait t'en vouloir ? Mais pense à ce que tu ressentiras si tu fais ça ! Tu finirais par t'en vouloir.

Il ne réagit pas immédiatement, se contentant de me regarder. Cependant, je peux voir les rouages tourner à plein régime dans son cerveau. Après quelques secondes, il finit par me reprendre dans ses bras, sa cage thoracique vibrant contre moi de tout ce stress contenu.

— Tu as raison, j'allais me saboter et je crois que je ne m'en étais pas rendu compte. Comment est-ce que tu peux me connaître mieux que moi-même ?

Mon « parce que je t'aime » est minuscule, et le son de ma voix est presque étouffé contre son torse. Je sais qu'il m'a tout de même entendue parce que son étreinte ne fait que se resserrer davantage autour de moi.

— Tu es Zeus, l'oublie pas. Personne ne peut décider à ta place de ce que sera ta vie.

— Je t'aime, Vomito. Où est-ce que tu te trouvais, depuis tout ce temps ?

— J'étais en Alabama, je t'attendais.

Perdus dans nos pensées, enlacés, nous n'entendons ni l'un ni l'autre la porte qui s'ouvre derrière nous. C'est un tonitruant « McNeil ! » qui finit par nous faire sursauter tous les deux. Nous nous retournons sur un *head coach* à l'expression mi-furieuse, mi-amusée. J'imagine qu'il pensait nous trouver dans une posture bien plus compromettante.

— Si tu as fini de roucouler avec ta petite copine, tu as un match à gagner et des recruteurs à impressionner.

— Oui, coach !

— Et vous, mademoiselle, vous n'avez vraiment rien à foutre ici !

— Je ne suis pas là, vous ne m'avez pas vue, lancé-je.

Je me retourne vers Leander, pose rapidement mes lèvres sur les siennes et ajoute :

— Éblouis-les, champion !

Je me faufile ensuite en quatrième vitesse hors du vestiaire, pressée d'assister à un match hors du commun.

51

Leander

On est dans la merde. On est dans la merde. On est dans la merde. Ces mots tournent en boucle dans ma tête tandis que je me positionne pour la remise en jeu. Je tente de rester concentré. C'est le seul moyen de mener mon équipe à la victoire. Et autant dire qu'elle semble inatteignable.

Je prends une profonde inspiration et, alors que le coup de sifflet retentit, je passe la balle à Sander qui décolle aussitôt. Knox et Chase sur ses talons, il passe la ligne défensive de l'équipe adverse, manque de se faire tacler par un *linebacker* mais poursuit sa course tandis que Knox percute un autre joueur. De la sueur coule le long de mes tempes, et je serre presque littéralement les fesses tandis que j'observe Sander avancer de yard en yard au rythme des cris de la foule autour de nous. *Vas-y. Vas-y !*

Le stade explose de joie lorsque mon pote dépasse la *end zone. Bordel ! Il l'a fait !*

J'accours vers lui tandis qu'il commence à se trémousser, ondulant des épaules et bougeant son cul sous les exclamations et les applaudissements qui résonnent dans les gradins. Je le rejoins et frappe mon casque contre le sien.

Il faut qu'on continue. Il faut qu'on rattrape notre retard ! Je tente d'oublier que des recruteurs sont présents et me rappelle les paroles de Nyx quand elle m'a rejoint dans les vestiaires. Parce que c'est elle qui a raison.

Toute la semaine, j'ai voulu me convaincre que j'étais capable de voler de mes propres ailes, pour finalement me dire que ça ne valait pas la peine de risquer le désaveu de mon père. Je sais qu'il espère plus que tout que je sois celui qui lui succédera. Et j'aimerais tant voir la fierté sur son visage une fois mon diplôme en poche. Mais je ne suis pas mon père et je n'ai pas pour vocation d'être à la tête d'un empire. Tout ce que j'ai toujours voulu, c'est jouer au football. J'ai bossé comme un chien pour ça. Nyx m'a permis de me rendre compte qu'il était temps que je me batte pour obtenir ce que je veux vraiment : non l'approbation de mon père mais la mienne. Quelle importance qu'il soit fier de moi, si je ne le suis pas ? Alors, ouais, il est temps de tout donner et de montrer au monde entier que je suis le meilleur. À commencer par ces putains de recruteurs.

***

Assis sur le banc des vestiaires, toujours en serviette, la tête dans les mains, je tente de digérer notre défaite. On s'est fait laminer. Pourtant, on a tout donné. Ma passe à Knox lui a permis de marquer un putain de *touchdown* qui a enflammé le stade. Mais ça n'a pas suffi. Notre ligne défensive a merdé, et j'ai du mal à digérer la pilule. Finir la saison sur une défaite, ça craint.

Une main se pose sur mon dos, et je me tourne vers Sander qui vient de sortir de la douche.

— T'as assuré, capitaine, souffle-t-il pour me consoler.

Je souris, même si je n'en ai pas vraiment envie.

— C'était ma chance, et je l'ai foutue en l'air, soupiré-je.

— Je crois pas, non.

Je relève aussitôt la tête. Ce n'est pas Sander qui a répondu mais le *head coach.* En avisant son sourire en coin, je cligne des yeux, pas certain de comprendre. Je tourne aussitôt la tête vers Knox, qui m'offre un pouce levé, et tout à coup, mon cœur semble battre à mille à l'heure.

— On peut se voir dans mon bureau ? prend la peine de demander le coach, même si ça ressemble davantage à un ordre.

— Tout de suite ?

— J'aimerais autant que tu enfiles des fringues avant.

— Moi, je le préfère comme ça, déclare Sander, ce qui ne fait pas rire le coach.

Peut-être est-il devenu hermétique à son humour, depuis le temps.

Je m'empresse de me lever en hochant la tête et me précipite vers mes fringues. Du coin de l'œil, je vois le coach discuter avec Sander, qui hausse les épaules. Je devine ce qu'il lui dit. Malgré notre défaite, Sander a assuré, et je sais que le coach essaie une nouvelle fois de le convaincre que son avenir est dans le football, tout comme je sais que ça ne l'intéresse pas.

— Knox ! appelé-je en enfilant mon sweat-shirt.

Mon pote se dirige aussitôt vers moi.

— Alors, qu'est-ce qu'il t'a dit ? le questionné-je.

Il a été le premier à passer dans le bureau du coach, parce que, comme toujours, il était le premier douché et changé.

Ses joues deviennent légèrement roses, et il me sourit.

— Que si je continuais à faire des matchs de cette qualité, j'avais toutes mes chances d'être drafté.

— C'est génial ! Je suis super fier de toi. Et il a raison, tu as fait un match dément. Ce dernier *touchdown* m'a filé des frissons.

— Merci, capitaine.

— McNeil, tu te maquilleras plus tard ! Bouge ton cul !

— Oui, coach ! dis-je en attrapant mon sac avant de me tourner vers mon pote. On se retrouve à la maison ?

Knox hoche la tête, et je lui serre brièvement l'épaule avant d'emboîter le pas au coach qui quitte le vestiaire.

Mes paumes sont moites, et mon estomac se tord. Même si ses paroles ont été rassurantes, je sais que rien n'est joué. Mais malgré notre défaite, j'ai envie d'espérer.

***

— Assieds-toi, déclare le coach en désignant le siège en face de son bureau avant de lui-même poser son cul sur un coin du meuble encombré.

— Je suis pas sûr d'en avoir envie.

Et pour cause, je suis bien trop stressé pour ça. Mon regard embrasse la pièce et s'attarde sur le tableau blanc sur lequel différentes tactiques de jeu sont notées au feutre bleu.

— Comme tu veux. Mais tant que t'auras pas posé ton cul sur ce siège, je ne dirai plus rien.

Pour toute réponse, je grimace. Évidemment, je n'ai pas d'autre choix que d'obéir. Comme toujours, le coach a le dernier mot. Il attrape une feuille et la parcourt des yeux. Je sais de quoi il s'agit : mon *passer rating*[14].

— Est-ce qu'il est bon ? ne puis-je m'empêcher de demander, me retenant de gigoter sur le fauteuil.

— Tu sais, j'ai cru que tu allais te dégonfler.

Ouais, moi aussi.

Je baisse les yeux vers mes mains, incapable de soutenir le regard du coach. Il n'est pas stupide, il me connaît parfaitement. C'est son boulot de connaître nos forces et nos faiblesses, d'entrer dans notre tête pour y dénicher toutes les informations dont il pourrait avoir besoin. J'étais un très bon joueur en arrivant à Saint-Charles. Avec lui, je suis devenu un grand joueur. Du moins, c'est ce que j'aime à croire.

— Et je dois te présenter mes excuses.

---

14. Formule mathématique permettant d'*évaluer de manière chiffrée les performances d'*un quarterback.

Ma tête se relève aussitôt tant je suis surpris par ces mots. Je louche vers lui, et un sourire apparaît sur son visage.

— Quand j'ai vu que tu commençais à fréquenter la petite, je me suis inquiété.

Je comprends. C'est déjà compliqué de combiner une activité sportive avec les cours. Même si l'université ne nous fait pas trop chier avec ça et que nous jouissons de tout un tas de passe-droits. Mais être en plus impliqués dans une relation qui risque de nous faire perdre notre concentration...

— Mais t'as rien lâché, McNeil. Tu t'es battu plus fort que jamais. Même si tu n'étais pas toujours à la hauteur, tu n'as pas baissé les bras.

Évidemment, il a dû caser une critique là-dedans. Toute une tirade de compliments, ce n'est pas dans le tempérament du coach.

Il ne me laisse pas le temps de répondre et enchaîne :

— Ce soir, jusqu'à la dernière minute, j'ai cru que tu allais flancher. Que tu allais laisser tes rêves s'envoler parce que t'avais pas les épaules pour affronter ton père.

Tout mon corps se tend. Il a raison, encore une fois.

— C'est pour ça qu'elle était là, pas vrai ? Pour te dire de pas merder ?

Je hoche la tête, une boule m'obstruant la gorge.

— Et elle a eu raison.

Il fait glisser la feuille de calcul devant moi, et je cligne des yeux : 186,56.

— Les recruteurs ont été impressionnés, McNeil. Si tu continues sur ce chemin-là, la NFL t'ouvrira grand les bras.

Ma bouche est sèche tout à coup, et je déglutis. Le coach se penche et serre brièvement mon épaule.

— Je suis content que tu l'aies écoutée. Ce match est l'un des meilleurs que tu aies disputés.

— Merci, coach.

— Allez, sors d'ici.

Je ne me le fais pas dire deux fois. Mon cœur tambourine jusque dans mes tempes, et je n'ai qu'une envie : retrouver Nyx et la remercier de m'avoir poussé à donner le meilleur de moi-même ce soir.

— Et McNeil ? appelle le coach alors que je suis sur le point de disparaître.

Je m'immobilise et me tourne vers lui.

— Bon courage avec ton père.

Ouais, je crois que je vais en avoir besoin ! Comme si nous n'avions pas suffisamment de raisons de nous prendre la tête, il va falloir que je lui avoue que maintenant que je suis certain d'avoir mes chances, je ne compte pas tout laisser tomber pour son plaisir. Je compte bien profiter de notre déjeuner de Noël pour ça. Après tout, n'est-ce pas le jour où des miracles sont censés se produire ? Je peux toujours croiser les doigts.

52

Nyx

Un bouquin dans les mains, j'essaie de me concentrer sur ce que je lis, mais c'est peine perdue. Je glisse un marque-page pour être certaine de retrouver mon passage et roule sur le dos tout en m'étirant dans le lit de Leander. J'y suis malheureusement seule et je n'ai pas l'habitude de me trouver à la coloc sans Zeus, parti aux aurores chercher son frère.

Joachim a obtenu une permission exceptionnelle de sortie pour les fêtes de Noël, et je crois que je n'avais jamais vu Leander sourire autant que quand il l'a appris. Je suis vraiment contente pour lui, mais ça ne change rien au fait que ce lit est bien trop grand pour moi toute seule.

T'es une grande fille, Nyx, me sermonne une petite voix moqueuse en provenance directe de mon cerveau. *Tu peux quand même survivre sans ton footballeur de copain quelques heures !* Évidemment ! Là n'est pas vraiment la question. La sensation est juste étrange. D'autant plus que l'ambiance à la coloc est plutôt chaotique, aujourd'hui. À peine le petit-déjeuner terminé, Sander et Dante ont filé préparer leur valise. Ils sont partis dans la matinée pour l'aéroport afin de rejoindre leur famille dans le Connecticut. Bien sûr, leurs bagages n'étaient pas prêts. Les jumeaux se ressemblent parfaitement sur ce point. Knox ne devrait pas tarder à partir lui aussi pour le Texas. La maison que j'ai appris à apprécier de plus en plus se vide petit à petit de toute l'énergie qui l'habite en permanence.

J'essaie de me convaincre de me lever plutôt que de traîner au lit à ne rien faire quand quelqu'un frappe à la porte de la chambre. Celle-ci s'entrouvre immédiatement, et la tête de ma coloc passe dans l'entrebâillement.

— Je viens juste voir si tu es toujours en vie ! On va bientôt partir.

— Déjà ?

— Il est treize heures, réplique-t-elle en entrant dans la chambre.

— Déjà ? je répète comme un vieux tourne-disque rouillé.

Je n'en reviens pas d'être restée une partie de la journée enfermée dans la chambre de Leander au point d'en oublier le repas de midi et le reste de crumble aux pommes qui m'attendait sagement dans le frigidaire. Louper un repas, ça ne me ressemble pas.

— Tu as des nouvelles de ton dieu de l'Olympe ? me demande-t-elle.

— Oui, ça a été un peu plus long que prévu, mais ils devraient être là vers quatorze heures.

— Chase est déçu de manquer le frère de Leander, et je sais que c'est la même chose pour tous les gars. Depuis qu'il s'est confié sur son frangin et son emprisonnement, tout le monde a vraiment envie de le rencontrer.

— Il ne devrait pas repartir avant le retour de tout le monde. Je sais que Zeus est impatient de vous le présenter aussi. C'est un chouette type.

Dee pénètre un peu plus dans la pièce, et je me rassieds sur le lit, en jouant avec la bague de mon pouce.

— Tout va bien ?

— Oui, pourquoi ?

— Parce qu'on t'a pas vue depuis le petit-déj et que t'arrêtes pas de gigoter et de triturer tes doigts. Tu as l'air... je sais pas, nerveuse. J'ai pas l'habitude de te voir comme ça, du coup, je m'inquiète.

Je soupire. Pas parce qu'elle a tort, mais plutôt parce qu'elle est tombée en plein dans le mille. Sauf que je n'ai aucune idée de la raison de mon anxiété. *À part le fait de retourner dans cette maison sans chaleur et de voir le père de Leander le traiter comme un moins que rien ?*

Mais je ne peux pas expliquer ça à Delilah. Tout d'abord parce que Zeus n'apprécierait pas que je parle de sa famille en son absence et parce que je suis à peu près certaine qu'il n'a pas raconté à tout le monde l'enjeu de cette soirée.

— Tu sais, moi, les soirées un peu guindées, c'est pas trop mon truc. Je m'y plie pour Leander, c'est tout.

— T'aurais pas pu rentrer chez toi à la place ?

Je la regarde comme si elle déconnait. Affronter Noël avec le révérend Daugherty s'approche de la torture.

Comme mon portable se met à sonner, je n'ai pas vraiment le temps de le lui expliquer. Même si j'ai déjà parlé de ma famille avec Dee, je pense qu'elle n'a pas conscience de l'ampleur du bigotisme de mon paternel. Le nom de mon frère s'affiche sur l'écran tactile, et je pousse un soupir.

— Faut que je réponde, bichette. Tu passeras un joyeux Noël avec Chase.

Je la serre dans mes bras avant qu'elle ne s'éclipse. Elle m'envoie un baiser depuis le pas de la porte au moment où je décroche mon téléphone.

— Silas ?

— Salut, frangine !

— Comment ça va ?

— Comme une veille de Noël à la maison. Je meurs d'ennui. J'aurais dû faire du stop pour venir te rejoindre.

— Quand tu seras majeur, on organisera ça.

— Mon anniversaire, c'est dans cinq jours, Nyx.

Je souffle en commençant à sortir mes affaires pour ce soir.

— Père serait ravi de mettre sa pécheresse de fille en prison, tu le sais aussi bien que moi.

J'entends des cris résonner autour de lui et je reconnais sans aucun mal les bruits habituels de la maison dans laquelle j'ai grandi. Je mentirais si je disais que mes frères et sœurs ne me manquent pas un peu. Je me suis occupée d'eux la majorité de mon adolescence. Seulement, ce n'est pas suffisant pour me donner envie de retourner dans le giron de cette personne toxique qu'est mon père.

Silas couvre le combiné, et je l'entends parler à nos frères et sœurs. Puis les sons s'étouffent, et je devine qu'il a dû aller s'isoler quelque part. J'attends un moment et me dirige vers la fenêtre qui donne sur l'arrière de la maison. Les gars y ont installé une table et un barbecue, et je me surprends à avoir hâte d'y passer des soirées quand le temps se sera réchauffé.

— Nyx ? T'es encore là ?

— Oui, oui. Comment vont les autres ?

Je ne précise pas, il sait que je parle de nos frères et sœurs.

— Tout le monde va bien. Il va falloir que j'aille les aider à s'habiller, on va bientôt partir pour le temple.

— Plus les années passent, plus il commence tôt. Je ne suis vraiment pas mécontente de louper ça cette année.

— Je t'en veux pas, Nyx, mais tu leur manques. Tu nous manques à tous.

La culpabilité que je m'étais efforcée de ne pas ressentir jusque-là me tord le bide. Depuis que je suis partie de chez moi l'été dernier, j'ai essayé de l'enfouir au fond de moi.

— Je suis désolée, Silas. Peut-être que je viendrai faire un tour quand les cours seront finis. On pourra se retrouver quelque part pour que j'évite le *révérend*.

— Bien sûr. On trouvera un moyen. Je...

— Silas ? C'est Eunice au téléphone ?

En arrière-plan, la voix de ma mère me parvient. Je m'arrête presque de respirer en attendant de savoir ce que mon frère va lui répondre. Toutefois, je ne le saurai jamais. À l'autre bout du fil, j'entends des bruits étouffés et la voix de mon frère qui essaie de tenir tête à notre mère. Je n'ai que le temps d'entendre Silas me crier « Nyx ! Je suis désolé » avant qu'une voix le remplace.

— Eunice ? C'est maman.

Je devine immédiatement que mon père n'est pas dans le coin. Il a toujours tenu à ce que nous les appelions « père » et « mère », et cette dernière ne s'y est jamais opposée ouvertement.

— Eunice ? Je sais que tu n'avais sûrement pas envie de me parler, mais je... j'ai besoin de savoir que tu vas bien.

Sa voix est la même que celle que j'ai toujours connue. Douce, réconfortante, familière. C'est celle de la femme qui s'allongeait avec moi quand j'étais malade alors même qu'elle avait une famille nombreuse à gérer. Celle qui chantait jusqu'à ce que je m'endorme. L'entendre aujourd'hui me fait ressentir à nouveau un tas d'émotions que je n'associais plus à ma mère depuis longtemps. Mes yeux me piquent, et je bats rapidement des paupières pour chasser mes larmes. Je ne regrette pas d'avoir déménagé et d'avoir coupé les ponts pour ne plus vivre sous l'influence toxique de mon paternel. Mais face à cette femme, je suis encore une petite fille et je ne peux pas nier qu'elle me manque. Leander qui apparaît soudain dans mon esprit me donne le courage nécessaire pour lui répondre. S'il a réussi à affronter sa peur, je peux le faire aussi.

— Bonjour, maman.

— Je me suis tellement inquiétée pendant tous ces mois sans nouvelles de toi. Silas a fini par me confier que vous étiez en contact, mais je suis contente d'entendre ta voix.

— Je vais bien. J'ai un job, je me suis fait des amis. Je ne manque de rien.

Elle pousse un profond soupir de soulagement qui me retourne les tripes.

— Tu as toujours été la plus forte et la plus indépendante de toutes. J'aurais dû me douter que tu allais bien. Quand tu as une idée en tête, rien ne peut t'arrêter. Mais c'est tout simplement impossible pour moi de ne pas me faire du souci pour mes enfants.

Je continue à la rassurer pendant de longues minutes, essayant de faire taire la culpabilité que je ressens. Je n'ai pas à regretter de me donner les moyens de vivre ma vie comme je l'entends. Ce n'en est pas moins difficile de savoir qu'elle a toujours le même quotidien fait d'obligations, d'interdictions et de corvées.

— Est-ce que tu penses qu'on te reverra un jour ? finit-elle par demander d'une petite voix incertaine.

C'est cette question qui fait finalement déborder les larmes que je retenais. Elles roulent sur mes joues, et je m'empresse de les essuyer.

— Bien sûr que je vais revenir. Pour toi, Silas et les petits. J'avais besoin de temps et d'une vraie coupure pour démarrer cette nouvelle vie. Je ne voulais pas venir aujourd'hui, tu sais que c'est la pire période pour être dans l'entourage du *révérend*.

Ma mère reste silencieuse. Je sais qu'elle ne dira jamais rien ouvertement contre son mari.

— J'essaierai de venir cet été. Ça sera plus simple avec les cours et les examens.

— Oui, je comprends. Tout ce qui m'importe, c'est que tu ailles bien. Et que tu sois heureuse.

— Je le suis, maman.

— Je dois te laisser. Silas ne s'en sort pas avec Adam. Je t'aime, ma chérie.

— Je t'aime aussi.

Je reste un long moment l'oreille collée à mon portable, réalisant à quel point ils me manquent tous.

— Il est si beau que ça, notre jardin ? me souffle la voix de Leander en même temps que ses bras s'enroulent autour de ma taille.

— Je me disais juste que ça doit être sympa en été, chuchoté-je pour masquer mon trouble.

Revenant à la réalité, je me rends compte que de gros flocons se sont mis à tomber et commencent doucement à recouvrir l'étendue d'herbe que je fixe du regard depuis tout à l'heure.

— Enfin, si l'été revient un jour, ajouté-je.

Dans mon dos, Zeus ricane avant de poser un baiser sur le dessus de ma tête.

— Il finit toujours par revenir. Mais il ne va pas falloir qu'on tarde trop, j'ai peur que les routes deviennent merdiques rapidement.

Je me secoue mentalement de la torpeur qui m'a engloutie et me retourne dans l'étreinte de Leander. Hissée sur la pointe des pieds, je dépose un léger baiser sur ses lèvres avant de m'écarter.

— Je suis presque prête, lui assuré-je en me précipitant sur mes vêtements préparés dans un coin. Dee m'a maquillée avant de partir. Où est ton frère, au fait ?

— Dans la chambre d'ami. Il se change. C'était qui au téléphone ?

Il donne un petit coup de menton en direction du portable que je viens de reposer sur son bureau, une interrogation dans le regard. Il a dû arriver au moment où je raccrochais.

— Silas. Puis ma mère.

Je n'en dis pas plus. Pas parce que j'ai toujours ce réflexe de cacher des choses à Zeus, mais parce que je suis toujours un peu sonnée.

— T'aurais pas voulu les voir ? Passer Noël avec eux ? J'aurais sûrement été me planquer au fond de mon lit pendant trois jours si Joachim n'avait pas pu avoir sa perm. Passer Noël en famille, c'est un peu sacré.

Je me fige en l'entendant prononcer ces paroles, si bien que je me retrouve en petite culotte et soutien-gorge au milieu de sa chambre, un bas à moitié enfilé. Suis-je égoïste de tourner le dos à ma famille ? D'abandonner Silas avec mes parents alors qu'il aurait pu goûter à la joie d'un vrai Noël avec moi ? D'avoir laissé ma mère dans l'incertitude pendant si longtemps ?

Comme souvent, Leander semble lire dans mes pensées et interrompt mes tergiversations alors que je me laisse tomber sur le lit.

— Je ne te juge pas, tu sais. Je ne connais pas tes parents mais je te connais, toi. Je sais que si tu n'es pas dans l'Alabama aujourd'hui, c'est parce que tu as de vraies raisons. Silas sera majeur l'année prochaine, non ? À ce moment-là, vous pourrez passer les fêtes ensemble sans rien demander à personne.

Mon regard verrouillé au sien, je me demande s'il se rend compte qu'il a prononcé exactement les paroles que j'avais besoin d'entendre aujourd'hui. Alors, mon bas autofixant en accordéon autour de ma cheville, je me lève et clopine jusqu'à la fenêtre près de laquelle mon dieu de l'Olympe se tient toujours. Mes mains se faufilent autour de sa taille puis dans son dos, et je me colle à lui jusqu'à sentir les battements de son cœur contre ma joue. C'est un rythme lent et régulier, un métronome qui me permet de m'endormir chaque soir.

— Merci, murmuré-je, la voix légèrement brisée par l'émotion.

Ses bras se referment solidement autour de moi, et je voudrais ne plus jamais avoir à bouger de là. Mais je sais qu'aujourd'hui, ce n'est pas possible. Leander va devoir aller affronter ses propres démons.

53

Leander

Je laisse à Joachim le plaisir de conduire jusque chez notre père, me contentant du siège passager. Il adore ça et n'a pas vraiment l'occasion d'en profiter.

Notre premier arrêt est dans un fast-food, ce qui me fait éclater de rire.

— T'as peur que ton père te nourrisse pas assez ? demande Nyx, assise au milieu de la banquette arrière pour pouvoir plus facilement discuter avec nous.

— Non, mais j'ai que deux jours de permission et je compte bien en profiter pour m'empiffrer de cochonneries. Choses que je ne trouverai pas chez mon paternel.

Après une pause sur le parking le temps qu'il avale son hamburger, nous reprenons la route. Nous allons clairement être en retard, mais je crois que ni mon frère ni moi n'en avons quelque chose à faire. Plus tard nous arriverons, moins nous passerons de temps dans le manoir familial, et ça nous convient parfaitement.

Rien que d'anticiper ce repas, j'en ai l'estomac qui se tord. Je ne sais pas encore comment je vais réussir à aborder le sujet délicat de mon avenir avec notre père. Et plus nous approchons de notre destination, plus je stresse. Je me déteste de constater qu'il a toujours autant de pouvoir sur moi. C'est comme s'il était entré dans ma tête et refusait d'en sortir.

Heureusement, Nyx parvient à détendre l'atmosphère en s'extasiant constamment sur la neige qui tombe de plus en plus dru.

— On pourra faire des anges de neige ? demande-t-elle.

Joachim s'esclaffe.

— Bonne idée. Je propose même qu'on le fasse dans la cour de la maison, histoire de rentrer mouillés et de faire rager notre père.

— Honnêtement, vu ce que je compte lui annoncer, je préférerais qu'il soit de bonne humeur, grommelé-je en avisant les flocons qui se déposent toujours plus rapidement sur le pare-brise malgré la danse des essuie-glaces.

— Je crois que tu as mal choisi ta soirée, petit frère. N'oublie pas que je suis là, il sera forcément de mauvaise humeur.

Il dit ça sur le ton de la plaisanterie, mais je sais qu'au fond de lui, ça le blesse. Notre père n'a pas toujours été cet homme froid et austère. Quand nous étions gosses, il était notre modèle. Et puis notre mère s'est barrée, Joachim a merdé, et la famille s'est brisée. Éclatée en des milliers de morceaux que personne n'a jamais vraiment voulu recoller.

— Vous inquiétez pas, les gars. Au pire, vous pouvez compter sur moi pour le remettre à sa place, déclare Nyx d'une voix amusée.

Un sourire se dessine sur mes lèvres. C'est clair que lors de leur rencontre, elle n'y est pas allée de main morte.

Nous finissons par remonter l'allée illuminée. Comme tous les ans, mon père n'a pas lésiné sur la décoration. Les sapins extérieurs clignotent, tout comme les fenêtres et le contour de la porte. Mais ça ne rend pas le manoir chaleureux pour autant.

Joachim se gare sur l'une des places prévues pour les invités. Les invités. C'est exactement ce que nous sommes. Des invités dans la maison qui nous a pourtant vus grandir. Je ne sais pas pourquoi ce soir, je trouve ça aussi déprimant. Peut-être parce que je me rends compte que si je vais jusqu'au bout des choses et ose affronter mon père, c'est la dernière fois que j'y mettrai les pieds.

— Prêt à passer une mauvaise soirée ? ricane Joachim.

— Parfois, je me dis que vous devez être un peu masos tous les deux, pour vous imposer ça, déclare Nyx.

Peut-être. Mais la nécessité de sauver les apparences est si ancrée en nous que nous ne parvenons pas à faire autrement. Si quelqu'un se demande ce qu'ont fait les McNeil cette année – et de nombreux journalistes risquent de le demander –, mon père pourra fièrement répondre qu'il était avec ses enfants, autour d'un dîner composé d'une dinde et de purée.

— On n'a pas le choix, ma grande. Une contrariété et *el padre* pourrait faire de notre vie un enfer. Imagine qu'il coupe les vivres à Leander ? Ton mec finira par devoir se trouver un job...

Mes yeux s'écarquillent d'horreur à cette idée. Il en serait carrément capable, en plus !

— T'inquiète pas, Zeus, je te pistonnerai pour que tu bosses avec moi au *Bottom Lounge*. Je suis sûre que même cette tarée de Lorette Sawyer, reine autoproclamée de la country, te mangera dans la main. Entre divas, vous vous entendrez parfaitement.

Je lève les yeux au ciel mais ne réponds rien. Et pour cause, Nyx ne m'en laisse pas l'occasion. Elle se penche en avant et attrape ma nuque pour déposer un baiser sur mes lèvres.

— Mais je suis sûre qu'on n'en arrivera pas là, tente-t-elle de me rassurer.

Nous descendons tous les trois de la Jeep en claquant les portières. La porte s'ouvre immédiatement pour laisser apparaître le visage souriant de Lucy.

— Monsieur Joachim ! s'exclame-t-elle, son visage s'illuminant tout à coup.

Mon frère se précipite vers elle et l'enlace avant de la faire décoller du sol. Il tournoie avec elle dans ses bras.

— Je suis tellement content de te voir ! s'exclame-t-il alors qu'elle rit tout en lui répétant de la reposer.

Une fois qu'elle est libérée de l'étreinte de mon frère, je l'enlace à mon tour, et Nyx m'imite ensuite, même si bien plus timidement.

— Monsieur McNeil vous attend dans le salon.

Comme d'habitude. Au moins, pas besoin de le chercher quand on vient ici, on sait toujours où le trouver.

Nous ôtons nos manteaux, et Joachim se frotte les mains.

— Et c'est parti pour l'entrée dans l'arène !

Il semble prendre bien plus de plaisir à cette idée que moi, et je ne sais pas ce que je dois en conclure. Pourtant, je ne bronche pas, attrape la main de Nyx et la glisse dans la mienne. Elle m'offre un sourire ainsi qu'un clin d'œil, comme pour me réconforter, mais elle devrait savoir que sa présence me suffit. Avec elle à mes côtés, je me sens plus confiant. En espérant que ce sera suffisant.

Évidemment, il n'y a aucune effusion lorsque nous pénétrons dans le salon. Mon père se tient debout, vêtu de son plus beau costume, tandis que Stacey m'éblouirait presque tant sa robe brille. Pas d'accolade, pas de sourire. Il nous serre rapidement la main et lance à Nyx un regard sceptique.

— Je dois avouer être surpris que vous soyez toujours là, Eunice.

D'accord, pas de temps à perdre pour lancer les hostilités, apparemment.

— Tant mieux, j'adore surprendre les gens. Pari réussi.

La bouche de mon père se tord dans un rictus, et j'entends mon frère se contenir pour ne pas éclater de rire.

— Alors, Joachim, tu t'es tenu correctement, cette fois-ci.

— Ça aussi, c'est une surprise, papa ?

— Allons, allons, les garçons, c'est Noël. Soyez mignons, déclare Stacey d'une voix doucereuse qui me file la chair de poule.

Je hausse les épaules et m'installe sur le canapé, sans jamais lâcher la main de Nyx.

La conversation est compliquée, nous parlons peu entre deux gorgées de boisson, et je me sens carrément mal à l'aise. Heureusement, Lucy fait diversion en nous amenant les petits fours, ce qui me permet de souffler un peu. Finalement, Nyx décide de lancer mon père sur le boulot, parce qu'elle est incapable de rester silencieuse trop longtemps.

Étrangement, mon père s'adoucit lorsqu'il constate qu'elle s'intéresse à ce qu'il dit, et j'en reste un peu sur le cul.

— Alors, Leander, comment ça se passe, le football ? J'ai vu que les Thunders avaient perdu leur dernier match, déclare Stacey alors que nous nous asseyons à table pour le repas.

Je me crispe lorsqu'elle évoque le sujet, et Nyx enfonce son coude dans mes côtes, l'air de dire « elle te tend la perche, saisis-la ».

Je tourne la tête vers mon père qui m'observe sans sourciller, attendant sûrement de découvrir ce que je vais dire pour ma défense. *Papa, je crois que tu n'es pas prêt pour ça !* Moi non plus, pour être honnête. Mais je dois trouver le courage de me lancer. Et celui que je n'ai pas, Nyx me le donne en glissant ses petits doigts dans ma grande main avant de la serrer fermement. Ça ne semble pas la déranger que ma paume soit moite, et tant mieux.

— Justement, puisque ce sujet est abordé...

Je me racle la gorge pour en chasser la boule qui semble grossir chaque seconde.

— Des recruteurs étaient présents et... ils... ils m'ont remarqué. Le coach a dit que j'avais de grandes chances d'intégrer la NFL si je le voulais.

Je rougis. Un peu par fierté, beaucoup par crainte. Parce que le regard de mon père ne me lâche pas, et que ses yeux se plissent.

— Ce coach ne devrait pas te donner de faux espoirs, fiston. Ça t'embrouille le cerveau.

Je pousse un soupir et je sens la main de Nyx serrer la mienne un peu plus fort, comme si cette fois, c'était elle qui comptait sur moi pour l'empêcher de sauter sur mon père.

— Ce ne sont pas de faux espoirs. Ton fils est un putain de champion.

Je sursaute en entendant la voix de mon frère et porte mon attention sur lui pour découvrir que sa mâchoire est serrée et que ses yeux si semblables aux miens semblent lancer des éclairs.

— Ce n'est pas parce qu'il est meilleur que toi qu'il est doué.

Je cesse de respirer sous la stupéfaction. Je n'arrive pas à croire qu'il a vraiment dit ça. Il sait pourtant combien Joachim était doué, à quel point il a morflé lorsqu'il a vu ses rêves partir en fumée.

— Je suis doué, murmuré-je.

Voyant que mon père ne fait pas attention à moi, je me lève d'un coup et répète.

— Je suis doué. Je suis l'un des meilleurs *quarterbacks* de la NCAA[15] !

Et c'est la vérité. Je le sais parce que je passe des heures à comparer les stats de mes adversaires.

— Mais tu n'es pas *le* meilleur, crache mon père.

— Je le deviendrai, grondé-je. Et je finirai en NFL.

— C'est hors de question.

— Tu ne...

— Le sujet est clos, me coupe mon père d'une voix sans appel. C'est Noël, ce soir, et je n'ai pas envie de me disputer avec toi.

— Justement, monsieur McNeil. Comme vous le dites si bien, c'est Noël. Et ce serait plutôt un joli cadeau que

15. *National Collegiate Athletic Association.* Organisation sportive universitaire de premier plan aux États-Unis.

d'encourager votre fils à poursuivre ses rêves au lieu de l'obliger à subir les vôtres.

L'intervention de Nyx nous laisse tous bouche bée. Je me tourne vers elle et découvre la lueur de rébellion qui anime ses jolis yeux verts.

À cet instant, mon père semble sortir de ses gonds. Il se rapproche d'elle et tend un doigt accusateur dans sa direction.

— C'est toi. C'est toi qui lui as mis ces idées stupides en tête. Et Leander est assez naïf pour te croire. Qu'est-ce que tu cherches, exactement ?

— Papa, ça suffit ! gronde Joachim.

— Ne viens pas me faire la morale, toi ! Sans moi, tu croupirais dans une prison de haute sécurité. Tu devrais me remercier !

— Te remercier ? Là, tout de suite, je n'ai qu'une chose à te dire, hurle Joachim. C'est « va te faire foutre ».

Il ne vient pas de dire ça ? Je dois rêver. Impossible qu'il s'agisse de la réalité.

— Sors de chez moi ! éructe mon père. Tout de suite.

Joachim sourit et se baisse dans un simulacre de révérence.

— À vos ordres, Altesse, déclare-t-il d'une voix suintant l'ironie avant de se tourner vers nous. Vous venez, les gars ?

— Reste où tu es, tonne mon père en ancrant son regard au mien.

— Désolé, papa.

Et désolé, je le suis. Pour cette soirée qui a tourné au fiasco. Pour ne pas être le fils qu'il aurait aimé avoir. Désolé qu'il se montre si rigide, qu'il ait perdu l'amour qu'il nous a porté à une époque. Désolé de ne pas passer le réveillon dont j'ai toujours rêvé.

Je ne devrais pas être étonné que cette soirée se finisse de la même manière que celle de Thanksgiving. Peu importe à quel point nous essayons, rien ne pourra recoller cette famille brisée.

Tandis que nous franchissons les portes et que mes pieds s'enfoncent dans la poudreuse épaisse, un sentiment de liberté comme je n'en ai jamais éprouvé m'envahit. Je me tourne vers Nyx et souris.

— Alors, prête pour faire des anges de neige ?

Pour toute réponse, elle me saute dessus, et nous basculons. Sa bouche froide recouvre la mienne, elle rit aux éclats, et je me dis que finalement, Noël n'aurait pas pu être plus parfait que ça.

54

Nyx

Mes lèvres pressées contre celles de Leander, je remarque à peine le froid qui commence à s'infiltrer à travers mon manteau. C'est le « wouhou » de Joachim qui nous fait nous redresser tous les deux brusquement. Perdue dans ma bulle de bonheur, je ne m'étais pas rendu compte qu'il n'était pas sorti de la maison en même temps que nous. Il court dans l'allée dans notre direction, un grand carton dans les bras.

— Dépêchez-vous, les amoureux ! Il vaut mieux pas moisir ici.

Je pense que ni Zeus ni moi ne comprenons vraiment ce qu'il veut dire par là, mais c'est une sorte d'instinct qui nous pousse à nous relever et à le suivre au pas de course jusqu'à la Jeep.

Il s'engouffre dans l'habitacle côté passager, et je l'imite pour prendre place sur la banquette arrière. Un instant, j'ai l'impression que nous fuyons les lieux d'un casse. Leander démarre au quart de tour et il attend d'être sur la route sur laquelle il roule désormais plus prudemment pour jeter un œil au carton posé sur les genoux de son frère.

— Me dis pas que c'est ce que je crois !

— Si tu crois que c'est la dinde farcie, recette spéciale de Lucy, alors tu aurais raison. J'ai pris un grand saladier de sa purée aux deux pommes de terre aussi. Le vieux nous vire peut-être de chez lui, mais hors de question que je crève la dalle le soir du réveillon de Noël !

Je suis un instant estomaquée par son audace puis j'éclate de rire en apercevant l'air éberlué de Zeus dans le rétroviseur. Je ris tellement que j'en ai les larmes aux yeux et que je suis obligée de me tenir les côtes. Dans la Jeep, la dinde commence à embaumer l'atmosphère, et mon estomac en grogne d'anticipation.

Face à mon accès d'hilarité et à l'expression satisfaite de son frère qui renifle le carton à pleins poumons, Leander finit par m'imiter, et je crains même un moment qu'il ne doive se garer sur le bas-côté pour se calmer.

Nous roulons encore quelques kilomètres dans cet état de béatitude que je n'avais pas ressenti depuis longtemps.

— T'as pas peur que le paternel t'envoie les flics ? s'inquiète Leander.

— Et ils vont me faire quoi ? Me mettre en prison ? J'y suis déjà. Et crois-moi, les flics ont sans doute bien mieux à faire que de courir après un type qui a volé la dinde sur la table de son père parce que celui-ci vient de le virer comme un malpropre la veille de Noël.

En silence, Leander hoche la tête. Il sait que son frère à raison. Ce dernier finit par ajouter à voix plus basse :

— C'est pas comme si McNeil senior avait envie de s'infliger ce genre de mauvaise presse, de toute façon.

Mon cœur se serre pour ces deux hommes qui ne peuvent même pas compter sur le soutien de leur famille, juste l'un sur l'autre. Je sais que je pourrais en dire autant, et la colère me prend aux tripes à cette idée. Pourquoi faut-il que nous ne soyons que des pions dans les vies des personnes qui devraient nous aimer inconditionnellement ?

Dans le miroir central, le regard de Leander m'alpague alors que la Jeep est arrêtée à un feu rouge. Je ne le lâche pas et lui transmets tous les sentiments d'amour et de fierté que je ressens pour lui. Il a dit « merde » à son père et a imposé sa volonté. Le soulagement que je lis dans ses yeux n'a pas de prix.

Le trajet est un peu plus long qu'à l'aller. L'odeur est tellement puissante dans l'habitacle de la voiture que nous sommes tous affamés quand Leander tourne au coin de la rue de la coloc.

La première chose que je remarque est la lumière qui filtre par la fenêtre du salon.

— On a oublié d'éteindre ou quelqu'un est en train de vous cambrioler ? demandé-je, à moitié sérieuse, à Zeus.

Ce dernier secoue la tête en me désignant un véhicule stationné un peu plus loin sur le bas-côté.

— C'est celle de Knox. Il a dû avoir un problème avec son avion.

Leander se gare, et nous ne perdons pas une minute pour nous précipiter à l'intérieur.

Quand nous pénétrons dans la salle à manger, Knox dresse la table. Il se relève, surpris de nous trouver là, autant que nous le sommes de voir ce nounours géant alors qu'il devrait être au Texas.

— Qu'est-ce que tu fous là ?

— Vous êtes déjà de retour ?

Les questions fusent et s'entrechoquent. Les mecs finissent par éclater de rire.

— Tous les avions sont bloqués au sol à cause de la tempête. C'est quoi, votre excuse ?

— Notre père est un connard, répond Joachim avant même que Leander ait eu le temps de prononcer un mot.

Ce dernier pose une main sur l'épaule de son frère en hochant la tête comme s'il n'avait rien de mieux à ajouter.

— Knox, je te présente mon frangin, Joachim. Joachim, c'est Knox, l'un de mes meilleurs amis et coéquipiers.

Les deux hommes échangent une poignée de main virile avant que Joachim ne finisse par poser son carton de victuailles sur la table.

— Enchanté, mec. On n'est pas venus les mains vides. Je pense qu'on a assez de dinde et de purée pour un régiment.

— En parlant de régiment, reprend Leander, où sont les jumeaux, si tous les avions ont été annulés ?

— Je savais que je te manquerais, chaton ! Tu peux plus te passer de moi, hein ?

L'ouragan Sander se précipite sur Zeus et le serre dans ses bras jusqu'à l'étouffer. Par-dessus l'épaule de Leander, Brutus me lance un clin d'œil.

— Désolé, Nyx. Apollon et moi, c'était le destin.

J'éclate de rire et j'en ai presque les larmes aux yeux quand « Chaton » essaie de se défaire de l'étreinte de son pote qui tente par tous les moyens de lui coller un bisou sur la bouche.

Leurs chamailleries terminées, Leander présente Joachim à tout le monde, y compris à Dante qui vient de descendre, pendant que Knox m'explique qu'il a retrouvé les jumeaux à l'aéroport quand il a vu que leurs vols étaient annulés.

Je finis par me rendre en cuisine sous la pression des « Moustique, de la potion magique, s'il te plaît ! ». Alors que je presse des citrons pour la margarita, ma Caroline Ingalls favorite épluche des pommes pour faire une tarte. Joachim, quant à lui, met la dinde au four pour la réchauffer.

Quand je repasse au salon, Dante a allumé le sapin en plastique que les mecs ont installé cette semaine, et des bougies à la cannelle brûlent un peu partout. La voix de Michael Bublé et son *White Christmas* flotte dans l'air. L'ambiance est douce, chaleureuse. Familiale. Quelque chose que je n'ai jamais connu dans ma propre famille.

Nous nous asseyons tous autour de la grande table de la salle à manger, Leander se tenant au bout avec la dinde devant lui. De la cuisine s'échappe une odeur sucrée de pommes qui caramélisent.

Je regarde autour de moi et ne vois que des gens que j'ai appris à apprécier au fil des mois. Des gens qui, je le sais, seront toujours là pour moi quand j'en aurai besoin. Une vraie famille, dans le seul sens du terme qui importe. À la lumière des bougies et de l'arbre de Noël qui clignote, un sentiment de bien-être m'enveloppe. Les larmes me viennent aux yeux, mais je les chasse rapidement.

ÉPILOGUE

Leander

Nous avons mangé comme des ogres et avons échoué sur le canapé devant un film de Noël. Dante somnole, Knox est occupé avec son téléphone, et Nyx discute doucement avec Joachim. Je souris en voyant tout ce petit monde réuni.

Lorsque la sonnette de la maison retentit, nous nous regardons, surpris.

— Hé ! Les mecs, c'est peut-être le père Noël, s'exclame Sander.

— C'est une manière détournée de nous annoncer que tu as embauché un strip-teaseur pour la fin de soirée ? demandé-je, les sourcils froncés.

Il en est tout à fait capable. La preuve, c'est exactement ce qu'il a fait l'année dernière. Un type s'est pointé avec un costume rouge et blanc et il a fait le show avant de s'enfermer quelques heures avec Sander.

— Non, réplique-t-il. Je ne couche jamais deux fois avec la même personne, et le Père Noël, j'ai déjà donné.

Tout le monde s'esclaffe, mais personne ne semble vouloir se lever. Un second coup de sonnette s'élève, plus long cette fois, et Knox se redresse en jetant son portable sur le canapé.

J'y vais.

— C'est vraiment toi le meilleur, marmonne Dante qui n'a toujours pas ouvert les paupières.

De mon côté, je reporte mon attention vers l'écran mais je suis rapidement alpagué par Knox.

— C'est ton père, me dit-il. Il veut te voir. Je lui ai proposé de rentrer, mais il a refusé.

Je cligne des paupières, stupéfait, et me tourne vers Joachim.

— Tu crois qu'il veut récupérer la dinde ? Parce que c'est trop tard, ricane-t-il.

Je hausse les yeux au ciel, m'extirpe difficilement du confort du canapé – *ça m'apprendra à trop bouffer* – et lui donne un coup dans le genou.

— Arrête de faire le malin et lève-toi.

— C'est à toi qu'il veut parler, petit frère. Et de toute façon, j'ai aucune envie de voir sa gueule de con.

Je n'insiste pas. Parce que je n'ai pas envie qu'on se prenne la tête. Le voir ici, entouré de mes amis et de Nyx, est une chance incroyable que je ne vais pas gâcher pour une engueulade ridicule. Je comprends qu'il en veuille à notre père. Je lui en veux tout autant, mais s'il est là, c'est pour une bonne raison. Je le connais, il n'aurait pas bravé les intempéries en pleine nuit du réveillon pour le plaisir de voir ses fils.

J'avance d'un pas mesuré jusqu'à l'entrée. Knox n'a pas totalement fermé la porte, et le vent humide de neige s'infiltre dans le salon. Derrière moi, j'entends les grognements et les plaintes concernant le froid et je me dépêche finalement de sortir pour garder mes potes au chaud.

Le paysage qui apparaît devant moi me laisse pantois. Tout est d'une blancheur immaculée. Même les pas de mon père ont presque disparu tellement ça n'arrête pas de tomber. Mon père qui n'est nulle part en vue. Mais lorsque je lève les yeux vers la route, je discerne les phares allumés de sa voiture dans laquelle il est retourné.

Je descends les quelques marches et remonte l'allée. Les flocons virevoltent autour de moi et se déposent sur mon pull et mes cheveux. Je devrais être habitué aux hivers du Missouri, mais c'est toujours aussi féerique, pour moi. Ça le serait encore plus si je n'étais pas obligé de me geler le cul et de frissonner lorsque ces foutus flocons se mettent à fondre et s'infiltrent dans mon col.

Si j'ai hésité à quitter la coloc pour retrouver mon père, je n'hésite pas à grimper dans sa voiture et à claquer la portière. Le chauffage est à fond, et je pousse un soupir de soulagement avant de me souvenir de ce qui m'attend.

— J'espère que le repas a été bon, déclare-t-il d'un ton pince-sans-rire.

— Délicieux, merci de t'en soucier. J'ai envoyé un message à Lucy pour la remercier.

Il ne dit rien. Il se contente de m'observer d'un air austère.

— C'est pour ça que tu t'es pointé ici ?

— Tu sais bien que non.

— Alors quoi ?

Il continue à me scruter quelques secondes avant de reporter son regard devant lui. Un frisson qui n'a rien à voir avec le froid se propage le long de mon échine. Ça ne lui ressemble pas de fuir.

— J'ai réfléchi...

Sa mâchoire est serrée, et ses mains gantées sont crispées sur le volant, comme s'il luttait pour faire sortir les mots.

— Réfléchi à quoi, exactement ?

— À ce que tu m'as dit tout à l'heure. Au sujet de ta carrière.

Pitié ! Ne me dites pas qu'il est venu me débusquer jusqu'ici rien que pour avoir le dernier mot ! Ça, pour le coup, ce serait typique de lui. Je retiens mon souffle, attendant que le couperet tombe. Il se tourne vers moi, et ses yeux sont si brillants tout à coup que je ne sais pas comment réagir.

— Si jouer au football est ce que tu veux, si tu penses pouvoir intégrer la NFL, alors... alors je te soutiendrai.

Je crois que ma mâchoire vient de se décrocher. Ou que je me suis endormi sur le canapé du salon et que je rêve. J'ouvre et ferme la bouche tel un poisson hors de l'eau. Les pensées se bousculent si vite dans ma tête que je n'arrive pas à formuler de phrases correctes.

— Pourquoi ?

— J'ai déjà perdu un fils, Leander. Je n'ai pas envie de te perdre, toi.

Si je ne connaissais pas mieux mon père, j'aurais juré entendre la douleur dans sa voix. Ou peut-être que c'est simplement moi qui prends mes rêves pour des réalités.

— T'es sérieux ? finis-je par demander.

Si c'est le cas, à partir de maintenant, je défie quiconque refuse de croire aux miracles de Noël.

— Ce n'est pas ce que je veux pour toi, mais... mais je me suis rendu compte que tant que tu n'auras pas essayé, tu n'entendras pas raison. Sache toutefois que si jamais tu ne parviens pas à obtenir ce que tu espères, il y aura toujours une place pour toi au sein de l'entreprise.

Je ravale la pique qui me brûle les lèvres, parce que je sais combien ça lui a coûté de me dire tout ça. Je me contente de répondre :

— Merci de comprendre à quel point c'est important pour moi.

Mon père hoche la tête, et l'espace d'un instant, je caresse le fol espoir qu'il se penche et me prenne dans ses bras. Évidemment, ça n'arrive pas. Même les miracles ont leurs limites.

— Je devrais rentrer, Stacey m'attend.

— D'accord, soufflé-je en saisissant la poignée de la portière avant de l'ouvrir.

Le vent s'engouffre aussitôt dans l'habitacle, mais avant de refermer, je me tourne vers lui et murmure.

— Joyeux Noël, papa.

— Joyeux Noël, fiston.

La voiture démarre à peine ai-je avancé d'un pas dans la poudreuse. Mes yeux sont légèrement humides, mais je décide de mettre ça sur le compte de la météo.

Je suis au milieu de l'allée lorsque la porte de la coloc s'ouvre en grand et que Nyx apparaît devant moi, auréolée par la lumière du salon.

— On t'a déjà dit que tu ressemblais à un ange ?

Je dois crier pour qu'elle m'entende par-dessus le vent. Elle sourit et secoue la tête.

— Reste où tu es, Leander.

Je fronce les sourcils et demande :

— Pourquoi ?

— Parce que je viens de voir une scène dans ce foutu film de Noël et j'ai très envie de la tester.

Et avant que je puisse répondre quoi que ce soit, elle s'élance vers moi. Je ris et ouvre les bras en la voyant charger et prie pour qu'elle ne se casse pas la figure. Je me vois mal finir à l'hôpital ce soir. Elle me percute avec tant de force que je bascule en arrière et que nous nous retrouvons tous les deux enfoncés dans la neige. Dieu merci, celle-ci a amorti notre chute.

Nyx éclate de rire, et je me joins à elle, puis je glisse une main dans ses cheveux humides et demande :

— C'était ça, ta scène ?

— Non. Tu étais censé me retenir et me soulever de terre avant de m'embrasser avec tendresse, pas te rétamer comme un sac à patates.

— Tes compliments me vont droit au cœur. Mais il faudra que tu m'expliques cette lubie de toujours m'obliger à me geler le cul dans des endroits glacés.

— Qu'est-ce qu'il voulait, ton père ? demande-t-elle, esquivant ma question.

Je ne suis pas sûr d'avoir vraiment pris conscience de ce qui vient de se passer dans cette voiture, mais peut-être que le formuler à voix haute m'aidera.

— Il... Il a dit qu'il allait me laisser jouer au football.

La mâchoire de Nyx se décroche de surprise, puis un sourire ourle ses lèvres, et elle se penche vers moi pour effleurer ma bouche de la sienne.

— C'est carrément génial ! s'exclame-t-elle.

Mes paumes remontent le long de son dos, et je la serre fort contre moi tandis qu'elle relève la tête et pose sa main froide sur ma joue.

— Ouais, je... Ouais...

Elle rit et caresse ma pommette de son pouce.

— Je t'aime, Leander McNeil, souffle-t-elle.

Mon cœur rate un battement en entendant ces mots, comme toujours lorsqu'elle les prononce. J'ancre mon regard au sien et dépose un baiser sur son nez rougi avant de répondre :

— Je t'aime, Eunice Daugherty.

Et là, sous la neige qui ne cesse de tomber, nos bouches se soudent de nouveau. Et pour la première fois depuis des années, je passe un putain de joyeux Noël.

ST. CHARLES
17